ジョンソンとボズウェル

Samuel Johnson and James Boswell

事実の周辺

諏訪部 仁 著

中央大学学術図書 73

中央大学出版部

I am coward enough to prefer knowledge to opinion.

— R. W. Chapman

装幀　道吉　剛

はしがきに代えて

本書はサミュエル・ジョンソン（一七〇九―一七八四）とジェイムズ・ボズウェル（一七四〇―一七九五）についてこれまでほそぼそとではあるがあちこちに発表してきた文章に新たに二篇を書き加えて一巻としたものである。大学三年の頃に神保町の「北沢書店」でふと手にしたボズウェルの『ジョンソン伝』――シェパードの挿絵付きの「エブリボディズ・ボズウェル」という一般向きの抜粋本だった――がきっかけでジョンソンに興味を抱くようになり、遂には大学院で彼について修士論文を書き、爾来あれこれと道草は食ったがジョンソンとボズウェルが常に筆者の関心の中心にあり続けたことは間違いない。しかし、いま振り返ってみるとボズウェル経由でジョンソンにアプローチしたということがよかれあしかれ決定的に筆者のジョンソン観を左右したと言わざるをえない。一八世紀英文壇の巨人としての「文人ジョンソン」よりはむしろ「人間ジョンソン」への興味が優先する所以である。

ジョンソンを「知的ジョン・ブル」(an intellectualized version of John Bull) と呼んだのは「アングリー・ヤング・メン」の一人ジョン・ウェインだったが、彼はジョンソンと同郷のスタフォードシャの出身で同じオックスフォードに学びこの郷土の大先輩には深い敬愛の念を抱いていたらしい。そもそもジョンソンを代表的なイギリス人とする見方はジョン・ウェインを待つまでもなく古くからあり、オックスフォード初の英文学教授であったウォールター・ローリーはジョンソン生誕二百年（一九〇九年）の記念講演で「我々が国民性を嗤うふりをするときにはジョン・ブルと言い、称賛したいときにはサミュエル・ジョンソンと呼ぶ」[1]と喝破し、さらにジョン・ベイリーはジョンソンを「国民的名物男」[2]と断じている。ただし、ベイリーは「ジョンソンの偉大さを理解できるほどにイングランドとイングランド人の内部に入りこんだ外国人はほとんどいない」と、ジョンソンが外国人に理解しにくいことも強調している。ここで注意すべきことは、ベイリーが「イギリス人」ではなくて「イングランド人」と言っていることであり、「イギリス＝イングランド」とつい考えがちな我々には適切な指摘だ。『ジョンソン伝』の著者ボズウェルもこの伝記の先駆けとも言うべき『ジョンソン博士とのヘブリディーズ諸島旅日記』のなかでジョンソンを「生粋のイングランド人」(true-born Englishman) と呼んでスコットランド人とは一線を画している。

先のベイリーの指摘に話を戻すと、英語の引用句辞典で聖書とシェイクスピアの次に多くの言葉が載せられていると言われるジョンソンがその割には外国で評価されていない理由も浮んでこよう。生粋のイングランド人であればあるほど外国人には理解しにくいと考えられるのだ。

ところで、その外国人である我々日本人はジョンソンをどのように見てきたのだろうか。わが国初のジョンソンに関する単行本――彼の『ラセラス』はこれ以前から教科書として使われていたのだが――とされる内田貢『拾貳文豪號外ジョンソン』(民友社、一八九四年七月) はその巻頭「例言」の書き出しから「ジョンソンは十八世紀の巨人なり。余が軟弱なる筆は此大気魄の人を傳ふるに足らざるなり。」とその人物の大きさを強調している。わが国初の英文学者であった夏目漱石は東京大学における「十八世紀英文学」の講義のなかで「私は別にジョンソンが好きな訳でもない。文にも論にもさう敬服する者でもないが」としながらも「チェスターフィールドに与えた書翰文は昔読んだ時から此講義をやる今迄感心している」と述べ「二百年後の今日に至るまでジョンソンその人の面影が偲ばれる」とジョンソンその人への崇敬の念を表わしている[3]。一方、わが国における本格的なジョンソン研究の開拓者とも言うべき石田中次博士は、その京都大学における「特殊講義」（昭和六年）で「ジョンソンは著作以上に人格（personality）として生きているのである。凡そ英文学史上彼ほど生きている人はない。」と述べてその人柄を懐しんだ。さらに、「イギリス国民の理想的人物とさえ慕われるようになっている。彼の偉大はその筆にあらずして、その舌にあり、その行いにある」とし「一代の師表と仰がれ」と文人としてのジョンソンよりも人間としてのジョンソンを称揚したのは英文学の泰斗斉藤勇博士であった。(4)

このように、一八世紀英文壇の巨人とされながらも作品よりはむしろその人間性で崇敬されているジョンソンとはいかなる人物だったのだろうか。ボズウェル描くところのジョンソン像は彼の魅力が多角的なものであったことをうかがわせるが、彼の人格を支えるバックボーンが強固な倫理感覚であったことはその文章や言動に照して間違いないところだ。言行一致を志したモラリストである。

では、このモラリストの倫理感はどこから来ているのだろうか。その端的な表れは彼の連続エッセイ『ランブラー』の第七回（一七五〇年四月一〇日）に見ることができる。

信仰の命ずるとおり生活を行なおうとする人に大切な事は来世を現世の上に君臨させることである。即ち、神意への服従の重要性、徳行に約束されている報酬の価値、罪悪に対して宣言されている罰の恐ろしさ等の意識を心に深く刻んで、一時的な希望や恐怖がもたらすすべての誘惑に打勝ち、喜びや悲しみを等しく無視し、ある時は野心の勧誘に背を向けまたある時は災難の脅威に刃向うことが出来るようにすることである。

このように日々の生活の根幹に信仰を据えるというのは宗教――ジョンソンの場合はもちろんキリスト教――を信

じる人ならだれもが行なっているはずだが、彼の特異性、卓越性はその信仰が彼の体質そのものに根ざしていたということである。彼は自分の信仰への目覚めについて、次のように回顧している。

> 私がはじめて来世について知らされたのは、……ある朝母とベッドに寝ているときであり、この世の人々が死後送られる二つの場所のことを母は私に話した。一つは幸福にみちたすばらしい所で天国といい、もう一つは悲しみの場所で地獄という、と。(5)（傍点ジョンソン）

しかし、ジョンソンが真剣に信仰のことを考えるようになったのは、オックスフォード大学に入ってからのことであった。彼はボズウェルにこう語ったという。

> オックスフォードにいたとき、私は退屈な本で吹出したくなるのだろうと思いながらローの『敬虔なる生活への真剣な召命』を手に取った（この手の本は一般にそうなのだ）。しかし、ローは自分にはとても太刀打ちできない相手だった。そしてこれが、合理的な探求ができるようになってはじめて私が宗教のことを真剣に考えた機会だった。(6)

ウィリアム・ロー（一六八六—一七六一）の『真剣な召命』（一七二九？）は当時広く読まれた書物であり、ジョンソンばかりでなくメソジスト派を興したウェズリー兄弟や「ペテン師」サルマナザールなどにまで「回心」を迫った宗教書として知られているが、ジョンソンは刊行されたばかりであったろうこの本をふと手に取ってその迫力ある呼びかけに衝撃を受けたのだ。以後彼は真摯なキリスト教徒——アングリカン——となり、その信仰生活は彼の死の翌年友人のジョージ・ストラーンによって出版された『祈りと瞑想』にくっきりとその軌跡を見せている。

しかし、ここでも信仰者としてのジョンソンの姿をもっともいきいきとわれわれの前に描いてみせているのはボズウェルであり、『ジョンソン伝』のなかでは少なくとも十箇所ほどでそのようなジョンソンにわれわれは接することができる。その中でももっとも代表的と思われるのは次のようなところである。

ジョンソン「私は自分が救われる条件を満たしているとはとても信じられない。私は多分罰せられる人間の一人なのだろう。」アダムズ博士「罰せられるとはどういう意味ですか。」ジョンソン（激して大声で）「地獄に送られて永遠に罰せられるのだ。」……アダムズ夫人「あなたは救い主の功徳をお忘れのようですね。」ジョンソン「奥様、私は忘れてはいません。しかし、主はある者たちを右側にある者たちを左側に置くだろうと言ったのです。」彼はふさぎ込み動揺していてこう言い放った「これ以上そのことには触れません」と。(7)

この痛ましい会話が行なわれたのはジョンソンがこの世を去るちょうど半年前のことであり、一七二九年に信仰に目覚めてから一七八四年の生涯最後の年にいたるまで彼はこのような問題に苦悩していたのだ。あの豪放磊落なドクター・ジョンソンにこのような裏面があるとは、という驚きが当然我々の胸に湧きあがってくるわけだが、『ジョンソン伝』の一般向け簡約版にはこのような箇所はカットされているのが通例であり、だからこそ「ジョン・ブルの典型」としてのジョンソン像もゆるがないのだとも言えよう。

一般のジョンソン像がこのようにジョンソン本人にとってはそれこそ生き死にの問題、救われるか罰せられるかの瀬戸際に立つ彼の苦境を軽視あるいは無視した結果として創りあげられたのだとしたら、これは歪んだジョンソン像と言えるのではないだろうか。

この問題を、イギリスをはるか離れたアジアの東端の国から考えてみると、次のような言葉がそれへの解答として浮んでくる、すなわち、「イギリス人の神は人間の罪を許す神ではなく、それを罰する怒りの神であるということです」。この断言は吉田健一の『英国の文学』（新潮文庫版）に福田恆存がつけた「解説」に見られるのだが、ジョンソンを評したT・S・エリオットの「意見を異にするのに危険な人物」という言葉がわが国でもっともふさわしかった福田恆存はさらに論を展開し、同書の第九章「十九世紀の文学」から次のように引用している。

近代人には神がないという近代の一面を、英国人は、或はアングロ・サクソン人種は、世界のどの民族よりも先に味わされたのである。

イギリス人の特質を「現実に堪えぬく生活力の強靭さ」（同「解説」）に見ている吉田健一、そして福田恆存は、「怒りの神」の許を去るのはイギリス人にとって必然であったし、それは一九世紀に起ったのだ、という断定を下している。そして、吉田健一の「現実に堪えぬく生活力」の「現実」の上には「神不在の」という形容句がかくされているのは明らかである。

このような観点からジョンソンを見るのは東洋人に特有の態度だろうか。こうした問題にぶつかっていた折に次のような言葉に出会ったときの感動が筆者には忘れられない。その言葉とは「ジョンソンの精神は近代の精神ではない」（his is not a modern mind）という断定であり、これを下したのは二〇世紀の代表的なジョンソニアンの一人であったJ・D・フリーマン博士であった。博士はさらに「ジョンソンの言葉に示されている思想の様式《モード》は我々のと同じであると考えるのは誤りである」と示唆的なジョンソン観を展開している。華々しい議論の開陳を控えて地道な「ジョンソン学」の構築に生涯を捧げた博士がこのような警語を発したのは、博士の編纂になる『サミュエル・ジョンソン全詩集』（ペンギン英詩人シリーズ、一九七一）の「序文」においてであった。ジョンソンの詩における用語・語法の解説のなかでさりげなく述べられているだけなので、ややもすると見逃されかねない数行だが、この数行を得て東洋の一ジョンソニアンは心の底から納得したのだった、ジョンソンの精神はわれわれとは地続きではないのだと。ところが、この数行に深い共感を示したジョンソニアンがイギリスにもいたのだ、ほかでもないジョン・ウェインその人である。彼は一九七三年に編集・刊行した『批評家としてのジョンソン』(*Johnson as Critic*)（ラウトリッジ批評家シリーズ）の「序文」のなかで、

彼の精神は、ほかのどのようなものであったとしても、近代の精神ではなかった。……我々のものではありえない観点から、彼の精神は文学および人生を見ている。要するに、ジョンソンの世界はアリストテレスの世界と同様に我々からは遠いのだ。だが、ジョンソンはアリストテレスとは違って、生きて呼吸している存在なのだ。

と言葉を継いで、ジョンソンの精神のわれわれからの遠さと、にもかかわらず彼の存在への親近感を表明している。
ジョンソンという存在への親近感は、ジョンソンの文と人に親しんだ者なら程度の差はあれ誰でもが抱いているものだが、それではこの親近感はどこから来るものなのだろうか。「怒れる神」におののくジョンソンの姿は、われわれからは縁遠い「前近代の人」であることは否めないだろう。ボズウェルが描くジョンソンは、暴漢四人を相手に一歩も退かない豪気な男であり、五五歳にもなって子供のように丘の上からごろごろ転がり落ちて喜ぶ無邪気な男であ

り、若い人妻を膝の上にのせて甘い会話に耽るレディーズ・マンとしてのジョンソンでもある。

しかし、われわれのジョンソンに対する親近感はこのような側面からは湧いてはこない。また、当代を代表する文人、偉大な辞書編纂者、博覧強記の大博士、としてのジョンソンには畏敬の念こそ強く感じても親近感は持ちえないだろう。実は、ジョン・ウェイン自身も彼のジョンソンへの「親近感」がどこから湧いてくるのかをはっきりとは述べていないので、同郷の大先輩への敬愛の念がしからしめるのだろう、などと推測するよりほかに手懸りはない。

ジョンソンという存在から時間的にも空間的にもはるかに隔っているわれわれにとって、彼に対する「親近感」がもしあるとすれば、それは彼我に共通の人間性から来ていると考える以外に答えはないだろう。（たまたまこの「共通の人間性」（common humanity）という言葉をジョン・ウェインが先の「序文」のなかで使っているのだが、文脈はまったく違うので参考にはならない。）

ジョンソンの生涯は数々のエピソード——その大部分をわれわれはボズウェルに負うているのだが——で飾られており、これは文学史上の他のグレイト・ネームとは決定的に異なる特色である。そして、これらのエピソードを年代順に振り返って見てわれわれが気付くのは、そこに通奏低音のように一貫して流れている「負けじ魂」である。これはたんなる「負けず嫌い」とは似て非なるもので、これよりはるかにしなやかではるかに理智的なものである。

ボズウェル『ジョンソン伝』の一七四九年二月の項に次のようなエピソードが記録されている。彼がロンドンに出てくる時にその草稿をたずさえており、教え子のギャリックの尽力で彼が支配人となっていたドルアリー・レーン劇場でようやく上演された悲劇『アイリーン』があわれ九日だけの公演で打ち切られてしまったことについて感想を求められた時、彼は昂然と答えた、「モニュメントのごとし」と。ロンドン大火（一六六六年）を記念して建てられた六〇メートル余りのこの石の塔は悲惨な大火災を人々に思い出させながらすっくと立ち続けている。この塔のように揺るがぬ気概を示して、ジョンソンの面目躍如たる返答ではある。さらに、忍び寄る死の影を意識するようになった頃、彼は「征服してくれ、降伏はしない」と口にしていたという。そして、彼の最後の言葉は（ボズウェルの伝えるものとは違って）「いざ死にゆかん」という、ローマ時代の剣闘士が死闘に際して皇帝の前で誓う言葉であったとも言われている。(8)

これらの言葉に代表されているジョンソンの剛毅な精神、ワーズワースが「人間不屈の精神」（man's unconquerable mind）と呼び、ミルトンがサタンに「不屈の意志」（unconquerable will）と叫ばせた、プライドに裏打ちされた負けじ魂にわれわれは時代を超えて伝わってくる「共通の人間性」を感じないだろうか。知的にも卓越したジョン・ブルとしてのサミュエル・ジョンソンに対して深い畏怖と敬愛の念を抱かせるのはこのような英国人的不屈の精神なのだ。

（1）Walter Raleigh, *Six Essays on Johnson* (1910), Chap. II.
（2）John Bailey, *Dr. Johnson and His Circle* (1913), Chap. I, "Johnson as national institution."
（3）夏目漱石『文学評論』（第二編、文学者の地位）。
（4）斉藤勇『イギリス文学史』（四版、二六一頁）。
（5）イェール版『ジョンソン全集Ⅰ』（*Diaries, Prayers, and Annals*, p. 10）。
（6）ボズウェル『ジョンソン伝』、一七二九年の項。
（7）同書、一七八四年六月一二日の項。
（8）ボズウェルの伝える「モニュメントのごとし」（Like the Monument.）は『ジョンソン伝』一七四九年二月の項。「征服してくれ、降伏はしない」（I will be conquered ; I will not capitulate.）は同書一七八四年一一月の項。ジョンソン最後の言葉としてボズウェルが伝えているのは「あなたに神のお恵みを」（God bless you, my dear !）という旧友の娘への祝福の言葉だが（同書一七八四年一二月一三日の項）、「いざ死にゆかん」（Ian moriturus.）というイタリア人の若い友人サストレスへのラテン語の言葉であったと、ジョンソンの遺言執行人ジョン・ホーキンズはその『ジョンソンの生涯（二版）』（一七八七）で伝えている（同書五九〇頁）。

次に、本書に収めた各論文・エッセイ等の成立事情、背景などを思いつくままに記しておきたい。

「**スコットランドの旅――ジョンソンとボズウェル**」。本稿の前半(一)―(三)は大学院時代の同人誌『パスート』一二号(一九七四年一月刊)所載の「スコットランドの旅」をもとに全面的に書き改め、これに後半を新たに書き加えて一本としたものである。前半執筆の頃はまだ訪英の経験がなく、「書いてから現地を訪れるのだ」などとうそぶいていた若い頃を思い返すとまさに今昔の感に堪えない。全文は中央大学人文科学研究所編研究叢書3・中央大学出版部発行『英国十八世紀の詩人と文化』(一九八八年三月刊)に発表した。この時には既に二度ばかり英国に行く機会があり、スコットランドの奥地、ヘブリディーズ諸島のスカイ、アイオナ、コル島などにも足を延ばしていたのでおのずから執筆するときの気分も違っていたが、現地をあれこれ想像しながら書いていた前半執筆の頃の意気込みと憧れの気持ちは忘れられないものがある。爾来、ジョンソンとボズウェルの足跡を辿ったのは何度になるだろうか。最初はフェリーで渡っていたスカイ島も今ではスカイ・ブリッジであっという間に着いてしまう。ブロードフォードからははるかに望見できたコリハタハンのマキノン宅跡も樹木の生長のために見えなくなり、レッド・クーリンだけが相変らずの丸っこい山容を見せているだけである。ボズウェルがジョンソンを連れてきた彼の自宅アフレックの館も、かつては空家のままに放置されていてそれだけに何とも言えない荒涼たる魅力をたたえていたものだが、今ではすっかりこぎれいに改修されて公営のペンションらしきものになってしまった。変らないのは、ジョンソンとボズウェルがそれぞれ書いたこの旅の紀行文だけである。

「**ジャコバイト・ジョンソン――四五年出陣説再考**」。母校東京外国語大学の『小野協一教授退官記念論集』(一九八四年一一月刊）に発表したもので、オックスフォード大学ボドリーアン図書館で偶然目にした雑誌の一文から想像（あるいは妄想）がふくらみ、それを「事実」のオブラートに包んでまとめたものである。ジョン・バカンの小説『ミッド・ウインター』を読んだのもひとつの刺激となり、その舞台となった北イングランドはカーライルの古城にまで「現地調査」におもむいたのも懐しい思い出である。今でも、ジョンソンは所謂「かくれジャコバイト」ではなかったか、という疑念は消えていない。

「**ジョンソンとスコットランド**」。同僚の川口紘明教授の慫慂で「イギリス・ロマン派学会」の大会で口頭発表したペーパーの骨子を一文にして、『イギリス・ロマン派研究』（一九九七年三月刊）に寄稿したものである。同教授には中大のいくつかの研究チームでも共同研究者として種々のご厚誼にあずかった。

「**ジョンソンと酒**」。一九七四年五月に京都大学楽友会館で開かれた「日本ジョンソン協会第七回大会」で口頭発表したペーパーを、手許に残っていた資料をもとに再構成したものである。三五年以上も前の話なので、資料は同じでもそれ以後の筆者のジョンソン観の変化などにより、発表当時の内容とはかなり違っているのではないか、という疑念がぬぐえないのだが、現在の視点からはこのほうがジョンソンの実像に迫っているのではないかと思う。この大会は、司会が柴崎武夫氏。中原章雄、酒井幸三の両氏と一緒に発表したことを覚えている。

「**大槻文彦とサミュエル・ジョンソン**」。中央大学父母連絡会の機関誌『草のみどり』（一九九四年二月号）の「教養講座」に執筆したものである。この機関誌の性質上大槻文彦を先にしてある。彼の事跡を知るにつれてジョンソンとの共通点の多さに驚ろかされたものだ。「書かされた」から書き残すことができた一文である。

『**サヴェジ伝**』。審美社の審美文庫23として刊行された拙訳『サヴェジ伝』（一九七五年五月刊）の「あとがき」として執筆したものである。原書はいまではジョンソンの『詩人伝』の一篇として読まれているが、元来は単行本として一七四四年に刊行されたもの。「あとがき」の性質上現在の目からは不要と思われる箇所を削除し、さらにそれ以後に出版された新しいサヴェジの伝記への言及なども書き加えてある。

「ジョンソン博士の無知」。東京外国語大学学長であられた岩崎民平先生の名にちなむ英語研究家集団「岩崎研究会」の『ニューズ・レター』（二〇〇七年六月）の巻頭の短文。「無知」はジョンソン自身の言葉を借用したのであって筆者がそう思っているわけではないことは言うまでもない。

「学者の特質と義務について（翻訳）**」**。ジョンソンのいままで知られていなかった一文を、本書をまとめるに当って訳出したもの。この短いが貴重な文章がいつ書かれたのかは不明であるが、日の目を見たのは John Moir, *Hospitality*（London, 1793）の「付録」としてであった。著者のモイアーは生没年不明だがスコットランドの出身。両親はイングランド人でエジンバラ大学で神学を学んだのちイングランドに移り、イングランド教会の聖職者として活躍したらしい。先の『ホスピタリティー』のほかにも説教集や『拾遺集《グリーニングズ》』（一七八五）があるがもっとも知られているのは『女性指南書』（一七八四）であり、これは版を重ねたようだ。モイアーがこの文章を入手した経緯は、彼自身の言葉によれば、ある信頼する友人からの贈り物ということ以外は不明である。モイアーの著作から、彼はジョンソンの言動に対して当初は好感を抱いていなかったが、ある時期からそれが一変したことが推測できる。しかし、彼とジョンソンの関係のうちでもっとも注目すべきことは、彼が「フリート街ボールト・コート八番地」すなわち、まさにジョンソン終焉の地に住んでいて先の『拾遺集』の発行地がその住居になっていることである。ジョンソンがこの世を去ったのは一七八四年一二月一三日であり、『拾遺集』の刊行年が翌一七八五年であることから、彼がジョンソン没後すぐにその住居に移り住んだと考えられる。モイアーはジョンソンを「現代における最も傑出したモラリストの一人」と呼んでいるのからも、彼のジョンソンへの崇敬の念がうかがえよう。

これまでほとんどその名が知られていなかったモイアーを発掘し、この文章をジョンソンの手になるものと断定したのはオックスフォード大学のペンブルック・カレジに流れる「ジョンソン学」の学統を受け継ぎ守り通した故J・D・フリーマン博士であり、この文章の末尾「無知は余人においては怠慢として非難されようが、学者においては裏切りとして唾棄されるべきものなのだ」は博士が好んで口にしておられた "We can't afford to be ignorant." (知りませんでは済まされない) とも一脈相通じる学究への痛言である。

「**ジョンソンの召使い——フランシス・バーバー**」。一八世紀英文学研究者が集う「日本ジョンソン協会」の年報 (一九九〇年五月刊) に収録。アメリカのベストセラー小説の邦訳を偶然目にしてこの文章を書いた。その後も、現在活躍中の黒人小説家カリル・フィリップスが短編集 ***Foreigners*** (London, 2007) に「ドクター・ジョンソンの時計」というバーバーの未亡人を主人公とした好短編を収めていることを付け加えておきたい。

「**敬虔なペテン師たち**」。中央大学通信教育部の補助教材機関誌『白門』(一九九八年二月号) に発表した。ジョンソンの尊敬する友人でもあったこの「ペテン師」は異様な魅力にみちた謎の人物だが、日本ではあやまった紹介がされていたのでついつい筆に力が入ってしまった嫌いなしとしない。

「**英雄になりそこなった王子**」。これも『白門』(一九九六年一一月号) に発表した。現在でもボニー・チャーリーは何かと言及される「人気者」であり、松尾芭蕉と河合曽良の「奥の細道」の旅が源義経の東北における足跡を辿るように、ジョンソンとボズウェルのハイランドの旅はボニー・チャーリーの逃避行の跡を追っているなどという仮説 (?) を楽しみながら書いた、もっとも直接それには触れなかったのだが。

「**三つの自伝——ジョンソン・ボズウェル・ヒューム**」。わが国の気鋭の外国文学研究者の集団である「世界文学会」の機関誌『世界文学』(一〇一号、二〇〇五年七月刊) に同誌の編集委員である平山令二教授の慫慂により書かせてもらった。この三人については“A Trio in the Age of Transition”でも論じているが、本論では各人の「自伝」に的をしぼった。内容も当然だが自伝を書く目的にさえそれぞれの個性が出ていて面白く感じた。

「さまよえるスコットランド人――ボズウェル私論」。中央大学人文科学研究所の『人文研紀要』(一九八九年七月刊)に執筆。当時は東京工業大学に勤めていたが、ここには論文を発表する紀要類がなく、その点でも客員研究員として所属していた中央大学人文科学研究所の存在は有難かった。

「英文学の中の日本人」。『白門』(二〇〇一年三月号)。日本や日本人が英文学のなかでどのように描かれてきたかを割合自由に書き綴ったものだが、筆者の知らない日本人がこれ以外にもたくさん英文学の舞台に登場していることだろう。

「傍聴生夏目金之助――漱石とUCL」。中央大学人文科学研究所の『人文研紀要』(二〇〇三年一〇月刊)所載。二〇〇一年四月から一年間中央大学在外研究員としてイギリスへ行き、ロンドン大学ユニヴァーシティ・カレジの客員研究員としてあれこれ調査研究した成果のひとつである。漱石留学時のユニヴァーシティ・カレジの史料を自由に手にすることができたので、同カレジの傍聴生制度やケア教授などについてこれまで知られていなかった「事実」をいくつか報告できたと信じている。三〇代なかばの日本人留学生の足跡を追う六〇歳の己れの姿に感慨がないでもなかったが、わが国初の英文学者という大先輩への崇敬の念はゆるがなかった。

“Boswell's Meetings with Johnson, A New Count” 一九八四年七月オックスフォード大学ペンブルック・カレジで開かれた「ジョンソン死後二百年記念大会」で知り合ったボズウェル研究の権威イルマ・ラスティグ博士のお勧めにより、一九九〇年八月に「二人の会った日――ジョンソンとボズウェル」の題で『人文研紀要』に発表していた邦文の論考を英文に直し多少手を加えて、Irma S. Lustig, ed. *Boswell: Citizen of the World, Man of Letters* (University Press of Kentucky, 1995) に一一名の米英加のボズウェル研究家の論文とともに出版した。従来の説をかなり修正することになったが、Peter Martin, *A Life of James Boswell* (Yale U. P., 2000) において本論の結論「四〇〇日」が定説として紹介されている。

"A Trio in the Age of Transition : Johnson, Boswell, and Hume" (*Indian Journal for Eighteenth-Century Studies*, Winter 1986)　これも「ジョンソン死後二百年記念大会」で知り合ったインドのアミヤ・シャーマ博士に勧められて、同大会で口頭発表したペーパーをほぼそのまま活字にし彼が編集しているインドの学会誌に載せてもらったものである。オックスフォードの記念大会は故フリーマン博士が主宰された大会で、英米はもちろんカナダ、オーストラリア、ニージーランド、オランダ、インド、中国、韓国、そしてジャマイカやエジプトからもジョンソニアンが「ジョンソンのカレジ」に集った実に盛大な五日間におよぶ祭典であった。

"On Samuel Johnson's Definition of 'Oats'"　当時勤務していた電気通信大学の『学報』（一九七八年二月刊）に発表したもので、ボドリーアン図書館におけるリサーチの報告である。単語ひとつでも探れば探るほど奥深い未開地があるものだという感慨があった。

"A Note on Johnson's *Preface to Shakespeare*"　同じく電気通信大学『学報』（一九八五年九月刊）所載。このリサーチも手法は前論と似たものがあり、書き終えた感慨もまた同様であった。

"Boswell's Dictionary"『東信行教授退官記念論集』（一九九五年）所載。有名なジョンソンの『英語辞典』の裏側には日の目を見なかったボズウェルの「スコットランド語辞典」が存在していることを、彼のグランド・ツァーにおける言動を背景に考察したものである。一八二五年ロンドンはサザビーのオークションにこの草稿が出品されソープという古書店業者が落札したのを最後に、この幻の「辞書」の行方はいまだ不明である。

“Boswell in the Inner Temple” 中央大学人文科学研究所の『人文研紀要』（二〇〇四年一〇月刊）所載。これも在外研究におけるリサーチの結果だが、インナー・テンプルという権威ある法学院の図書館に入るまでの手続き――ロンドン大学ユニヴァーシティ・カレジの教授の推薦状を添えて申し込む――から、院内の重厚な雰囲気や黒人女子学生の生き生きとした様子などが忘れ難い。「バタリー・ブック」の撮影も同法学院が指定した写真家に頼むこととなり、撮影の折の重々しい態度にもびっくりさせられた。しかし、ボズウェルに関する貴重な史料を手に取り写真に残せたのは収獲であった。

“Dr. David” 故フリーマン博士が熱烈なるジョンソニアンである永嶋大典氏の質問に答える形で書き遺された多数の貴重な書簡を *“To the Memory of Dr John David Fleeman (1932–1994)”* (December 1994) という私家版の書簡集にまとめられた折、求められて書いた追悼文であり、同集の末尾に収められている。短いものではあるが心をこめて書き上げたもので、カナダのイゾベル・グランディ教授（アルバータ大学）の「感動的《ムービング》」との評は望外のことであった。

ジョンソン生誕三〇〇年の年に本書を上梓できるのもひとえに中央大学学術図書出版助成制度のおかげである。このことに関して尽力してくださった関係諸氏に心からの謝意を表します。

二〇〇九年六月

諏訪部　仁

ジョンソンとボズウェル　事実の周辺

目次

はしがきに代えて
初出一覧
スコットランドの旅――ジョンソンとボズウェル……1
（一）エディンバラ　1
（二）セント・アンドルーズ、アバディーン、ネス湖、グレネルグ　6
（三）スカイ島　14
（四）コル島、マル島、アイオナ島　25
（五）ローモンド湖、グラスゴウ、アフレック、エディンバラ　37
ジャコバイト・ジョンソン――四五年出陣説再考……63
ジョンソンとスコットランド……85
ジョンソンと酒……87

大槻文彦とサミュエル・ジョンソン……91
『サヴェジ伝』……97
ジョンソン博士の無知……105
学者の特質と義務について（翻訳）……107
ジョンソンの召使い――フランシス・バーバー……109
敬虔なペテン師たち……115
英雄になりそこなった王子……123
三つの「自伝」――ジョンソン・ボズウェル・ヒューム……131

さまよえるスコットランド人――ボズウェル私論……147
英文学の中の日本人……167
傍聴生夏目金之助――漱石とＵＣＬ……177
（一）傍聴生 180
（二）聴講料 181
（三）ケア教授 182
（四）女子学生 183
（五）時間割 186
（六）修学状況 189
☆
☆
☆

目　次

Boswell's Meetings with Johnson, A New Count ………… 1

A Trio in the Age of Transition : Johnson, Boswell and Hume ……… 15

On Samuel Johnson's Definition of "Oats" ………… 27

A Note on Johnson's *Preface to Shakespeare* ………… 33

Boswell's Dictionary ………… 41

Boswell in the Inner Temple ………… 47

Dr. David ………… 59

初出一覧

スコットランドの旅――ジョンソンとボズウェル（『英国十八世紀の詩人と文化』（共著）、中央大学出版部、一九八八）

ジャコバイト・ジョンソン――四五年出陣説再考（『英米文学論集―小野協一教授退官記念論集』（共著）、南雲堂、一九八四）

ジョンソンとスコットランド（『イギリス・ロマン派研究』、イギリス・ロマン派学会、一九九七）

ジョンソンと酒　書き下ろし

大槻文彦とサミュエル・ジョンソン（『草のみどり』、一九九四）

『サヴェジ伝』（『サヴェジ伝』（解説）、審美社、一九七五）

ジョンソン博士の無知（『ニューズ・レター』、岩崎研究会、二〇〇七）

学者の特質と義務について（翻訳）　書き下ろし

ジョンソンの召使――フランシス・バーバー（『ジョンソン協会年報』、日本ジョンソン協会、一九九〇）

敬虔なペテン師たち（『白門』、一九九八）

英雄になりそこなった王子（『白門』、一九九六）

三つの「自伝」――ジョンソン・ボズウェル・ヒューム（『世界文学』、世界文学会、二〇〇五）

さまよえるスコットランド人――ボズウェル私論（『中央大学人文科学研究所紀要』、一九八九）

英文学の中の日本人（『白門』、二〇〇一）

傍聴生夏目金之助――漱石とＵＣＬ（『中央大学人文科学研究所紀要』、二〇〇三）

Boswell's Meetings with Johnson, A New Count（*Boswell, Cijitizen of the World Man of Letters*, University Press of Kentucky, 1995, 共著）

A Trio in the Age of Transition : Johnson, Boswell and Hume（*Indian Journal for Eighteenth-Century Studies*, 1986）

On Samuel Johnson's Definition of "Oats"（『電気通信大学学報』、一九七八）

A Note on Johnson's *Preface to Shakespeare*（『電気通信大学学報』、一九八五）

Boswell's Dictionary（*In Honor of Nobuyuki Higashi*, 岩崎研究会、一九九五、共著）

Boswell in the Inner Temple（『中央大学人文科学研究所紀要』、二〇〇四）

Dr. David（*To the Memory of Dr John David Fleeman*, 1994）

ジョンソンとボズウェル

スコットランドの旅――ジョンソンとボズウェル

(一)　エディンバラ

エディンバラの弁護士ジェイムズ・ボズウェルが「ジョンソン氏よりボズウェル氏へ、只今ボイズ亭《イン》に到着しました、土曜夜」という知らせを受けたのは、八月一四日の夜もふけた一一時半のことであった。ボズウェルは早速サミュエル・ジョンソンを迎えるべく、ジェイムズ館《コート》の家を出て、ハイ・ストリートのゆるやかな下り坂を白馬亭《ホワイト・ホース》へと急いだ。(1)六日にロンドンのジョンソンズ館《コート》を出たジョンソンは、ニューカースルまではロバート・チェインバーズ(2)、そこからはウィリアム・スコット(3)という親友と同道するという好運に恵まれて、当年（一七七三年）六三歳という老軀にもかかわらず、一〇年来の約束(4)の地スコットランドに無事到着したのだった。ボズウェルにとってもジョンソンをエディンバラに迎えることは長年の夢であった。三二歳の少壮弁護士として前々日の午前四時まで夜を徹して二人の強盗殺人犯の弁護に従事していたボズウェルではあったが(5)、暗い夜道を元気な足どりでハイ・ストリートからセント・メアリーズ・ワインドへと曲り、夜一二時頃にはジョンソンとボイズ亭《イン》で会うことができた（白馬亭は、スコットランドの習慣に従って、宿の主人の名から通常ボイズ亭とも呼ばれていたのだ）。二人はここで五月以来の、しかもエディンバラでの再会を喜びあった。ボズウェルはニューカースルからジョンソンに同道したスコットにもすぐ好感を持ったが、ジェイムズ館《コート》のわが家には二人を泊めるだけの余裕がないことを悲しまねばならなかった。ジョンソンとボズウェルはスコットと別れ、ハイ・ストリートをジェイムズ館へと向かった。当時のハイ・ストリートは、デフォーが「その建物と住民の数において、あるいは、英国のみならず世界でも最大にして最長そして最美の大通り」[6]と称えたほどであったが、その不潔さも相当なものであった。下水道が不備なところに、八階から一二階までの高い建物が軒を連ねているので、「夜の一〇時頃までに各戸の汚物が窓から通りへと投げ捨てられ、不注意な通行人の頭上に注がれるのも稀ではなかった[7]。」この汚物の中には便器の中味まで入っていたのだから、翌朝七時に清掃人が現われるまでの悪臭は耐え難いほどだった。ジョンソンがボズウェルに「暗い中でも君達は臭うね」と皮肉にささやいたのも無理はない。二人はやがてエディンバラ城に程近いジェイムズ館のボズウェルのアパートメントへと入った。この館は一七二七年頃に建てられた八階建のアパートで、哲学者ヒュームがかつては住み、弁護士などが多数住んでいるエディンバラでも二番目に大きい高級アパートであった[8]。ボズウェルはこの館の、通りからは地階、裏から見れば四階に当る所に住んでいた。ここは、その年の五月、ボズウェルがロンドンに居る間に、妻のマーガレットが階上にあるヒューム所有のアパートメントを又貸しして移って来たもので、前よりは大分広い住居であった[9]。中ではボズウェル夫人がジョンソンのために茶を用意して待っていたが、主人がとかく本職をなおざりにしてロンドンへ毎年のように出かけて行くその主たる原因と思われるこの容貌魁偉な老人に対して、彼女は心底では少なからざる敵意を抱いていたのだ。しかし、夫人はジョンソンのために夫婦の寝室を提供することを申し出て主人を感激させていた。その夜、ジョンソンはこの三〇以上も若い友人と二時近くまで長旅の疲れもものかは久し振りの談話にふけったのだった。北側の窓からは七年ごしの大工事が続けられている市のニュータウンが北湖《ノースロッホ》ごしにほのかに眺められたことであろう。そして多分、その彼方にはフォース湾とファイフシャーの灯とが[10]。

Samuel Johnson, *A Journey to the Western Islands of Scotland* and James Boswell, *The Journal of a Tour to the Hebrides with Samuel Johnson, LL. D.* (Ed. Allan Wendt) 1965. Houghton Mifflin Company, Boston.
（本地図は上書所載の地図にイングランド―エディンバラ間の往復路を書き加え、さらに数ヵ所加筆修正したものである）

翌一五日は日曜日。昨日白馬亭に泊ったウィリアム・スコットが早々と来訪し、朝食の座に加わった。銀行頭取にして著述家でもあるウィリアム・フォーブズ卿も一枚加わっていた。四人は朝食後連立ってハイ・ストリートの南側にある英国教会の礼拝堂へと向かい日曜の勤めを果した。帰宅後、『ジョン・ブル史』の作者の親戚に当る銀行家ロバート・アーバスノットも来訪してジョンソンに紹介された。談話がはずんでいる最中に、時のエディンバラ大学学長である歴史家ウィリアム・ロバートソン博士からジョンソンの到着を待ちこがれている旨の便りが届き、ボズウェルは、直ちに来宅を乞う、との返事を出した。彼は夕食後に一座に加わり、さらにボズウェルの友人二人も加わってこの夜はにぎやかな議論のうちに暮れていった。ジョンソンは今夜も上機嫌によく談じ、例のごとく自説を毫も譲らず一座に君臨した。

一六日。ロバートソン学長が早々と朝食から二人と席を同じくし、しばらく話した後、市内見物に三人で出かけることになった。まず議事堂、図書館、セント・ジャイルズ教会。これらはみなハイ・ストリートをはさんでジェイムズ館とは筋向いの位置にあった。エディンバラ市はハイ・ストリートとそれに続くキャノンゲイト通りという一本の大通り――「ロイヤル・マイル」――の両側に人家、公共施設等が密集していたので、市の主要な建物はその殆どが指呼の間にあったのだ。当時の市の人口は五、六万だと思われるが(11)、その大部分がこの馬の背のような台地の上に蝟集していたのだから、北湖の向う側にニュータウンを造ろうという気運が盛り上ったのも当然であろう(12)。

さて、三人は次にエディンバラ大学へと向かったが、ちょうど前日に二歳の誕生日を迎えたばかりのウォルター・スコットの生家がこの大学路地《カレジワインド》の一隅にあった。しかし、スコットは生後一八カ月でかかった右足の小児麻痺の治療のために、この年の春祖父の住む南部のロクスバラシャーに移っており、二人の出会いはならなかった(13)。

当時のエディンバラ大学は、建物は見すぼらしかったがその盛名――特に医学部の名声――はヨーロッパ中にとどろいており、[14]学生総数約七〇〇の中には多くの留学生がまじっていた。ボズウェルはここで、大学の古い塀があった場所を指差して、オックスフォードのフォリー橋のロジャー・ベーコンの研究塔と同じように、その下を大学者が通ると崩れ落ちるとの言い伝えがあったことを付け加えた。今では道路を広げるために取り壊されたとの話に、ジョンソン曰く「永久に崩れないのを恐れたのだね」と。

一行は大学図書館や王立病院などを見たあと、キャノンゲイト通りの東端にあるホリルード宮殿に向かった。薄幸の女王メアリ・スチュアートが一五六一年フランスから帰国後六年ほど住んだことのある、そして、二八年前――一七四五年――の九月から一〇月にかけて約四〇日間、英国王位を要求してスコットランドの主に高地人《ハイランダーズ》の援助のもと、叛乱を起した「ボニー・チャーリー」ことチャールズ・エドワード・スチュアートが仮の王宮としたこの宮殿は、スコットランド王ジェイムズ六世が英国王ジェイムズ一世となってロンドンに移った一六〇三年以後は、王宮としての役割は終っていた。ここでロバートソン博士は、ジョンソンにスコットランドの歴史について熱弁を振った。一行はここからジェイムズ館に戻ったが、正餐には六人の来客――ロバートソン学長、フォーブス卿を含めて――があり、夕食にも四人ほど同席したのでそのにぎやかさにはさすがのジョンソンも辟易せざるをえなかった。[15]

一七日(火)。朝食にはフォーブス卿が盲目の詩人トマス・ブラックロックを伴って同席した。ジョンソンは畏敬の念をもって彼を迎えた。今日は外出もせずジョンソンは疲れを癒やすつもりであったが、正餐にはボズウェルの叔父のジョン・ボズウェル[16]――ジョンソンは一〇年前に一度ロンドンでこの医師に会ったことがある――など五人の同席者があり、にぎやかな文学談議にふけったのだった。夕食には、ジェイムズ館の筋向いにあるトルブース教会の牧師であるアレグザンダー・ウェブスター博士が加わった。彼は当時のスコットランド全土や各都市の人口調査を実施したことがあったので種々の社会風俗にくわしく、ジョンソンは彼からいろいろな知識を得ることができた。やがて来客も辞去し、ボズウェルとしばらく話したのちジョンソンはロンドンのスレイル夫人に手紙を書いた。これは一二日にニューカースルで書いた手紙の後を受けて、一三日以後のことを知らせ、「明日旅が始まります。今度いつ書けるかは分りません」と、高地《ハイランズ》の旅への期待と不安で結んだ手紙であった。

翌一八日はいよいよ出立の日。ジョンソン、ボズウェル、ボズウェルの召使いであるボヘミヤ人のジョゼフ・リッター、それに弁護士のウィリアム・ネアンと従者がセント・アンドルーズまで同行することになった。ボズウェル夫人は不本意ながら夫を北方への旅に送り出し、生後五カ月の娘ヴェロニカ(17)と留守を守ることになったのだ。ジョンソンは護身のために持ってきていたピストル二丁と弾丸、火薬をボズウェルの言葉に従ってボズウェル家の引出しの中に残して行った、一冊の日記帳とともに(18)。かくして、ジョンソンはロンドンから携行してきた長いオークのステッキのみを手に旅立ったのだ。ボズウェルはといえば、この記念すべき旅の記録をとるために二冊のノートをたずさえていた。

(二) セント・アンドルーズ、アバディーン、ネス湖、グレネルグ

一行五人はエディンバラの外港リースからフォース湾を渡って対岸のキングホーンに行くため船に乗りこんだが、ジョンソンは途中右手に見えるインチキース島に興味を覚え、約一時間、岩とアザミ、イラクサ、そして要塞跡の回りで草を食む牛と羊以外に生き物の姿とてないこの小島に遊んだ。キングホーンに上陸した五人は早々に食事をすませ、駅馬車を駆ってセント・アンドルーズに向かった。程なくカーコディにさしかかったが、この「貧弱な建物から成る細長い街(19)」にはアダム・スミスが住んでいたのだった(20)。ほとんど通行人の見当らない道路を馬車はひたすら進ん

で、一行は夜もおそくなってからセント・アンドルーズに着いた。おそい夕食の後、英国でもオックスフォード、ケンブリッジに次いで三番目に古い歴史を持つセント・アンドルーズ大学（一四一一年創立）のセント・レナーズ・カレジを、蠟燭の光を頼りに訪れた。翌一九日は、かつては大司教を擁したスコットランドの宗教の中心地であり、宗教改革の嵐が吹き抜けたこの海辺の街を一行は見て歩いた。今は荒れはてた大寺院、大司教が住んでいた城、セント・メアリーズ・カレジとユナイテッド・カレジ――学生が休みで帰郷する際に大学のガラス窓を破って行くという奇習のために、その窓には新しいガラスがはめられたばかりという状態だったに違いない[21]――等々を回ったが、寺院跡に立った時ジョンソンは必ず帽子を脱いでこの旧聖都への敬意を示した。この日の夕食には、詩人ジェイムズ・トムソンの甥でエディンバラのニュータウンの設計者でもあるジェイムズ・クレイグなどが加わった。

明けて二〇日の正午頃、一行三人はセント・アンドルーズを発ち、テイ湾の渡しを越えダンディー、アーブロースを経由して、夜の一一時頃にモントローズに到着。「見すばらしい宿屋」に落着いたが、この宿の給仕がジョンソンのレモネードに砂糖を指でつまんで入れたので、彼は大いに立腹した。一四日にエディンバラに着いた直後も同じ事があり、ジョンソンはその給仕を殴り倒さんばかりであったが、この日は少し事情が違っていた。というのは、この宿の主人はイングランド人であり、ボズウェルにこのことを知らされてさすがのジョンソンも二の句がつげなかった。機会があるごとにスコットランドの悪口を言ってボズウェルを口惜しがらせていたジョンソンであったが――例えば、スコットランドには木らしい木がない、とジョンソンはこの旅行で終始口癖のように言い続けた[22]――この時ばかりは鮮やかにボズウェルに一本とられた訳だ。

翌日三人はアバディーンに向かったのだが、ここでボズウェルは進路を左にとってモンボドー卿とジョンソンの会見を策した。モンボドー卿――ジェイムズ・バーネット判事――は、『言語の起源と発達』の第一巻をつい数カ月前に世に問うたところであり、彼の奇人振りと珍説――例えば、人間は誰でも尻尾をつけて生れるのだが産婆がこれを切り落してしまうのだと信じて、近くでお産があると必ず出かけたが自説の証拠はつかめなかったという――とで有名な人物であった。ジョンソンは以前から彼の意見には冷笑をあびせていたので(23)、この会見はボズウェルの好奇心が生み出した興味深い一場面であった訳だが、二人はさしたる激論もせずに昼食をともにしたのだった。野蛮人と文明人といずれが幸福かというのは、当時ヨーロッパでさかんに論じられた問題であったが、「モンボドーは野蛮人の方だと強く主張し、私は彼がそう言うので文明人の側についた」と、ジョンソンはスレイル夫人にこの日の模様を報告している(24)。

モンボドーの許を去った三人は、モンボドーの召使いの黒人に案内されて本街道に戻り、アバディーンに向かったが、同市に着いたのは夜も一一時半を過ぎた時刻であった。宿は満員で一時は途方に暮れたが、ボズウェルがアフレック卿の子息であることが判明すると、卿が巡回裁判の折にこの宿を利用していたこととて直ちに一室を得た。

翌二二日は日曜日。朝一〇時に市内の教会の礼拝に加わったがアバディーン大学教授でもあるトマス・ゴードンの説教は不明瞭な発音のためにほとんど何を言っているのか分らないほどのひどいものであった。しかし、午後には二〇年ぶりの邂逅があった。ジョンソンとロンドンで二〇年前に別れて以来音沙汰のなかったアレグザンダー・ゴードンが当地の大学のキングズ・カレジで医学の教授をしていたのだ。二人は昼食をともにして再会を喜びあった。

夕方には当市に嫁しているボズウェルの遠縁に当るリドック夫人から茶の招待があり、ボズウェルは一二年前にインヴァネスで初めて会った時彼女にかなり心を動かされたことがあったので、ジョンソン同様彼も感動的な再会を味わったのであった。二人は宿に帰ってからしんみりとキリスト教に関する話などをしてこの忘れ難い日曜の夜を過ごした。

二三日は多忙な一日となった。朝から五人の教授たちとマーシャル・カレジ見物。午後一時からは市の公会堂でジョンソンへの名誉市民権授与式[25]。ジョンソンがきのう再会したゴードン教授宅での正餐には市長と六人のアバディーン大学教授が集まったのだが、皆ジョンソンを畏れてか沈黙を守り、ボズウェルが彼等の口を開かせようと面白そうな話題をあれこれと持ちだしたが無益であった。ボズウェルは教授連の無礼に腹を立てたらしいがジョンソンも立て続けの‘Scottish hospitality’に少々うんざりしていたらしく、夕食への招待も断わって早々に宿へ帰ってしまった。なお、ジョンソンはアバディーンに来て初めて女性がハイランズ独特の肩掛け《プレイド》をして歩いているのを見ている。この旅もそろそろ奥地へとさしかかってきた何よりの証拠である。

翌朝八時にアバディーン出発。エロンで朝食。宿の女将に「当地を旅行中の偉いドクターというのはあなたじゃありませんか？　どうも偉い人らしいところがありますよ。子供の喉にはれ物ができたので連れてくればよかった」と医者《ドクター》と間違えられる。ドクター・ジョンソン来たるの噂は一行の馬車よりも早く伝わっていたのだ。宿の亭主の「イングランドではマンスフィールド伯爵[26]を除いて一番偉い人だそうですね」との言葉はジョンソンをいたく喜ばせた。「イングランドで一番というのでは無意味なお世辞になるだろうが、誰々を除いて、というのは本気である証拠だよ」と。

午後三時に三人は海辺のスレインズ城に着いた。アバディーンで城の主人――エロル伯爵――の弟から是非同城を訪ねるようにとの招待を受けたのでそれに応えるためであった。伯爵は外出中であったが夫人と一行を招待した弟――チャールズ・ボイド――が接待してくれ、伯爵が戻るまで付近の奇勝を見て回ることになった。波と風が長年の間に造った天然の釜とでも呼ぶべき「バカンの大釜[27]」などを見て城に帰りしばらく休憩した。この城は海岸の絶壁に建てられており、「今まで見たうちで最も雄大《ノーブル》な場所だ」とジョンソンをして嘆ぜしめる程であった。夜の九時になって伯爵が帰ってきたので晩餐をともにしたが、伯爵は人品風采弁舌どれをとっても完璧な紳士であった(28)。しかし、ジョンソンは敬意は示しながらも議論では卿に一歩も譲ろうとはしなかった。卿はボズウェルに対しても、お父上とは古くからの知合いなのですし、もう道順も分ったのですからまたお寄り下さい、と温かな言葉をかけてくれた。ボズウェルは心足りてベッドに入ったのだが、寝室の炉火の炎と波の音と海鳥の羽毛で作った枕の臭い、それにエロル卿の亡父キルマーノック卿の幽霊が現れるかもしれない、との恐怖心でしばし眠られぬ夜を過ごした(29)。

翌日は朝九時にスレインズ城を出、少し回り道をしてキリスト教伝播以前のドルイドの寺院——といっても大きな石が四つあるだけだったが——を見て、バンフに夜の九時に到着。今日の旅程は約四〇マイルだった。宿に落着いてから、ジョンソンはスレイル夫人宛にエディンバラ出発からアバディーン到着までの道行きをかなりくわしく伝える長文の手紙を書いた。

翌二六日はフォレスまでの旅。午後、マクベスが魔女と出会った所とされているヒースを通った、とボズウェルは思ったのだがこれはボズウェルの間違いで、古来マクベスが魔女達から予言を聞いたとされている「マクベスの丘」は明日通過するネアンまでの街道の右手にあった。

翌日はネアンで朝食を摂ったが、この町でジョンソンははじめて泥炭《ピート》の火を見、ゲール語を耳にした。いよいよ紛れもなくハイランズに足を踏み入れたのだ。この日は、マクベスが「コーダーの領主様！」と魔女達に呼びかけられしかもそれがすぐに現実となったコーダーの領主の居城を見て、同地の牧師マコーレー(30)の牧師館に泊った。ボズウェルはこの夜スコットランドの地図を広げて、マコーレーにこれからの旅の道順を相談し、マコーレーはインヴァネス、グレネルグ、スカイ島、マル島、アイオナ島、そして本土へ、という大体の道筋を示し、ボズウェルはこれを書き留めた。

二八日は、昨夜一緒にお茶を飲んだコーダーに住むホワイトという男の紹介状を持って、インヴァネス湾を扼する砦フォート・ジョージを訪れることになったが、その紹介状に曰く「著名なる二紳士――辞書の作者ジョンソン博士とエディンバラにおいてパオリの名で知られるボズウェル氏」と。(31)この砦は一七四五―四六年の「ボニー・チャーリー」の叛乱の後、高地人《ハイランダーズ》の動静を監視するために建てられたものであったが、夕刻の六時過ぎにそこを去るまでまことに手厚いもてなしを受け、ジョンソンは「常に感謝の念を持ってこの砦を思い出すだろう」と語った。同夜はインヴァネスの「角屋《ホーンズ》」に止宿。ジョンソンはスレイル夫人とアンナ・ウィリアムズ(32)に、ボズウェルはエディンバラの妻にそれぞれ手紙を書いた。

翌日は日曜日なので教会の礼拝に出、その足で城址を見物。「この城は気持のよい場所にある……」というダンカン王の言葉にふさわしい所であったし、おりしも一羽の鳥が鳴きだしたので、すかさずボズウェルは「鳥の声もしわがれる……」とマクベス夫人のせりふをつぶやいたものだが、この城址をマクベスの城と思いこんだのは一行の間違いで、そこはインヴァネス城であり、本当のマクベスの城址はずっと町の東側にあって、しかも一一世紀に完全に取り壊されてしまっていた。

夜、宿で二人の客と夕食をともにしたが、この際ジョンソンの数々の逸話の中でも特に忘れ難くしかもボズウェルには記録されていないユーモラスな場面が見られた。ニュー・サウス・ウェールズで最近発見されたカンガルーという珍獣のことに話が及んだ時、ジョンソンは実際に両手を耳にあて上着のすそを袋のようにまくって部屋の中をピョンピョン飛び回って見せたのだ(33)！

翌朝九時、インヴァネス出発。ここから一行は馬車を捨て馬の背にゆられて行くことになった。ジョンソンは乗馬も巧みであった。ネス湖の東岸沿いに「ウェイド将軍の道(34)」を進んだが、天気も良く湖の静かなたたずまいとカバの木立が心地よかった。やがて一行の目の前に一軒の小さな小屋が現われたが、その戸口には一人の老婆がたたずんでいた。ボズウェルは先に立ってこの土で造られた小屋に入りこみ彼女の生活ぶりを調べたのだが、寝室らしきものが見当らないのでインヴァネスから案内人として連れて来ていた土地の男にゲール語で老婆に尋ねさせた。この老婆はごく少数の単語以外は英語を全く解せなかったのだ。ところが意外なことに、老婆は一行にけしからぬことをされるのではないかとおびえている様子。小屋を去ってから二人はこのことで冗談を言い合った。あの老婆の貞操を危うくしたのはあなたですね、とのボズウェルの言葉に対してジョンソン曰く「いや君、若い男がやって来て私を辱しめようとしましたが、あの時謹厳そうな老紳士が止めなかったら私は辱しめられていたでしょう、あの男は家庭教師が眼をそらせば老若どんな女にでも手を出すことでしょう、と彼女は言うに違いないよ」「とんでもない。優しそうな青年がいなかったらおそろしい悪党が私を無理強いしたことでしょう、あの青年は天使だったに違いない、と言いますよ」とボズウェル[35]。

ウェイド将軍が道路を造る時の宿であったという「将軍の小屋《ゼネラルズ・ハット》」で食事の後「フォイヤーズ滝」――これは水不足で期待外れであった――に寄ったりして暗くなってからネス湖南端の砦フォート・オーガスタスに到着。司令官一家と一二時頃まで歓談した[36]。

砦の人々に強く引きとめられたが、翌日の一二時過ぎになってそこを出、ふたたび軍用道路[37]を通ってグレン・モリスンへ向かった。この道路は山を切り開いて造ったものなので、一行にとっては初の山道であった。途中で、道路工事をしていたフォート・オーガスタス駐屯の兵士達に酒代をはずんだりして、やがてアノックという宿場に着いた。亭主はマックイーンと言い、ハイランダース軍が潰滅したカロデンの戦いにも加わったという人物だったが、正確な英語を話し少しばかりの蔵書もあった。彼の娘はインヴァネスで一年ばかり教育を受けてきたとのことで、ジョンソンは彼女にインヴァネスで買った数学の本を贈った(38)。

この宿の寝室は、二つのベッドを仕切るカーテン代りに女物のガウンがロープに吊されているという有様で、さすがのジョンソンもしばしベッドに入るのをためらっていたが遂に決心して一思いに飛びこんだ、「我慢すればすむことなら何でもできるよ」と。彼はすぐに寝てしまったが、ボズウェルは虫には刺されるし口のあたりに蜘蛛ははいよるし、それに生活が苦しいので来年はアメリカに移住するつもりだと語った宿の主人マックイーンの言葉から彼に有金を奪われるのではないかと心配してよく眠れなかった(39)。

しかし、マックイーンは翌朝八時に宿を発った一行の道案内として数マイルほど同道し、道々二七年前の高地人の蜂起に加わった体験談を語って聞かせ、ボズウェルはその忠節にして勇敢なジャコバイト軍の哀話にいくたびも涙にむせんだのであった。

昼近くなって、馬に草を食べさせるため一行は比較的木の多い谷間に一休みした。周囲を山に囲まれたこのせせらぎのほとりでジョンソンは初めて『旅行記』の執筆を決意した(40)。

さらに西進した一行はグレン・シールのオークナシールという寒村に着いたが、村人は一行の周りに円陣をつくって珍しそうに眺めていた。彼等は英語を全然解さなかったが、煙草やパンなどをもらって大喜びであった(41)。そこから少し行って夕暮も迫るころ、道はラタキン山の急坂にかかり、馬がよろめいたりしてジョンソンは命の危険を感じたほどであった。下りにかかって今夜の宿を確保するためにボズウェルが一足先きにグレネルグへ着こうと列を離れると、ジョンソンは大声で彼を呼び止めた。ジョンソンが宿に着いてから語ったところでは、彼は本当に怒っていたのだ、「君が先に行ってしまったら、僕は君を連れてエディンバラに戻り、絶交して君とは二度と口をきかないつもりだったよ」と。

疲れきった一行を待っていたグレネルグの宿は食べ物とてほとんどなく、寝室に案内されて行くとベッドの中から男が飛び出してくる、という有様であった。ともあれ、ここスレート海峡に面したグレネルグに来て一行の旅もしばらく本土とは別れることになる。いよいよ明日はスカイ島だ。

(三) スカイ島

九月二日(木)。インヴァネスからグレネルグまで案内人兼通訳として付いてきた二人の高地人を馬とともに帰して、ジョンソン、ボズウェル、それに彼の召使いジョゼフ・リッターの三人は、船でスレート海峡を南下し一時前にスカイ島南端に近いアーマディルに到着した。そこには、スカイ島の半分を領有するマクドナルド一族の九代目の当主であるアレグザンダー・マクドナルド卿が夫人とともに一行を待ち受けていた。ジョンソンはボズウェルの紹介で一年前の三月にロンドンで卿に会ったことがあり、この旅に出るに際しても卿からの招きがボズウェルを介してなされていた。同夫人はジョンソンとは初対面であったが、ボズウェルとは娘時代からの知合いで、彼女を将来の妻にと心秘かに決めていた一時期もボズウェルにはあったのだ(42)。

マクドナルド卿夫妻はジョンソン一行を近くの小作人の家に案内しそこで彼等をもてなしたが、氏族《クラン》の長のもてなしにしてはあまりにもおそまつだったので、狭い家に案内したのも貧弱なもてなしに対する非難を少なくするためだろう、とジョンソンは考えた(43)。ボズウェルはひどい冷遇に憤然とし明日にでも出立することを言い張ったが、月曜日まで我慢したまえ、とジョンソンは彼をいさめた。

こうして、三人はこの小さな家に四泊したのだが、その間ボズウェルは卿に対して不満をあからさまに表したので、二人の衝突がしばしば起ったがこれは後々までも尾を引く二人の反目の端緒となった(44)。卿はイートン校の出身であり、それを誇りとしジョンソンにもラテン語の詩を贈ったりしたのだが、彼のマクドナルド卿評は極めて辛辣であった、「ハイランズの族長はアバディーンより南に行ってはならない。意志の強い男ならイングランドの教育によって良くなるかもしれないが、たいていは去勢されて駄目になってしまうだけだ」と。さらに夫人を評して曰く、「あの女は九〇砲門の軍艦をも沈めかねない。のろのろしていてひどく尻が重い(45)」。かつては胸をときめかした女性ではあったが、彼女のあまりのだらしなさにさすがのボズウェルも同じ気持であった。

天候の晴れ間を見てはあちこち付近を歩き回ったボズウェルは、アーマディル滞在の最終日である五日（日曜日）に訪問した近くの家でパンチをしたたか飲み、夕食後も今度はワインをかなり飲んだので今夜もマクドナルド卿と口論となった。

やっと六日の月曜日となり昼頃には幸い空も晴れたので、一行はアーマディルを出発しブロードフォードへと向かった。このあたりは道らしいものもなく案内人が沼地などを避けて慎重に進んだので、ブロードフォードのコリー(46)に着いた時は日も暮れていた。一行はスカイ島の沖に浮かぶラーセイ島の領主から招待を受けていたのでそこに渡るつもりでいたのだが、今夜はコリーのラクラン・マキノン宅に一泊することにした。主人はジャコバイトの叛乱に大尉として「出征《アウト》」したことのある人物であった。ここでは夕食も豪華なら食後のだんらんも賑やかで、ゲール語の歌がとび出したりして時にはジョンソンの存在すらも忘れられてしまうほどであった。マキノンはマクドナルド卿の小作人であったがその歓待ぶりは主人をはるかにしのいでおり、ここに来て初めて一行は心からスカイ島の人々の好意を味わうことができたのだった。ジョンソンは旅の疲れから早々に寝室に引きこもったが、寝る前にスレイル夫人に寄せるラテン語の賦《オード》を創った。ボズウェルが「私に見せてください」とせがむと、「これを見せるくらいなら両耳をやるよ」とジョンソンはにべもなかった。

翌日はラーセイ島に行く筈であったが、荒天のため船が出せずやむなくマキノン宅に終日閉じこもらざるをえなかった。この朝ジョンソンはボズウェルをベッド際に呼んで、「両頬に手を当て口をぽかんと開いて」マクドナルド夫人の真似をして見せた。「傑作ですね、大分練習なさいましたね」とのボズウェルの問いに、「ウン」とジョンソン。マクドナルド夫妻の予想外の冷遇にこのような他愛もないことをして意趣晴しとするほど二人は怒っていたのだ。夫妻はこの旅の続く限り二人の間でいくどとなく嘲笑の的となるだろう。

ボズウェルはこの日、歯痛と憂鬱症《ヒポコンドリア》のために気分がさえず(47)、記録するのが面倒なのでジョンソンにあまりしゃべらせないように努めた。しかしジョンソンは、この地方で信じられている「第二の視覚《セカンド・サイト》」——未来や遠方の出来事を見る能力——について人々に尋ねたり意見を述べたりした。

明けて八日。ラーセイ島の領主から差し回しの船が来たので一行はそれに乗って、スカイ島を離れることになった。海岸まで約二マイルほど行き、ノルウェイで造ったという頑丈なボートに乗りこんだが、一行を迎えるためにドナルド・マックイーンという牧師とマルカム・マクラウドという六二歳になるラーセイ島島主の従兄が来ており、四人の屈強な漕ぎ手もつけられていた。マルカム・マクラウドは、カロデンでの決定的な敗北の後政府軍の追跡をのがれてハイランズの山野や島々を必死に逃げ回っていた小僭王がラーセイ島に二日ばかり潜んでいた時、彼と行動をともにしたという体験の持ち主であり、この日も法を冒してキルトを身につけているほどの典型的なハイランダーであった(48)。彼は船の中でもジャコバイトの蜂起にまつわるゲール語の歌を歌い、漕ぎ手たちもこれに和して船足は快調であった。波は高かったけれども、ジョンソンは船尾に悠然と腰をおろして「ここは大西洋だ」と船旅を楽しんでいた。

途中ジョゼフがジョンソンの拍車を海中に落してしまうという思わぬ出来事はあったが船は六時過ぎに無事ラーセ

イ島の入江に着いた。そこには島の一一代目の領主であるジョン・マクラウドをはじめその家族眷属（その中には、おりしも同島を訪れていたダンヴィガン城の城主、マクラウド一族の長ノーマン・マクラウドもまじっていた）が一行を待ちかまえていた。この夜は、三〇人以上の人々が夕食をともにし、愉快に踊りかつ歌った。ジョンソンは満足げに踊りを眺めたり物思いにふけったり周囲の人々と話したりしていたが、ボズウェルは領主をまじえて踊り興じる人々の群に入ってともに踊り続けた。

翌日も、ゆっくりと体を休めているジョンソンとは対照的に、ボズウェルは日中は領主に島のあちこちを案内してもらいながらマクラウド一族のことなどを話し合って当主に対する敬意を一段と深め、夜は夜で昨晩に続く舞踏会を楽しんだ。ジョンソンもここが大いに気に入ったらしく、「これこそ族長にふさわしい生活だ。我々はこれを見に来たのだ」とボズウェルに語った。翌朝六時前にボズウェルはマルカム・マクラウドに起してもらい、彼や牧師のマックイーン、ジョゼフなどとラーセイ島縦断の遠出に出かけた。まずダン・カン――プリンに似た山容をもつ標高四四四メートルの山で、船乗りからは「ラーセイの帽子」として絶好の目印とされている――に登ったボズウェル達は、山頂でブランデーとパンチを飲み、マルカムやドナルドの歌に合せてリールを心ゆくまで踊ったのだった[49]。ダン・カンの北方にある古城などを回って帰って来たボズウェルは今夜も日中の二四マイルほどの遠出ものかは、家にとどまっていた人々に負けないぐらい元気に踊りを楽しんだ。

翌一一日は風雨が激しいので終日屋内にとじこもらざるをえなかったが、やや退屈し始めているジョンソンに対して、ボズウェルは日記を書き足したりジョンソンと話したりして退屈を知らずに日中を過ごした。夜はまたダンス。三人の息子と一〇人の娘をもつ領主の家では一年中一晩として欠かさずに小舞踏会があるのだった。一〇人の娘の中でも長女のフローラ・マクラウド[50]はことに美人の誉れが高くその名はエディンバラにも知れ渡っているほどであったが、ボズウェルが彼女の美しさに魅了されたのは当然としても、ジョンソンでさえ彼女の髪形が少しばかり高すぎるのだけが不満だ、とボズウェルにもらしたものだった。彼女は、「あなたは人々の言うこの世の不幸というものがお分りにならないでしょう」というボズウェルの問いに「ハイ」と答えたのだが、ここラーセイ島の領主の館はそれほどに幸せにみちみちており、「ここには悲しみというものがあるのだろうか?」とボズウェルをしていぶかしめるほどであった。生活の苦しさからアメリカへと移住する人々が段々と目立ちはじめているハイランズではあったが、ラーセイ島に関するかぎり島を去った者はまだ一人もいなかった。(51) ボズウェルが心配した唯一のことは——彼は踊りに熱中しながら心の片隅でこのような心配をしていたのだが——離れ小島に住む一〇人の娘達が皆ふさわしい結婚相手を見つけることが果してできるのだろうか、ということであった(52)!

夢のような四日間がすぎて、翌一二日はこの島を去ってふたたびスカイ島に戻る日であった。スカイ島のポートリーまでラーセイ島の領主ジョン・マクラウドとマルカム・マクラウドが見送りに同道し、一行は食事をともにしたあとジョンソンたちは馬で北を目指し領主たちはラーセイ島に引返すことになった。ボズウェルはここでも生来の好奇心を発揮し湾内にちょうど碇泊していたアメリカ行きの移民船に乗りこんで船長に船内を案内してもらったが船内は意外に立派であった。(53) ポートリーはスカイ島の中心地とでもいうべき町なのでボズウェル夫人からの手紙などが一行を待っており、ボズウェルは妻子の近況を知って大いに心をなぐさめられたのだった。

この島の牧師であるドナルド・マックイーンなど同道者三人とともに、ジョンソン一行はポートリーの北方九マイルにあるキングズバラへと向かった。一行の次の目的地は島の北西にあるダンヴィガン城だったのだが、少し回り道をしてもキングズバラに住むフローラ・マクドナルドに会いたかったのだ。カロデン以後必死の逃亡を続けるチャールズ・エドワード——その首には三万ポンドの懸賞金がかけられていた——をアウター・ヘブリディーズ群島のルーイス島からスカイ島まで無事に送り届けた彼女は既に半ば伝説上の人物になってしまっていた。厳重な見張りを続ける政府軍の網をくぐって小僭王をポートリーまで安全に逃れさせるため、彼女はチャールズを自分の召使い女に変装させて追手の目をそらせたという。当時二四歳であった彼女も今はもう五〇を過ぎていたが同族の夫と結婚したため名前は依然フローラ・マクドナルドであった。彼女は、ボズウェル氏とイングランドの若い伊達男《バック》が島に来たと聞きましたが、と言ってジョンソンをすっかり喜ばせた。

ジョンソンは早く床に就いたが、そのベッドは一七四六年六月二九日逃亡の最中に同家に一泊したチャールズが「カロデン以後はじめて真の安らぎ」を得た当のベッドであった(54)。一方ボズウェルは主人のアラン・マクドナルドとパンチを飲みながら話に興じたが、彼もまた生活の苦しさを訴え新大陸に移住するつもりだと語ってボズウェルの心を暗くしたのだった(55)。

翌朝ジョンソンは王位奪還を夢見た小僭王が寝たベッドで目を覚ましたのだが「何の野望も湧いてこなかった」。この日彼は風邪気味で耳がかなり遠くなっていたが、一行はダンヴィガン城に向かって出発した。入江《ロッホ》をボートで渡って相当距離を節約したのだが、それでも湿地が所々にある荒野には道がなく進度は遅々たるものがあった。一度などは湿地にはまった馬からおりようとしたジョンソンがどうとばかりに地上に横転するという一幕もあった。それでも午後おそくには目指すダンヴィガン城に到着した。ダンヴィガン湾を望む岩の上に立つこの城は一四世紀頃の古めかしい城塔とその後増築された新館とからなっており、つい最近までボートで海側から近寄る以外に城内に入る方法がなかったというほど防禦の固い城でマクラウド一族の主の居城にふさわしい威容を誇っていた。ここで一行は大いに歓待され、とくにマクラウド未亡人とはロンドンで以前会ったことのあるジョンソンはその喜びもひとしおであった。「ボズウェル君、我々は島の入口を間違えたようだね」とジョンソンはスレートのアレグザンダー・マクドナルド卿の冷遇と比較してこの城の快適さを強調したものだが、ここに一週間以上も逗留することになろうとは思いもしなかったであろう。当主のノーマンはジョンソンの友人であるジョージ・ストローン(56)にオックスフォード大学で指導を受けた一九歳の青年でいかにもマクラウド一族をひきいるのにふさわしい人物だったので、ジョンソンはラーセイ島で会って以来好意を感じていた。

長旅の疲れもあってかジョンソンは容易に腰を上げようとせず、それにこの地に来てやっと目の当りにすることができた族長の昔ながらの生活振りに満足して、一行は二一日までこの城内に留まった。その間、風邪をひいたジョンソンのためにマクラウド家の四姉妹の一人が大きなフランネルのナイトキャップを作ってくれたりもした。また、一八日にはジョンソンが六四歳の誕生日を迎え、彼は黙っていたのだがボズウェルが例の如き出しゃばりからしゃべってしまいジョンソンに叱られるということもあった。

ボズウェルはロンドンからジョンソンをこのスコットランドの奥地に連れてきて一人ゆっくり彼の言葉を味わい記録することに大きな喜びを感じていた。ダンヴィガン城に滞在している間は特に時間の余裕もあったので、旅の記録も欠けている部分を補ったりしてかなり完全なものとなり、これを読んだジョンソンも「君は上達している。ますます良くなっているね。出版したまえ、内容に支障がないかぎりは」と勧めたほどであった。

風雨が続いたということもあるが、居心地のよさにすっかり「ロートスの実」を味わってしまったジョンソンではあったが、ついに二一日(火)快晴の朝を迎えたのでこの地を発つこととなった。今日はダンヴィガンの南東のプラカディル湾に面したウリニッシまでの旅程であったが、途中寄り道などをしたので着いたのは六時頃になってしまった。この家の主人もマクラウド一族の一人であり、島の判事を兼ねていた。

翌日はすぐタリスカーに向かう予定であったが当地にもう一泊することにして、一行は近くの奇勝などを案内してもらって一日を楽しんだ。この朝、ボズウェルはひとり海辺に出かけ、おりしも新大陸へ向かう人々を満載した移民船が通り過ぎるのを目撃した。それは悲しみをさそう光景であった。午後には、当家の主人が船を仕立ててブラカディル湾に浮かぶ小島に一行を案内し、こだまがよく聞こえるという洞窟を見せてくれたりしたがそれも例によって噂ほどではなかった。途中、岩の上で魚釣りをしていた二人の少女(57)から竿を借りて糸を垂れたジョンソンは小魚《カディー》を一、二匹釣り上げた。彼にとって海釣りはこれが初めてであった。ボズウェルはといえば、どうにか一匹釣り上げることができた。今夜もジョンソンを中心にオシアンの歌の真偽(58)などをめぐって大いに話がはずんだのだが、マクラウド夫人にとっては大忙がしの晩であった、というのはジョンソンがお茶を二二杯もお代りしたのだ(59)。

なお、この日はジョンソンにとっては記念すべき日となった。一行に同行して来ていたダンヴィガン城の主ノーマン・マクラウドが彼に島をひとつ寄贈することを申し出たのだ。それはダンヴィガン湾の入口に浮かぶアイセイ島で、一年に一月でもジョンソンが住むならばという条件つきではあったが、ジョンソンはことのほか喜んで、住居や防壁はどうしようとか他の島に攻めこんで略奪をしてやるぞとかいつまでも言い続け、「アイセイ島の島主に乾杯！」とのマクラウドの祝辞にこの上ない上機嫌で乾杯を受けた。

翌二三日はボートでウリニッシを去り、ハーポート湾の中程で上陸した。そこからジョンソンは馬に乗り、他の人々は徒歩で次の目的地タリスカーへと向かった。そこの館は前面にアウター・ヘブリディーズまでも見渡せる海原を望み、うしろには巨大な岩山《プレシウエル》を配したまことに風光明媚な所にあった。主人のジョン・マクラウドはオランダのスコットランド旅団の大佐であったがちょうど休暇で帰郷していた。ここで一行は、これからの旅において重要な案内人となるドナルド・マクリーンに出会った。彼はここタリスカーの主人の甥にあたる若者だったが、父がコル島の領主だったので慣例に従って「ヤング・コル」またはたんに「コル」と呼びならされていた。コルはアバディーン大学に学び、領地で農業を興そうという野心に燃えてその研究のためにイングランドに行ったこともある好青年であった。ジョンソンもボズウェルも彼にはすぐ好意を抱いたが、特にボズウェルは次の日早速彼と二人だけで館のすぐ裏にそびえる三〇〇メートルほどのプレシウェルに登り山頂から周辺の島々の名前を教えてもらうほどに打ちとけてしまった。コルはこれから訪問すべき島々の名を挙げ、みずから案内役を買って出てボズウェルをひどく喜ばせた。

二五日は、コルの先導でスレートまで戻りそこから船でスカイ島を去る予定であったが、ジョンソンが昼頃までスレイル夫人に手紙を書いていたので出発がおくれ、そのため今日の行程はかなりきついものとなった。スリガハンを経てスコンサーへと島を横断した一行は、そこから船に乗って暗闇の中をゆっくりと進み、また上陸して二マイルほど歩いてコリーに着いた。ラーセイ島に渡る前に二泊したこの家に一行がふたたび旅装を解いたのは夜も一一時をまわる頃であったがマキノン夫妻は温く一行を迎え急いで食事を作ってくれた。ジョンソンは早々にベッドに入ったが、ボズウェルは主人やコルたちとパンチをボウル四杯分も飲み干し明方の五時頃まで気焔を上げ続けた。ボズウェルにしてみれば、マキノン夫妻の前に変らぬ心づかいに大いに満足していたこともあったが、今日途中のスコンサーで妻からの久し振りの手紙に接しその場で早速返事を書いてやったということが何よりも心を軽くしていたのだ。しかし、翌朝のひどい頭痛は何としても飲みすぎの動かぬ証拠であり、昼すぎまでベッドで呻吟している彼のそばにやって来たジョンソンは、「あの人達が私をひきとめたんですよ」との弁解にも耳をかさず、「いや、おまえの方が引き止めたんだろう、酔払いめ!」とボズウェルを叱りつけた。しかし、その口調は少しおかしがっているふうだったので「道徳家《モラリスト》ジョンソン」からどんなにこっぴどく叱られることかとおびえていたボズウェルはひそかに胸をなでおろしたのだった。さしものひどい頭痛もコリーのすすめたブランデーの迎え酒が効いたのかいつか治ってしまったが、これはボズウェルのこの旅唯一の失態であった。

翌日は天候が悪く一行は出立を見合わせたが、午後のお茶の際に、たまたま居合わせた当家の娘で今はマクドナルド夫人となっている一六歳の若妻がどうしたことかジョンソンの膝の上に乗って両腕を彼の首にまわしキスをするという椿事が起った。一同は大喜びでやんやの喝采であったが、ジョンソンは少しも騒がず「さあ、もう一度しておくれ、どちらが先にあきるか試してみようじゃないか」と言ってお茶を飲む間中彼女を膝の上から離さなかった。(60) この日は女性達がスコットランド訛りで「トクター・ションソン、トクター・ションソン」と彼をもてはやしてフェミニスト・ジョンソンを大いに嬉しがらせたりもした。しかし、ボズウェルにとってこの日は他のことで忘れられぬ日となった。というのは、彼の旅日記を読んだジョンソンが「読めば読むほど君には感心するよ」と激賞し、「本気ですか」というボズウェルの問いに「ぼくが本気であろうとなかろうとこれは事実だよ」と断言して彼の自信をこの上なく深めさせてくれたのだ。今夜もジョンソンは早々にベッドに入り、ボズウェルも午前二時にはベッドに入ったのだが、他の男達は五時頃まで酒を飲みゲール語の歌を高吟してやまなかった。

二八日も天気が悪かったのでボズウェルはいらいらしていたがジョンソンは落着いていた。彼はボズウェル達が昼食をとっている間にマキノン夫人と何やらひそひそ話をしていたが、これは小僭王の逃亡を援けたキングズバラのマクドナルドの娘である彼女からその子細を聞いていたのだった。彼女がジョンソンとあまりにも親しそうだったのでボズウェルがあとでからかった時、彼女は強く言い切った、「わたしはあの人に夢中なのです。夢中にもならずに生きていてもつまりませんわ」と。

午後四時になって少しでも船便のよい所にいた方が賢明だというので島の東南のオステーグまで行くことになった。この道は、ラーセイ島に渡るために一行が九月六日に辿った道筋を逆にとったもので一八マイル以上もあった。この地の牧師であるマーチン・マクファーソンの館に落着いた一行は、牧師夫妻と牧師の妹のイザベラの手厚いもてなしにゆっくりと疲れをいやした。ジョンソンはゲール語の歌を歌ったりギターを弾いたりするイザベラが気に入った様子で、後日ロンドンから自著『ラセラス』を彼女に贈っている。

さて、船旅の便宜を考えてわざわざオステーグまで移動した彼等ではあったが天候はいっかな回復せず、とくに三〇日などは今までにないほどの大嵐となるなど出発の時はなかなか訪れなかった。家の中に閉じこめられた一行はジョンソンの弁舌に耳を傾けて時を過ごしたが、そのジョンソンもこの悪天候続きにはいらだちを禁じえず、三〇日付のスレイル夫人宛の長い手紙は「まだスカイ島に閉じこめられています」という一文で始まっていた。

風雨に足留めを食っている間に月が改まって翌日は一〇月の一日であった。当初の予定ではヘブリディーズの島々を回っても九月中には本土に戻れる筈だったのに、ラーセイ、スカイの二島で既に一〇月を迎えてしまったのは、予想外の悪天候のためとはいえ思わざる遅延であった。少しでも出立に都合のよい所をという気持から、一行はこの日さらに約一マイル先のアーマディルに移った。ここは、一行がスカイ島に上陸した九月二日から五日までの四日間宿泊した所であったが、一月前にここで一行を冷たく扱って彼等を大いに憤慨させたマクドナルド卿夫妻は夫人の出産のためにエディンバラに行ってしまっていたので、借家人のアーチボルド・マクドナルドが彼等を迎えた。彼は領主とは違って温かく一行を遇し、夜はビールやパンチをふるまい舞踏会を催してくれた。ジョンソンは一行について来たイザベラに冗談を言ったり、ロンドンに出て来なさい、と誘ったりして終始上機嫌であった。

一二トンの船の持主が一行をマル島まで運んで行くとの手筈もととのい、今や天候の回復を待つばかりとなったが、嵐はいっこうにおさまらず翌二日もむなしく館で時を過ごした。この館にいるとどうしてもマクドナルド卿夫妻のことが思い出されるのは当然だが、ジョンソンは「卿はモリエールの守銭奴以上だ」と手厳しく非難し、夫人についてはロを一杯にしたまま「トムソン、ワインと水を持ってきなさい」と彼女の声色をつかって溜飲を下げたのだった。

「口の中の物を食べ終えてから飲み物をたのむのが礼儀だ。彼女は鞭でしつける必要がある、子供部屋でね」と。

今夜もにぎやかにダンスが行なわれたが、その中には「アメリカ」という名の移民にまつわる激しいダンスもあり、無邪気に踊り興じる人々の姿にここでもまたボズウェルは心を暗くされたのであった。しかし彼は生れてはじめてバッグ・パイプに合せてリールを踊ってこの夜を楽しんだ――スカイ島最後の夜となるべきこの夜を。

翌日は一〇月三日(日曜日)。ジョンソンは「順風か否か、それが問題だ」などとハムレットばりに天候の回復を待ち望んでいたが、昼頃になって突然風向きが変り急遽一行はマル島目指して船出することになった。こうして、一カ月を過ごしたスカイ島ともいよいよ別れることになったのだが、ジョンソンは「スカイ島のことは決して忘れないだろう」とこの島で受けた数々の厚意に心から感謝の気持を表して船上の人となった。船は午後一時にスカイ島を離れ、次なる目的地のマル島へと一路南下して行った。風はよし、嵐の来る気配など少しも見られない安らかな船旅に、しだいに遠ざかってゆくクーリンの山並みがひときわ印象的であった。

(四) コル島、マル島、アイオナ島

船は左手に本土のモイダート地方、右手にエッグ、マックなどの島々を望みながら快調に進んだ。船旅らしい船旅はこれが初めてのジョンソンは船酔いのためにすぐ船室に入ってしまったが、ボズウェルは甲板で風景に見とれながらウイスキー、ラム、ブランデーを飲み、さらにディナーでビール、パンチ、マトン、にしん、などを飲み食いしたので、さすがに気分が悪くなりはじめた。やがて、英国本土の最西端の地であるアードナマーハン岬が見えだした頃、風は強い向い風に変りたたきつけるような雨まで降りはじめた。見たこともないほどの大波、ちぎれそうな帆、海面

まで一インチもないほどに傾く舷側、飛びかうゲール語の叫び――思いがけない嵐の到来にボズウェルはもはやこれまでと観念し、自分が死んだ後の妻子の行く末を案じる一方、「今までの一〇倍行いを良くしますから命だけはお助け下さい」と神の加護を心から祈った。マル島に向かうのはとても無理と判断したコル達は反対方向のコル島を目指すことに決し、夜も一一時になってやっと船の進路が定まったのだった。不安におびえるボズウェルはそれでも、自分に何かできることはないかとコルに尋ね、コルは彼にマストの先端から垂れているロープをにぎらせて、合図があったらこれを引っぱるようにと指示した。ボズウェルは雄々しくも嵐が吹きすさぶ甲板でこのロープをしっかりとにぎり続けて合図を今やおそしと待っていたのだが、実は彼に甲板でうろうろされては邪魔になるのでコルが気転を利かしてこのような「任務」を与えたのであり、恐怖心が紛れるという効用はあったが、これはとんだボズウェルの奮闘譚となった。

　ボズウェルの必死の祈りが聞き届けられたものか、船は幸いにもコル島の入江に入り投錨することができた。船の進路が決まらないと聞いて「コル島に賭けるよ」と断言していたジョンソンは、この間ずっと危険も知らぬげに[61]船室のベッドにコルの愛犬とぬくぬくと伏せっていたのであった。荒波のために上陸はできないとのことであったが、入江にはアイルランドに昆布《ケルプ》を運ぶ大きな船が投錨していたので、ボズウェルはジョンソンと別れてその船に移りコルと同じベッドに一日の疲れをいやした。

　明けて一〇月四日(月)。九時前に船内で起床したボズウェルはボートでジョンソンとともに「薄い土でおおわれた……一続きの岩」であるコル島に上陸した。ジョンソンは土曜の夜以来茶を飲んだだけで固形物は全然食べていなかったが平気であった。コルとジョゼフが近くで草を食んでいる馬をつかまえてきてジョンソンがこれに乗り、一行はラクラン・マクリーン大尉――東インドで一〇年以上勤務しコル島に土地を得て引退していた――の家へと向かった。ヘブリディーズ諸島の馬はいったいに小型でこの馬もジョンソンが乗ると足が地につかんばかりだったので、ボズウェルに「ロンドンのクラブの面々にその姿を見せてやりたいですね」とからかわれる始末であった。土砂降りの中を一マイル半ほど歩いて到着したマクリーンの家は三部屋のみの馬小屋のような寒々しい家であった。しかし、たっぷりとしたディナーにレモン入りのパンチも出て一同は元気を回復した。風向きも変ったので明日マル島への船が出るとのことだったが、せっかく来たのだからと計画を変更して一行はコル島に数日を過すことにした。狭い家とて今夜もボズウェルはコルとひとつベッドに寝る羽目とはなった。

翌朝ボズウェルは七時に起床し九時まで日記を書き足して、それからジョンソンの部屋——彼は一部屋を与えられていた——に入って行った。ジョンソンはことのほか上機嫌で「とうとうこんな島まで来てしまったね」とボズウェルと顔を見合せて笑い、一〇年前にヘブリディーズ旅行の計画を話し合ったことを思い出しながら、「口に出したことはどんな事でも実現できるものだね」と述懐した。朝食後一行はコル島と隣りのタイリー島を教区とする牧師ヘクター・マクリーンの家に立寄った。彼は教会を持たない牧師ではあったが、七七歳にもかかわらず矍鑠たるもので、ジョンソンとライプニッツやニュートンに関して議論を闘わせた。しかし、ジョンソンもマクリーンも耳が遠いので、互いに相手の言葉をよく聞かずに同時にしゃべりまくり、そばで聞いているボズウェルには何が何やら分らない、というユーモラスな場面を現出させた。もっとも、ジョンソンは後に「あの牧師の頑固さが気に入ったよ」とボズウェルに語っている。ここを辞した一行は、息の北側の海辺グリシポルにあるマックスウィーンの家に向かった。彼の家は二階建の立派なもので、「ホワイト・ハウス」と呼ばれていた。彼も七七歳であったがどういう訳か息子の方が老けて見えるという妙な親子で、老妻はゲール語きり話せないという一家であったが、一行を心からもてなしてくれた。コルはここから一行を自宅へと案内したが、それはさすがに島主の住む館だけあってブレカッハ湾に面した三階建の大きな建物であった。ボズウェルはエロル卿の館以来の堂々たる住居だと感心したが、コルの父である当主のヒュー・マクリーンは子弟の教育のためにアバディーンに住んでいて不在であった。久し振りのゆったりとした住まいにジョンソンもボズウェルもそれぞれ部屋を与えられて、どちらの部屋が上等かなどと言い争いをするほどの御機嫌であった。

翌日はすぐそばにあるマクリーン家の先祖が住んでいた古城を見て回り、ボズウェルはさらにコルに島内をあちこち案内してもらった。夜は夜で三時すぎまでウイスキーやパンチの宴会。ジョンソンはもちろんこれには加わらなかった。翌七日は終日風雨が強くて外出できず。八日も同様で、さすがのジョンソンも「これじゃ人生の無駄使いだ」と無聊をかこち始めた。九日は、天気は回復したが風向きが悪く船は出せなかった。近くの丘に珍しい岩があるというので二人はコルと馬で出かけたが、ボズウェルが頂上まで登って三角形の石棺のようなこの岩——伝説によると、大昔、巨人がそこまで放り上げたという——を子細に調べたのに対し、ジョンソンはあまり興味を示さず、中腹の岩陰にすわって、風に吹き飛ばされないように帽子をハンカチで顎からしばるという妙な恰好で読書にふけって二人がおりてくるのを待っていた。午後は銅山——といっても、直接地表からつるはしで掘るというものだが——を見物。今日の夕食も、バッグ・パイプの演奏を聞きながら、という優雅なものであった。

一〇日。今までにないほどの大嵐。一一日。やっと天気が好転したので船の待つ入江に向かったが、そこに着く前にまたもや猛烈な嵐となり、やむなく一週間前に泊ったラクラン・マクリーンの家にまた泊ることとなった。翌朝ふたたび一行は乗船すべく入江へと下って行ったのだが、またまた嵐となり、マクリーンの家へと逃げこんだ。ところが意外にもマクリーン夫人が出産間近ということが分り、一行は早々にそこを辞して雨の中をグリシポルの「ホワイト・ハウス」へと急いだのであった。この夜、ジョンソンはボズウェルの旅日記を読み、自分の発言部分の空白を埋めたり間違いを正したりしてくれた、「この記録の分量が二倍ほどあればよいのに」と称賛しながら。ボズウェルはエディンバラから持って来ていた二冊のノートをスカイ島のコリーで使い切ってしまい、その折ジョンソンにもらった小型のノートも今夜でなくなっていたが、幸いコル島にあった唯一の店で紙を買い込むことができた[62]。翌朝早くからコルに起こされたボズウェルは、あわただしく持物を整理して船出にそなえたが、その様子があまりに落着かないのでジョンソンに、「いくらあわてても船の中で馬に乗るようなものだ、君はどうも子供っぽくていけない」と、昨夜の称賛から一転してお小言を頂戴してしまった。それでもどうにか乗船してほっとしていると、風が激しくて船は出せないとの話。しかし、グリシポルに戻るのも大変なのでそのまま船内で一泊することとなった。夕食は、マトン、ポテト、そしてウイスキーであったが、船内にオートミールの樽があるのを目敏く見付けたボズウェルは早速これを所望した。かの高名なる「からす麦《オーツ》」の定義の主の反応やいかにと期待しながら。ところが意外にもジョンソン曰く、「子供の頃、オートミールが大好きだったよ」！

一四日(木)。朝七時、一行を乗せた船はおだやかな追風に乗ってマル島目指して出帆した。船はあの嵐の晩ボズウェル達が一泊した昆布《ケルプ》船であったが、今日は乞食の母子が乗船していた。コル島の島民の同情もこれまでと見切りをつけて、次にマル島の島民の同情にすがるためであった。船は順調に正午前マル島のトバーモリに着いた。トバーモリ湾[63]には一〇数隻の船が碇泊しており、久し振りに見る賑々しい光景にボズウェルはすっかり有頂天となって、ジョンソンに「ボズウェルは今や生き返った」とひやかされてしまった。一行は「まずまずの宿」に入ったが、案内のために従者をつれて同行してきたコルが伯母の嫁ぎ先にぜひ行きましょうと言うので、夕食後一マイルほど北方のヘクター・マクリーン宅へと向かった。ヘクターは不在であったがグラスゴウで三〇年以上も医師をしていたということで、娘――といっても、ボズウェルより一つ若いだけの三二歳であったが――のメアリーもグラスゴウ仕込みの教養ある女性であった。この夜、ジョンソンはボズウェルがコル島で買った紙をもらってロンドンに手紙を三通ほど書いた。翌一五日は風雨が激しく、しかも川が増水して渡れないとのことで出発を見合せたが、メアリーのおかげで退屈することはなかった。彼女はゲール語の詩をいくつか朗読し、ついでこれを英語に訳して説明を加え、さらにスピネット――ハープシコードの一種――を弾きかつ歌った。これには「ドラムとトランペット、バッグ・パイプとギターの違いが分る程度」と音楽に弱いことを自認していたジョンソンもうっとりと耳を傾けたのであった。またこの日は、ジョンソンがアレグザンダー・マクドナルド卿夫妻の悪口を思うぞんぶん並べた日でもあった。卿については、ボズウェルに「彼の信じられない程の狭量さの事例を集めて記録しておくように」と勧め、夫人については「あの女は生きていればビールを注文し、死ねばビールを注文しないだけのことだ」と吐き捨てるように言った。

一六日は天気も回復したので一一時にヘクターの家を出たが、ジョンソンはメアリーを「ハイランズで会った最も完璧な女性だ。フランス語、音楽、絵、縫い物、貝細工、牛の乳しぼり、ゲール語の知識……要するに何でもござれだ」と絶賛して別れを惜しんだ(64)。今日は馬でマル島の北部を横断する旅であったが、道もない不毛な荒野を辿る行程はジョンソンをして、「スカイ島よりわびしい島だ」と言わしめるほどであった。途中、医師のヘクターと出会うということはあったが、今日の旅は目を楽しませる物とてなく水の中を背の低い馬《ポニー》でじゃぶじゃぶ渡らざるをえない所などもあり、ジョンソンは今までになく不機嫌になっていった。さらに悪いことに、彼がロンドンから携行して来たオークのステッキを従者がどこかでなくしてしまうということが重なった。これは膝が弱っているジョンソンにはなくてはならぬ物であり今朝も彼自身「とても役立ってきたので、そのうちどこかの博物館にでも寄付しようと思っている」と言ったばかりの愛用のステッキであった。彼はボズウェルのとりなしの言葉にも耳をかさず、「見つけた人は手放すまいよ。ここではあの木材は貴重だから」と、ハイランズの樹木の払底にひっかけた精一杯の皮肉を放って憤懣を表わしたのだった。夜七時、西海岸に着いた一行はコルの知り合いの家に宿泊するつもりであったが[65]、その家に明日をも知れぬ病人がいるとの知らせに予定を変更し、対岸のアルヴァ島に今夜の宿をとることにした。暗闇の中を四人はアルヴァの瀬戸をボートで渡り、ラクラン・マックアリーの家に着いた[66]。マックアリー家は九〇〇年間もこの島に住み続けてきたとのことだったが、家は狭くてここでもジョンソンとボズウェルの寝室での会話は、家の人に聞かれるのを恐れてラテン語にせざるをえなかった。その上、いざ寝ようとジョンソンが服を脱いでベッドに近づくと足が泥の中にはまりこむ始末。窓がこわれていて雨が吹きこんでいたのだ。

翌朝は、アルヴァ島には見るべき物がないとのことなので、すぐにボートで近くのインチ・ケネス島に向かった。そこには、マクリーン一族の長、アラン・マクリーン准男爵が住んでおり、コルは自分の氏族《クラン》の首長の所までジョンソン一行を送り届けるのを義務と考えてここまで一緒に来たのであった[67]。インチ・ケネスがこのあたりには珍しく緑の豊かな小島であったのと、上陸してすぐ目に入った車の轍とがジョンソンの不機嫌を吹き飛ばしてくれた――インヴァネス以来、何と長い間彼等は波高き海原と轍とてない山野を彷徨してきたことだろう！　マクリーン卿は「七年戦争」で北アメリカを舞台にフランスと戦ったことのあるハイランズ連隊の元中佐であり、夫人亡きあと三人の娘といかにも退役軍人らしく質素ではあるが過不足なくこの小島に住みなしていた。夕食も済んだ頃、卿は日曜日の慣例として娘達にお祈りをさせ、ジョンソンもボズウェルもこれに加わってこの夜はまことに敬虔な夕べとなった。ジョンソンは「こんなに心の安らいだ日曜の夜ははじめてだ」と語り、感動をそのままに《聖ケネスの島》というこの島に捧げるラテン語の詩を作った。一方、この旅の主要目的地であるアイオナ島を目前にして気持の高ぶってきたボズウェルも、そっと家を脱け出して暗闇の中を近くの墓地に立つ石の十字架の前に行き心からの祈りをセント・コランバと神に捧げたのであった。しかし、そばの礼拝堂に入ろうとした時ここでもまた幽霊への恐怖心に耐えきれなくなりあわてて家の中へと逃げこんでしまった。

翌一八日、朝食前にボズウェルはまた礼拝堂に行き、永遠の心の安らぎをと祈って昨夜の埋合せをした。彼はこの島がすっかり気に入ってしまい、夏の一、二カ月をここで過したいので譲っていただけませんかと卿に申し込んで、「アーガイル公爵から取り戻したらあなたの言い値でお譲りしましょう」との確約を得た(68)。今日は一日のんびりと休息することにして、ボートですぐそばの小島サマラン島へ行き、ジョンソンはスレイル家の長女クイーニーのために、ボズウェルは父親のために土産の貝を拾ったのだが、インチ・ケネス島に戻る際、ボートの行く手に小さな岩が水面から顔をのぞかせているのを見たジョンソンが「この岩を買ってインチ・ボズウェル（ボズウェル島）と名づけたらどうかね」と言って、ただひとりいつまでも笑い続けていたのは一体何だったのだろうか。今夜は昨晩とは違ってにぎやかな夜となった。当家の姉娘がハープシコードを弾き、妹とボズウェルとコルがそれに合せてリールを踊ったのだから。

一九日(火)。いよいよアイオナ島に向かう日であった。ボズウェルは早朝また礼拝堂へとおもむき鋤で床を掘ってあたりに散らばっていた人骨を改葬してこの記念すべき日の初仕事とした。あとからジョンソンにこのことを告げると、彼は大いにその行ないを褒めたが「自分にはとてもできないね」と率直な言葉を吐いた。ラーセイ島、コル島でも彼は人骨を見てあわてて飛びのき、二度とそれを見ようとはしなかった、ということがあった。ボズウェルは、今朝などは素手で骨をつかんで地中に納めたのだが。

スカイ島のタリスカーで九月二三日に一行と会って以来良き友、理想的な案内人、さらには命の恩人でもあったコル——ドナルド・マクリーン——が族長アラン・マクリーンに一行の今後を託してここから引き返すことになった。ジョンソンもボズウェルも、そして従者のジョゼフも心からの感謝とともに再会を約して別れたのだが、この好青年がわずか一年後にすぐ近くのアルヴァの瀬戸で溺死しようとは誰ひとり夢にも思わなかった(69)。

アラン・マクリーン卿は四人の漕ぎ手のついたボートを仕立て、みずから道案内となってアイオナ島へと一行を導いた。出入の多いマル島の海岸に沿って進み、しかも「マキノンの洞窟」に立寄ったりしたのでアイオナ島への船旅は思いのほか時間がかかったが、はるか右手に見える軍艦のような形のスタッファ島にはジョンソンもボズウェルも無関心ではいられなかった。この「フィンガルの洞窟」を持つ、六角柱の玄武岩でできた奇怪な島が一躍その名を知られるようになったのはつい前の年のことであった(70)。日も落ちて淡い月の光の下、ボートは左右に見えかくれする岩影の中を大きくうねる波に乗って進んで行った。ジョンソンが「これこそヘブリディーズの旅だ」とつぶやくのが聞こえた。しばらくしてやっと前方にアイオナ島の光が見え始め、まもなくボートは桟橋とてないこの島の浜辺に到着した。ボズウェルは人の背を借りたが、ジョンソンは平然と海水の中をじゃぶじゃぶ歩いて上陸した。そして二人は思わず固く手をにぎり合ってこの聖なる島に遂に立った感激を分ちあった。島はアーガイル公爵の所有に帰していたが島民は元来マクリーン族であり、族長来たるの知らせに島民は先を争って浜辺に集まって来た。マクリーン卿がこの島を訪れるのは一四年ぶりであったが、島の人々の卿への敬慕は少しも衰えていなかった。しかし、貧しい島民達が族長に提供できる最良の宿はと言えば農家の納屋であり、ここに干草を敷いて、ジョンソン、卿、ボズウェルは川の字となって寝ることになった。ジョンソンは服とコートを着たままで旅行かばん《ポートマントー》を枕に横になった。ボズウェルは、納屋を吹き抜ける秋風になかなか寝つかれなかったが、ジョンソンをアイオナ島に迎えるという宿願が遂に果たせたという安堵感にいつしか眠りにおちていった。

紀元五六三年、セント・コランバがアイルランドから渡来してスコットランドに初めてキリスト教の光を伝えた聖なる島も、度重なるヴァイキングの襲来、「宗教改革」、僧院解散法、などのために今はすっかり荒廃してしまっており、僧院などの建物も完全な廃墟と化していた。最初に訪れた尼僧院跡は島民の家畜小屋として使われており、牛の糞が床高く堆積していて、その一部を取り除かせてやっと尼僧院長の墓石の文字を読みとる始末。少し歩いて、かつてのこの島の中心地であった聖堂跡に行ってみれば、屋根はなく壁の石も島民が家を造るために持ち去ってあらかた見当らたい有様。ボズウェルは子供の頃から聞かされていたこの高名な聖地のあまりの惨状に失望の色をあらわにしたが、ジョンソンにはおおむね予想どおりであった。しかし、スコットランドの四八人の王――その中にはダンカンやマクベスもいるという(71)――はもとより、アイルランド、ノルウェイの王など六〇人におよぶ王者が眠っていると言われる墓所には、さすがのジョンソンも落胆せざるをえなかった。この島に眠るのが王者の特権であるというにしては墓碑銘どころか墓石さえも定かでなく、ジョンソンはこれが本当に覇者達の奥津城であろうかと疑問を感じた。

朝食をとりに例の納屋に一行は引き返したが、ボズウェルはただひとりそこを脱け出して、再度聖堂跡へと向かった。まず聖堂の入口の前に立つ「セント・マーチンの十字架」に跪いて祈り、ついでかたわらの灰色をした「黒い石《ブラック・ストーン》」――この石に跪いて誓った約束は決して破ってはならないとされ、昔からハイランズの族長達が重大な契約をとり交す時にはわざわざここに来て誓い合ったという――に跪いてアーガイル公爵との訴訟事件ではマクリーン卿のために全力を尽すことを神に誓った。そのあと、いよいよ聖堂跡に入って、荒れ果てたとはいえこの場所の神聖さには変りがない筈と、今後のわが身の行いをつつしむことを神とセント・コランバに誓ったのであった。さらに、気持が昂揚したボズウェルは「ヤコブ書」第五章とこの旅に持参してきた『オグデンの説教』(72)の一節を朗朗と読みあげ、「宗教改革」以来この聖堂の中に説教が響き渡ったのはこれが初めてであろう、とひとり感慨にふけったのであった(73)。この聖なる島から便りをするという、旧友でありエディンバラの弁護士仲間であるジョン・ジョンストンとの約束を果たすべく、ボズウェルは鉛筆で手紙を書き始めたが、そこにジョンソンが入って来てこの聖堂跡を子細に調べたり広さを測りだしたりした。かくして、ボズウェルの手紙が「発信地、アイオナの聖堂……私がこれを書いている間もランブラーが周辺を歩き回っています」という文面になったのもやむをえない[74]。

ジョンソンを聖堂に残してボズウェルは納屋に戻り、朝食として卵を食べただけで今度は島の南端にある「コランバの入江」へと馬で出かけた。聖者コランバが初めてこの島に足跡を印した浜には、人を水難から守る魔力をもつという美しい「アイオナの石」がたくさんあり、子供の頃父からその石を見せられたことのあるボズウェルはいくつかを拾ってこの島の記念とした。

かくして聖地巡礼を果たした一行は、正午頃また同じボートでマル島へと戻ることになったが、島民達はみな浜に出て帽子を振り歓声を挙げて族長一行を見送った。かつての信仰と学問の島も今では教会も学校もなく、読み書きのできる者は皆無で英語が話せる者はわずか二人という惨状であったが、人々の族長に寄せる素朴な心だけは少しも変っていなかったのだ。船は順調に進んでマル島のスクリデーン湾に入り、夕刻一行は船を降りて少し歩きニール・マクラウドの家に着いた。彼は言葉遣いも上品なら頭脳も明晰な牧師で、ジョンソンは彼を「島々で会ったうちで一番頭の澄んでいる人物」と評した。

二一日。ジョンソンはこの日の朝この旅の記録を公刊することを公言してボズウェルを喜ばせた。牧師の家を出た一行はマル島南岸のロッホブイに向かったが、途中、一行に昼食をもてなしたこの島で会った二人目の医師アレグザンダー・マクリーンは、ジョンソンを「この人は分別《センス》の大樽だ」と率直に評してボズウェルの共感を得た。午後は馬の背にゆられて峠を越える行程であったがここもまた岩とヒースだけの荒涼たる風景であった。しかし目的地のロッホブイ湾に面したロッホブイは緑も多く中々に佳い場所であった。ここの館にはマクリーン卿の姉が嫁いでおり、主人はジョン・マクリーンという噂ではフォルスタッフのような豪快な老人ということだったが、実際に会ってみるとやや意固地でにぎやかな老人にすぎなかった。イザベル夫人は、卿の姉にしてはナイトガウンのまま人前に出てくるような女性で、とても年収千ポンドの大家の奥方とは思えず、ボズウェルは振舞いもまるで飲み屋の女将のようだとの印象を持った。当家の令嬢は躾のしの字もない芳紀一七歳の小娘で、ジョンソンが話しかけても無知で会話にもならない有様。どうやら芝居ひとつ読んだこともないらしい。ボズウェルが彼女を「雌の子馬《フィリー》」にたとえると、ジョンソンは「そのたとえはまずい、あの娘には動物の活発さもないよ」と手厳しい。この家の食堂にはベッドが置いてあって、壁も天井も漆喰が塗ってないというすさまじさ。ジョンソンもボズウェルもあきれはて、マクリーン卿も赤面せざるをえなかった。お茶の時間にはジョンソンの耳が遠いと聞いた主人が持ち前の胴間声で「あなたはどこのジョンストンかね、グレン・コーのかね、アードナマーハンのかね」と無遠慮な質問をし(75)、卿とボズウェルがあわてて、「ジョンストンではなくてジョンソンですよ、イングランドの人ですから」と説明するのに大童という滑稽もあった。この間中、ジョンソンは何も言わずにただじっと相手をにらみつけているだけだった。

夕食はマトンのシチューだけが料理らしい料理というお粗末さだったがあとで聞いたところでは、この家には鍋がひとつあるだけで焼串一本ないとの話に、さもありなんとボズウェルは納得した。夜、彼と卿と主人の三人は上等のポートワインをそれぞれ一本ずつ空にし、ついでパンチを飲み始めた。ジョンソンはパンチが一杯目になるのを見て、「これ以上はいかんよ」とボズウェルに言ってベッドに入ったが、勢いのついたボズウェルは返事もせずにそっぽを向いたきり。アイオナ島の精進落しのつもりかさらに飲み続ける魂胆らしい。ところが、急に気分が悪くなり激しい吐き気にあわてて胃を空にして寝こんでしまった。そのかたわらでは、二人の義兄弟がふたボール目のパンチを遅くまで飲みかわしていた。

二二日(金)。アイオナの聖堂での厳かな誓いをその翌日に破ってしまったボズウェルは昨夜の飲みすぎを深く後悔していたが、人の決意のはかなさを熟知しているジョンソンはあまり彼を責めなかった。この日、ジョンソンが朝食に現われる前、イザベル夫人は彼を「機智《ウイット》の地下牢」と妙なほめかたをしたが、こんな表現は聞いたことがないとジョンソンも首をひねったという。さらに彼女は、朝食に羊の頭を御馳走しようと意気込んでいる様子[76]。これを知ったマクリーン卿は姉とはいえあまりの無神経さにあきれてやめさせようとしたが、ジョンソンの反応を知りたいという好奇心からボズウェルがあえて彼女の肩を持ったので、イザベルはジョンソンの姿を見るやいなや熱心にこれを勧めた。しかし、ジョンソンは驚きと怒りをもって羊の頭をきっぱりと断わったのであった。朝食後、一家が二〇年前まで住んでいたというすぐそばのモイ城を見て回ったが、城の下には底知れぬ地下牢がうがたれていた[77]。

さて、喜劇——あるいは笑劇——の一幕のようなロッホブイに別れを告げて、一行はマル島を去るべくグラス・ポイントの渡し場へと向かった。インチ・ケネス島からここまで族長の威光をもって一行をとどこおりなく送り届けたマクリーン卿とロッホブイの主人ジョン・マクリーンが渡しまで一二、三マイルを見送りに同道した。九月一日スカイ島へとグレネルグを船出してから、ロンドンと地続きの土を踏むのは実に五二日ぶりのこととて、ジョンソンもボズウェルも、そして従者のジョゼフも、それぞれの感慨を胸にオーバンへの渡し船に乗りこんだのである。この旅もそろそろ終末に近づいてきたようだ[78]。

（五）ローモンド湖、グラスゴウ、アフレック、エディンバラ

本土へ向かう渡し船は好天のもと快適に進み、夕刻オーバンに着いた。オーバンはひとかたまりの家々だけからなる寒村ではあったが、ヘブリディーズの島々への玄関口に当るので往き来する人は少なくないらしく、最初に訪ねた

宿は満員とのことであった。しかし二軒目の「まずまずの宿」に入った一行は、久し振りに新聞を読むことができボズウェルは新しい情報――といっても、知人の死亡の知らせだったが――に心地良いほどの興奮を覚えた。ともかくも本土に戻って来たという安心感で、今夜はジョンソンもボズウェルもぐっすりと眠ることができた。

二三日。熟睡のあとの朝食をゆっくりと楽しみ、一行は馬四頭で宿を出た。四頭目の馬には荷物だけをつけた。沛然と降り出した雨の中を黙々と進んだ一行は、オー湖を舟で渡り、雨と風と滝のように流れる川の音を聞きながら山を越し、日も沈んでからやっとファイン湾に臨むインヴェレアリーに着いた。アーガイル公爵のお膝下のこの町には立派な旅館があり、そこで身も心もくつろいだジョンソンはこの旅ではじめてウイスキーを口にした、「スコットランド人を幸福にしているのはいったいどんな物なのかね」と言いながら。ところが飲んでみると意外にもブランデーよりおいしい、というのがジョンソンの印象であった。ボズウェルはジョンソンの飲み残しの一滴を自分のグラスに注いで、彼と同じ杯の酒を飲んだことに満足して床に就いた。

翌日の午前中はあれこれ雑談に時を過したが、ボズウェルには気にかかることがひとつあった。この地に居城を持つアーガイル公爵とは旧知の仲なのだが、同夫人が自分を憎んでいることは明らかなので(79)、はたして城を訪れてよいものかどうかと悩んでいたのだ。ジョンソンは、当然行くべきだがディナーの時間の後にするように、と忠告した。ボズウェルはディナーが終ったとおぼしき頃に、思い切ってインヴェレアリー城を訪問した。強大なキャムベル族の族長であるアーガイル公爵はファイン湾を前面にした広大な庭園の中に宏壮な城館を構えていた。公爵はにこやかにボズウェルをもてなし、さらに、明日はジョンソンと一緒に正餐においでください、と招待までしてくれた。ところが、公爵夫人は公爵が彼を客間に導いて彼女に引き合わせても知らぬ振り。彼女の周りにいた貴婦人の中にも、ボズウェルとは知り合いでありながらことさらよそよそしくする者もいた。いくら職業とはいえ、公爵夫人からは公然と無視され、やがては公爵自身とも法廷で敵対しなければならない弁護士稼業に、ボズウェルは辛い思いを抱きながら宿へと帰ったのであった。しかし、ジョンソンが公爵の招待を喜んで受けてくれたので、気持も少しばかり明るくなっていった。

翌二五日は、朝から当地の牧師であるジョン・マコーレー(80)が訪れて朝食をともにした。彼はコーダーで会ったケネス・マコーレー牧師の兄で、ボズウェルとは以前からの知り合いであった。彼はインヴェレアリー城まで二人に同道した。ボズウェルはジョンソンを公爵に紹介したが、ともすれば、部屋を出入りする侍女達の優雅な姿に心を奪われがちであった。一頭立ての遊覧用軽装馬車で、ハイランズには珍しく並木などもある広大な庭園を見て回ったジョンソンは、「ここで感心するのは、少しも費用を惜しんでいない点だ」との称賛の言葉をもらしたが、ただ城が二階建なのが惜しい、とも語った(81)。正餐には、公爵みずからがジョンソンを席まで案内し、彼への敬意を示した。ボズウェルはたまたまテーブルの真中の席になってしまい、左右の人々にスープをとってやったりすることになったが、その中には公爵夫人もまじっていた。彼は、自分は公爵の客なのだから夫人の結婚前のことなど何の関係もない筈だ、と考えてにこやかに振舞い、さらに立ち上って「公爵夫人に乾杯」と彼女の顔をまともにのぞきこみながらグラスを干した――この城では誰のためであれ乾杯をしてはいけないという不文律を犯して。しかし、彼女は冷然とこれを黙殺した。そればかりか、彼女はジョンソンにはこれ見よがしに親しく話しかけてボズウェルを口惜しがらせた。「第二の視覚《セカンド・サイト》」が話題になった時、ボズウェルが意見を述べると、「あなたはメソジストになるでしょう」と決めつけるような言い方をしたのが彼女のボズウェルにかけた唯一の言葉であった(82)。

食事が終って一同が客間へと移りお茶を飲んだ時も、彼女はジョンソンをそばに呼んでみずから彼に茶をいれる歓待ぶりであったが、ジョンソンがボズウェルのことに触れると「ボズウェル氏のことは存じません」と氷のような一言。ボズウェルは高貴で美しい公爵夫人からこのような扱いを受けるのは、「絹の紐で首をしめられるようなものだ」と観念することにした。ジョンソンはのちに彼女を「三本の尾を持つ公爵夫人」と評している。

二六日(火)。今日はインヴェレアリーからローモンド湖まで山越えの旅程だが、この地の馬が背が低すぎて乗りにくいとのジョンソンの言葉を聞いたアーガイル公爵が、自分の厩舎から馬を選んで貸してくれたので、ジョンソンはそれにまたがって宿を出た。ジョゼフはその姿を見て「まるで主教様のようだ」と感じた。ファイン湾から山道へとかかった一行は、激しく降る雨の中を「憩いつつ感謝せよ《レスト・アンド・ビー・サンクフル》」の石碑[83]の立つ峠を越えて、グレン・クローをロング湾へと下り[84]、さらに少し進んでローモンド湖畔のターベットに着いた。ここで昼食をとった後、湖水の美しい風景を楽しみながらロスドゥーへと先を急いだ。今夜の宿は、ジェイムズ・コクーン卿の館である。ボズウェルのかつての恋人[85]の父君である卿は彼とジョンソンを丁重にもてなした。

翌朝目覚めるとすぐにボズウェルはジョンソンの許に行き、(いくばくかの皮肉をこめて)アーガイル公爵夫人に対する彼の見事な紳士振りを称賛した。ジョンソンは上機嫌で、「自分を非常に慇懃な男だと思っているんだよ」と答え、さらに、昨日の山越えの旅を快適にしてくれた馬の御礼をねんごろに認めた手紙を添えて馬を公爵に返したのであった。朝食後、英国で最も大きな、そしておそらく最も美しいローモンド湖を観賞すべく、ジョンソンとボズウェルは船に乗りこんだ。コクーン卿の三男坊も一緒に乗りこんだのだが、船がすこし揺れ始めるとこわがって早々に陸にあがってしまったのは何とも腑甲斐ないことであった――父の卿はローモンド湖に浮かぶ三〇ほどの島の内二〇を領有しているというのに。夕方、一行はコクーン卿の馬車で湖の南端のキャメロンへと向かった。ここは、二年前に死んだ小説家トバイアス・スモレットの生れ故郷であり、彼の従弟のジェイムズ・スモレットがキャメロン・ハウスに住んでいるのだ[86]。彼は学識豊かな人物で、この夜はいつになく実のある議論ができた、とジョンソンは語った。翌二八日は、彼が高名な従弟のために記念碑を建てるのでそこに彫るラテン語を見てくれるよう頼まれたジョンソンは、熱心に元の文に加筆訂正を加えてスモレットにふさわしい碑文に仕上げた。やがて、ボズウェルがグラスゴウから呼び寄せた馬車が到着し、一行は文明の有難さを味わいながらグラスゴウへと向かったのだが、途中、アイルランドの守護聖人セント・パトリックの生れ故郷ダンバートンに馬車を止めてクライド河畔に屹立する城山に登った。ここでもジョンソンは、六四歳とはとても思えない元気さで七二メートルの険しい岩山を足早に登り切り、精力的に城砦を見て回った。[87] ふたたび馬車を東へ走らせた一行はグラスゴウへと入り、町の東端ギャロウゲイト通りの旗亭「サラセンズ・ヘッド」[88]に投宿した。宿には、ボズウェルにはもちろん、二カ月以上も手紙を受取っていなかったジョンソンにも待望の手紙が六通ほど来ており、彼はそれをざっと読んで二時間後にはもうスレイル夫人宛に返事を認めていた。

翌朝は早くから三人のグラスゴウ大学教授が訪れ、朝食をともにした。その内の一人、前東洋語教授、現自然哲学教授のジョン・アンダーソンの案内で、このクライド川に臨む人口三万ほどの美しい町を一行は見て回ることになった。グラスゴウもエディンバラ同様ハイ・ストリートを中心とした細長い街であったが、アメリカとの貿易で財を成した「タバコ貴族」に代表される豪商が町の西部にどんどん私邸を構え出して、町は発展途上の活気を呈していた。ハイ・ストリートを上った突き当りには大聖堂があり、これはスコットランド本土で唯一の宗教改革による破壊を免れた大聖堂であった。[89] ここからハイ・ストリートをふたたび下ると左手にグラスゴウ大学が美しい塔を見せていた。スコットランドでセント・アンドルーズ大学に次いで二番目に古い（一四五一年創立）この大学は、二つの中庭から成るキャンパスを持つ学園で、ボズウェルには一七六〇年の春ロンドンに出奔して以来の母校再訪であった。一行が訪れると多数の教授達が顔を見せたが、アバディーン大学の教授達と同じく皆ジョンソンを畏れてあまり口を利こうとはしなかった。構内の公舎にリーチマン学長を訪問した時も、彼の話し方はいかにも神学者らしく、会話を交すというよりはむしろ短いスピーチをするという印象で、ジョンソンにとっては不満の残る応対振りであった。宿に帰っての昼食にはアンダーソン教授と倫理学のリード教授、それにこの地で書籍の出版と販売をしているファウルズ兄弟[90]が同席した。両教授が帰ったのでボズウェルは、ジョンソンをファウルズ兄弟にまかせて手紙を書くために部屋を出たが、しばらくするとジョンソンがやって来て、あの兄弟とはどうも調子が合わないから戻って来てくれ、とのこと。「私に助けを求めるのですね」と言うと、「まだしもの方を選ぶという訳だよ」との返事。夕食は、アンダーソン教授に招かれてのものだったが、ここでも話はあまり弾まなかった。なお、今日一〇月二九日はボズウェルの三三歳の誕生日であった。

翌朝一行は馬車で「サラセンズ・ヘッド」を発ち、前年に開通したばかりのグラスゴウ橋[91]を渡ってクライド川の南岸に出、一路ボズウェルの田舎アフレックへと南下した。しかし、ここでもボズウェルはジョンソンをあちこち引き回す算段をしていた。まずロードン城にロードン伯爵――彼はかつてアメリカ駐留英国軍最高司令官であった――を訪ね大歓迎を受けた。伯爵には九五歳とかいう母親が健在で、長寿を切望しているジョンソンにまことに喜ばしい矍鑠ぶりを見せた[92]。夕食まで御馳走になった一行は、その夜は数マイル先のジェイムズ・キャムベル宅に泊った。キャムベルの妻メアリーは、ボズウェル夫人マーガレットの姉なので、二人は義兄弟の間柄であった。この旅で一番の近親者の家に泊ったボズウェルは、翌日の日曜日までゆっくりとくつろぎ、一方、ジョンソンは当家の意外なほどの蔵書に御満悦であった。

一一月一日(月)。最初の予定より大幅におくれて、まだアフレックに行かない内に一一月を迎えてしまったが、もうボズウェルは控訴院が開かれる今月の一二日までにエディンバラに戻ればよかろうと肚を決めていた。今日もボズウェルは、渋るジョンソンを説得して近郷に住んでいるエグリントン伯爵未亡人を訪れることにした。その途中で車窓からダンドナルト城を目にしたジョンソンはふと心が動いて馬車を止めさせた。遙かにアイルランドまで見渡せるほどの高台に立つこの廃城は昔の威容をしのばせる物とてなかったが、かつてはスチュアート王家の始祖ロバート二世と三世の終焉の地となった由緒ある名城であり、ボズウェルはスコットランド人らしく畏敬の念をもってこの城祉を見て回った。しかし、ジョンソンは「これがボブ王の居城かね」と周囲にこだまが響くほどに哄笑してボズウェルに口惜しい思いをさせた。

ボズウェルがわざわざ会いに行く価値があると請合ったエグリントン夫人は八五歳の高齢であったが、かつてはエディンバラの社交界の名花であり、また詩人ラムゼーなどのパトロネスとしても知られていただけに、容姿、物腰、教養、非の打ち所のない老貴婦人であった。彼女は、ジョンソンの生れた年が自分の結婚した年の翌年だと聞くと、「それでは、あなたは私の息子になっていたかも知れませんね」と言い、別れぎわには「さようなら、私の坊や」と叫んでジョンソンを大喜びさせたのだった。(93)

翌二日、キャムベル夫妻の許を馬車で発った一行は、正午すぎボズウェルの厳父の住む「アフレック・ハウス」(94)に到着した。この館の当主であるアレグザンダー・ボズウェルはスコットランド最高法院判事として「アフレック卿」の名称を得ていた。年齢はジョンソンより二つ上だったが、息子とは違って謹厳重厚な人柄であり、古典の教養も豊かな領主兼判事であった。トーリーでイングランド教会の信徒であるジョンソンとは対蹠的に、政治的には不動のホイッグ、宗教的にはスコットランド教会（長老派）の敬虔な信者である彼は、息子がジョンソンと親しく交際しているのを不快に思っていたが、それでも息子の大事な客としてジョンソンをアフレックに迎え入れた。信念の人である二人が衝突するのを恐れてボズウェルが政治や宗教に関する話題は持出さないようにとジョンソンにあらかじめ頼んだ時、彼は「自分がその屋根の下で世話になっている紳士が不愉快だと思うような話題など持出さないよ。ましてやそれが君の父上ならば」と彼を安心させた。この日は雨で外出できなかったが、ジョンソンはアフレック卿の豊富な蔵書を見せてもらい、その中に長年捜しても見つからないので実在しないのではないかと疑いはじめていた希覯本を発見して大満足であった。翌日も雨。近在の紳士が数人来訪し、その内の一人がジョンソンにハイランズの印象を尋ねた時、彼は、ハイランズは好きになれないがそこに住んでいる人々は好きだ、と答えた。

四日(木)は晴天になったので、ボズウェルが付近を案内することになった。館の裏手を少し行くと、ルガー川とディッポル川の合流点を見下す台地の上に、一五世紀以来ボズウェル家の祖先の居城であった「重々しい威厳のある古城」が立っていた。ここでボズウェルは、スコットランドの代々の王と生死をともにした先祖の事績を語り、母方(95)の家系はスチュアート王家の血を引くので現ジョージ三世とも遙かに縁続きとなることを誇らしげに説明した。気持の高揚したボズウェルは二人が近くの林の中にさしかかった時、「私があなたより長生きしたらここにあなたの記念碑を建てるつもりです」と将来の夢を打明けたが、ジョンソンはあわてて話題を変えてしまった、「君の孫の顔を見たいものだね」と。翌五日は、昨日食事をともにしたダン牧師(96)がぜひおいで下さいというので牧師館へと向かったが、教会までの三マイルの道はアフレック卿が植えた並木道になっており、ボズウェルはひそかに得意の鼻をうごめかしたのであった。牧師との食事はなごやかに終ったが、ただダン牧師がイングランド教会の聖職者の堕落ぶりを口にしてジョンソンの「我々の教会に関するあなたの無知さ加減はホッテントットなみだ」という痛罵を浴びたのは気の毒であった。さらに、ボズウェルが最も恐れていた父とジョンソンとの衝突が起ったのはこの日であったろうか、それとも翌六日のことであったろうか。卿がジョンソンにメダルのコレクションを披露していた時あいにくクロムウェルの肖像入りのメダルがまじっていたのが原因であったが、二人のクロムウェル評価は火と水ほどにも違うので何とも激烈な舌戦となってしまった。ジョンソンが後日卿から「大熊」というあだ名をたてまつられたのもこの日の遺恨のなせるわざであろう(97)。ジョンソンも余憤おさまらず、七日の日曜日にボズウェル親子が礼拝のため教会に行くのを見ても、長老派の教会などに誰が行くものかと同道を断わってしまった。しかし、八日の朝、ジョンソンが馬車でエディンバラに向けて発つのをアフレック卿は丁重に見送って二人はおだやかに別れたのであった。馬車は北東へと進み、エディンバラから三六マイル程のハミルトンの旅館にその夜は一泊した。翌朝、ハミルトン公爵の住む「ハミルトン・パレス」を外から眺めただけで先を急いだ一行は、九日の夜八三日ぶりにエディンバラに帰還した。元気な妻子の姿にボズウェルは安心し、ジョンソンも長旅が無事に終った安堵感に包まれながら再度ボズウェル宅の客となった。

一一月一〇日からジョンソンがエディンバラを去った二〇日までは、ボズウェルが一二日からの控訴院で忙しいこともあってさしたる出来事もなく過ぎた。二人は「まるで日本で五回の迫害に会ってきたかのように(98)」会う人々ごとに無事を祝う言葉をかけられややうんざり気味であったが、それでも各方面から受ける食事への招待同様、無視されるよりはましだと思うことにした。ボズウェルの家は、連日人々が押しかけて朝の一〇時から午後の二時頃までまるでジョンソンの「接見《レビー》」の間のような有様であった。二晩ほど近郊のエリバンク男爵邸に招かれて外泊した以外はずっとボズウェルの家に泊り続けたので、ボズウェル夫人にはまことに忙しい毎日となった。さなきだに、ジョンソンはお茶は際限なくお代りをするし、蠟燭の蠟は平気で床にこぼすのであった(99)。このエディンバラ再滞在で特筆すべきは、エディンバラ城訪問と「ブレイドウッド聾啞学校」訪問であろう。前者には、「すばらしい所だ」との感想であったが、エリバンク卿がこの城を誇らしげに語った際には「イングランドでなら立派な牢獄になるだろう」との皮肉を放った。後者の学校では、ジョンソンが書いた長い単語を正確に発音したり計算問題をたちまち解いてしまう生徒の姿に、ジョンソンは深い感銘を受けた(100)。

エディンバラ発二二日の馬車を予約したジョンソンは帰心矢の如しであったが、ボズウェルの弁護士仲間であるジョン・ダルリンプル准男爵が、ぜひ一晩わが家にお泊り下さい、七歳の羊を一頭料理してお待ちしております、とのことなので、二〇日エディンバラを去って卿の屋敷に行くことにした。卿はジョンソンのスコットランドに対する揶揄的な言動を快く思っていないらしく、また、あんなイングランド人と仲良くしているスコットランド人の気が知れない、などとボズウェルに対しても陰口を利いているらしいので、二人はあまり気が進まなかったのだが、彼の邸宅がエディンバラの南一二マイルのクランストンにあるという便宜も考慮して招待を受けることにしたのだ。

二〇日(土)午後一時、ジョンソンは見送りのために同道するボズウェルと馬車でエディンバラを発った。二人は互いの胸の内にダルリンプルへの反感を感じたのか、クランストンへは直行せず途中かなりの寄り道をした。ロスリン城を見物したあと、ホーソーンデンにも寄ったのである。この頃にはもう日が暮れてしまい、二人は月光と蠟燭の炎を頼りにあたりを歩き回ってベン・ジョンソンを偲んだのであった(101)。クランストンに着いたのは夜もかなりおそくなってからで、さすがに卿は不快感を隠すことができなかった。翌朝、約束の七歳の羊の料理を食べる段になって、ジョンソンが羊の足を所望すると、ダルリンプル夫人は困惑しきった様子。その場は下手な言い訳で、とうとう羊は出てこないままに終ったが、あとで分ったところでは、七歳の羊を屠ったというのは卿の勘違いで羊の肉など全然なかったらしいのだ。ロッホブイでは羊の頭に憤慨したジョンソンも、この日は「我々が羊の足を所望した時の奥方の顔を見たかね。まるで自分の子供の肉を所望されたような表情だったじゃないか」とボズウェルに愉快そうに語った。

二一日。二人はボースウィクの城を見て、エディンバラ、ニューカースル間の馬車が通るブラックシールズの宿屋に泊った。

一一月二二日（月曜日）。ジョンソンはボズウェルとねんごろに別れを惜しんだのちニューカースル行の馬車に乗り、スコットランドをあとにした。同じ馬車にはニューカースルまで行くエディンバラ大学植物学教授のジョン・ホープ博士が乗っており、二人は良き旅の友を得たことを喜びあった。ボズウェルはひとり馬車を見送ってからエディンバラに戻ったが、一〇一日におよぶつきっきりのホスト役を無事果し終えた安堵感からか深い虚脱状態におちいってしまっていた[102]。

ジョンソンが、「これまでになく楽しい旅[103]」からジョンソンズ・コートのわが家に戻ったのは一一月二六日夜のことであった。

（1）ジョンソンがエディンバラに第一歩を印した 'White Horse Inn' を、偉大なるジョンソニアンG・B・ヒルは 'White Horse Close' の奥に現存する建物としているが、これはM・マクラレンが説いているとおり 'St. Mary's Wynd' の左手にあった旅館が正しく、この誤りはジョンソンの訪問を記念する銅板が旧白馬亭跡にはめこまれるまではかなり流布していたらしい。もっとも、この誤りの源はマクラレンの言うようにヒルではなくて、ヒルが参照したR・チェインバーズであると思われるが。George Birkbeck Hill, *Footsteps of Dr. Johnson (Scotland)*, Chiswick Press, 1890, pp. 68–72；Moray McLaren, *The Highland Jaunt*, Jarrolds Publishers, 1954, pp. 19–20；Robert Chambers, *Traditions of Edinburgh*, Chambers, 1868, p. 172.

（2）Robert Chambers (1737–1803). 法律家。東インドの判事に就任するに当り、母のいるニューカースルまで帰郷の旅行をしていた。後のオックスフォード大学法律学教授。ジョンソンとは二〇年来の知合いであった。八月一〇日ニューカースルに着いたジョンソンは一三日に当地を発つまでの三晩をチェインバーズの母の家に泊った。J. D. Fleeman, *Samuel Johnson, A Journey to the Western Islands of Scotland*, Oxford U. P., 1985, p. 286.

（3）William Scott (1745–1836). 法律家。オックスフォード大学のフェロウ時代からロバート・チェインバーズの親友であり、彼を通してジョンソンとも親交があった。ジョンソンの遺言執行人の一人。

（4）ジョンソンがボズウェルに初めてスコットランド旅行の希望を伝えたのは、一七六三年七月二二日「タークス・ヘッド」においてであった。彼はスカイ島出身のマーチン・マーチンが書いた *A Description of the Western Islands of Scotland* (1703) を子供の頃に読んで以来、スコットランドの奥地には興味を覚えていた。

（5）W. K. Wimsatt, Jr. & F. A. Pottle, ed., *Boswell for the Defence, 1769–74*, McGraw-Hill, 1959, p. 192.

（6）Daniel Defoe, *A Tour Through the Whole Island of Great Britain*, Everyman's Library, Vol. II, p. 299. もっとも、ジョンソンの一〇〇年後に当地を訪れた岩倉使節団の報告では、「街路モ狭隘ニテ、家屋櫛比ス」とある。『米欧回覧実記（二）』、岩波文庫、一九七八年、二〇八頁。

（7）Henry Grey Graham, *The Social Life of Scotland in the Eighteenth Century*, Adam & Charles Black, 1899, Vol. I, pp. 83–84.

（8）A. J. Youngson, *The Making of Classical Edinburgh*, Edinburgh U. P., 1966, pp. 14, 24, 227.

（9）ウィムザット&ポトル　前掲書、一九一頁。

（10）例えば、ジェイムズ・コートに住んでいたヒュームはファイフシャーのカーコディにいるアダム・スミスに、「私の窓からカーコディが見えて嬉しい……」という手紙を出している。J. Y. T. Greig, ed., *The Letters of David Hume*, Oxford U. P., 1932, Vol. II, p. 206.

（11）アレグザンダー・ウェブスターはエディンバラの人口を、一七五〇年頃で四万八八一五人、一八〇一年で六万六五四四人としている。A・J・ヤングソン　前掲書、四一頁。

（12）デフォーは五〇年近くも前にニュータウン建設を予言している。デフォー　前掲書、三〇一頁。

（13）Edgar Johnson, *Sir Walter Scott*, Hamish Hamilton, 1970, Vol. I, p. 7.

（14）Tobias Smollett, *Humphry Clinker*, Everyman's Library, p. 221.

（15）八月一七日付スレイル夫人宛の手紙の中でジョンソンはこう告白している。Bruce Redford, ed., *The Letters of Samuel Johnson*, Princeton U. P., 1992, Vol. II, p. 53.

（16）John Boswell (1707-80). ボズウェルの父アレグザンダーの弟。エディンバラで開業していたが、変り者で通っていた。双子として生れたが、片方のジェイムズは病弱でかつ「拘束衣」を必要とする人物であった。アレグザンダーと同じくこの双子も一七〇七年生れで、しかも三月一日生れのアレグザンダーが「ジョンソン博士より一年半前に生れた」とされているのは、どこかに混乱があるようだ。ジョンソンは、一七〇九年九月一八日生れなのだから。Frederick A. Pottle, *James Boswell The Earlier Years 1740–1769*, McGraw-Hill, 1966, pp. 9, 21, 454.

(17) ボズウェル夫妻の長女で、この年の三月一五日に生れた。彼女はジョンソンによくなついたので、ボズウェルは彼女に五〇〇ポンド余分に遺産を与えると公言し、死の直前に遺言書の中にそう書いたのだが、彼女が父の死後四カ月で病死したためこの遺言は実行されなかった。

(18) ジョンソンがピストルを携えて来たのも驚くにはあたらない。当時のイングランド人は「日本と同じぐらいスコットランドに関しても無知だった」（スモレット　前掲書、二〇四頁）し、イングランド北部の人々は南部からの旅人に「スコットランドは世界で一番野蛮な所ですよ」と警告するのが常だったという（G. M. Trevelyan, *Illustrated English Social History*: 3, Penguin Books, p. 225）。ジョンソンが残して行った日記帳にはボズウェルは絶大な関心を抱いており、後日——一七七六年五月五日——ジョンソンの家で密かにそのかなりの部分を写し取ったほどであった。

(19) レッドフォード　前掲書、第二巻五五頁。

(20) もっとも、アダム・スミスはこの年の春から『国富論』の原稿を持ってロンドンに行っていたので、この時はカーコディにいなかったらしい。ジョン・レー『アダム・スミス伝』、大内兵衛・大内節子訳、岩波書店、一九七二年、三二六頁。

(21) G・B・ヒル　前掲書、九九—一〇〇頁。

(22) 当時のスコットランドは、後にも先にもない程樹木が払底していたが若木は育ちつつあり、三〇年後には見違えるばかりに緑の多い国土になっていた（トレヴェリアン　前掲書、二三六頁、二六一頁）。ジョンソンが植樹の重要性を強調したのは、「木を植えるのは……過去と未来、先祖と子孫を結ぶ輪としての自分の役割を認識している証拠である」という考えに基づくものと思われる。Robert G. Walker, "Johnson and the Trees of Scotland," *Philological Quarterly*, Vol. 61, No. 1, Winter 1982, pp. 98-100.

(23) ジョンソンはかつて、「馬鹿な事を言っている人間は、自分が馬鹿な事を言っていると意識しているものだが、モンボドーは自分が馬鹿を言っていることを意識していないのじゃないかね」とボズウェルに笑いながら語ったことがある。G. B. Hill & L. F. Powell, *Boswell's Life of Johnson*, Oxford U. P., 1934, rpt. 1971, Vol. II, p. 74.

（24）「我々は友人として別れた」ともジョンソンは書いている。レッドフォード　前掲書、第二巻五七頁。

（25）ボズウェルが同じく名誉市民権を与えられなかったのがむしろ不思議なくらいである。当時のアバディーン市は、イングランドからアバディーン大学に入学して一週間も経たない一八歳の学生にまでそれを与えるほど名誉市民権を乱発していたのだから。ヒル　前掲書、一一七頁。

（26）William Murray Mansfield (1705-93). スコットランド出身の高等裁判所長官。イングランドの法曹界で名を成した最初のスコットランド人。アレグザンダー・ポープの友人。

（27）一行は目もくらむような絶壁が両側に迫っている細道をものともせずこの「大釜」の縁を一周した。ジョンソンもボズウェルも高所恐怖症ではなかったらしい。

（28）James Boyd, 15th Earl of Errol (1726-78). 例えば、ホラス・ウォールポールはジョージ三世の戴冠式を描写して、「私が今まで見たうちで最も堂々とした人物――スコットランド保安武官長のエロル伯爵」と書き、同じ情景をトマス・グレイは、「すべての人々のうちで一番堂々としていて印象的だったのは、疑いもなくエロル伯爵であった」と書いている。ヒル&ポトゥル　前掲書、第五巻一〇三頁。

なお、伯爵は一七四五―四六年のチャールズ・エドワードの叛乱のおり、この時スコットランドの貴族が一般に行なったように、父とは反対側の政府軍に加わった。父――キルマーノック卿――はカロデンで捕えられて断頭台に登った（ボズウェルが恐れたのは彼の亡霊である）。一行が後に訪れるラーセイ島のマクラウド一族でも、父は叛乱軍、子は政府軍、というふうにどちらが勝っても一族が安泰なよう父子兄弟が血を流し合ったのだ（この事に関しては、中野好夫『英文学夜ばなし』、新潮選書、八五―一〇一頁、参照）。

（29）ボズウェルは、幽霊がこわくて一八歳になるまで一人では眠れなかったほどである。F. A. Pottle, *Boswell's London Journal 1762-63*, McGraw-Hill, 1950, p. 214.

（30）Rev. Kenneth Macaulay (1723-79). 後年、「もし彼が大馬鹿者でなかったら、偉大な伝記作家にはなれなかったろう」とボズウェルに悪罵を浴せかけたマコーレー卿の従祖父である。

（31）Pasquale Paoli (1725-1807). 地中海に浮ぶコルシカ島の将軍であり、島の独立運動の指導者。ジェノア共和国に属していたコルシカはパオリの指揮の下激しい独立運動を展開し一時は独立政府を樹立したが、ジェノアからコルシカを譲り受けたフランスがこれを屈服させ、そこにイギリスも介入して当時のヨーロッパで大きな話題となった。ボズウェルはヨーロッパ旅行の折会ったルソーにパオリへの紹介状を書いてもらい、一七六五年一〇月から一一月にかけて独立運動に沸き立つコルシカ島を訪問した。パオリに面会したボズウェルは、最初はスパイかと疑われたが、後にはイギリスの送りこんだ密使だと思われて歓迎されたという。パオリと親しくなったボズウェルは、独立運動に共鳴し、エディンバラに戻ってからは、一七六八年二月「パオリ覚書」を含む『コルシカ事情』を出版し、さらに同年八月には寄付金を集めてはるばると大砲を贈ったりした。コルシカがフランスに屈服した時、パオリはイギリスに亡命し（一七六九年六月）、ボズウェルは彼をジョンソンに引き合せたりエディンバラの自宅に招いたりしている。Joseph Foladare, *Boswell's Paoli*, Archon Books, 1979.

(32) ジョンソンが三つ年上の盲目の婦人であるこの同居人に書いたとされている手紙は、前掲のレッドフォード編『ジョンソン書簡集』にも載っていない。

(33) この珍重すべき逸話は、コーダーの牧師であったアレグザンダー・グラントの思い出話として記録されている。Robert Carruthers, ed., *Boswell's Journal of a Tour to the Hebrides*, London, 1851, p. 96.

カンガルーについてジョンソンは、クック船長の世界周航に同行した友人の博物学者ジョゼフ・バンクスから聞いていたものと思われる。バンクスは一七七〇年七月七日の航海日誌にカンガルーを初めて見たことを記録している。Russell Brain, *Some Reflections on Genius and other Essays*, Pitman Medical Publishing Co., 1960, p. 50.

当時のインヴァネスで注目すべき事は、インヴァネスからネス湖を通ってフォート・ウィリアムへと至る「カレドニアン運河」建設の測量を依頼されたジェイムズ・ワットがインヴァネスに来ていたことである。もっとも、ワットは妻危篤の報に「一七七三年秋、運河測量の仕事から呼び戻された」のだが。ジョンソンもボズウェルも気付いていなかったが、ハイランズ「近代化」の波は身近に迫っていたのだ。J. P. Muirhead, *The Life of James Watt*, London, 1858, pp. 215-240.

(34) George Wade (1673-1748). アイルランド生れの軍人。ハイランズに道と橋を造ったことで知られ、「以前の道を知っている人がこの道路を見たら、両手を上げてウェイド将軍万歳を唱えるだろう」との俗謡まである。「総延長二五〇マイルに及ぶ四本の道路（最初のはインヴァネスからネス湖の南岸を通ってフォート・ウィリアムまで、……）がウェイドによって計画され造られた。」T. Ang & M. Pollard, *Walking the Scottish Highlands General Wade's Military Roads*, Andre Deutsch, 1984, p. 24.

(35) この老婆の不安も理由のないことではなかった。なぜなら、カロデンの決戦の後、敗走する高地軍を追ってカンバーランド公（「人殺し《ブッチャー》カンバーランド」）の指揮する政府軍が暴虐の限りを尽していた頃、数人の兵士がこの小屋に押し入ってそこに住んでいた体の不自由な婦人を絞殺し、その娘に暴行を加えようとしたが、からくも彼女はすきを見て逃げ出し助かった、という悲惨な出来事が二七年前にあったのだから。また、そのすこし後には、軍の主計官が大金を持ってここに一泊し、そのまま大金もろとも行方不明になってしまったという事件もあった。彼は殺されてネス湖に沈められたとも、そう人々に思わせて公金を盗んだとも言われるが、いずれにしろこの小屋は曰く因縁ただならぬ小屋だったのだ。O. F. Swire, *The Highlands and their Legends*, Oliver and Boyd, 1963, p. 229.

(36) ジョンソンは、この旅の五年後の一七七八年一一月二一日にボズウェルにあてて、「この二〇年間で私が過した最良の夜はフォート・オーガスタスの夜だ」と書いている。レッドフォード　前掲書、第三巻一四二頁。

(37) フォート・オーガスタスからグレネルグに至る軍用道路は、ウェイドの後継者であるWilliam Caulfieldが一七五五年に造ったものであり、ジョンソンの一行が出会った兵士達はこの道路の補修工事をしていたものと思われる。アング&ポラード　前掲書、一一〇頁。

(38) この本はEdward Cocker (1631-75) が書いた教科書で、彼の名を冠した数学の本は七冊あり、そのいずれかは定かでない。いずれも出版後百年ほど経っていたが版を重ねて広く読まれていた。S. O. Mitchell, "Johnson and Cocker's Arithmetic," *Papers of BSA*, Vol. 56, 1962, pp. 107-109.

(39) 宿の主人は結局アメリカには移住しなかった。彼は後々までもジョンソンを、'olla Sassenach'（愉快なイングランド人）と呼んでいたという。マクラレン　前掲書、七四頁。

(40) ジョンソンが『西方諸島の旅』の執筆を決意したこの記念すべき谷間の位置は、この旅行におけるミステリーのひとつとなっている。ジョンソンはそこをクルーニー湖の近くとしているが、ボズウェルはグレン・シールに入ってからとしており定かでない。J・D・フリーマン博士は、この場所はクルーニー湖の北岸以外ではありえない、と『タイムズ・リタラリー・サプルメント』紙（一九六一年九月二九日号）に報告している。

(41) この時、円陣の中にいた老人がゲール語で「あの大きな男は誰だ」と叫ぶと、「イングランドの言葉をつくった男だよ」という返事がどこからかゲール語でなされ、「なーんだ、大した仕事じゃないね」と件の老人が応えた、という逸話をマクラレンが書きとめている。マクラレン　前掲書、八〇頁。

(42) Thomas Seccombe, ed., *Letters of James Boswell to the Rev. W. J. Temple*, Sidgwick and Jackson, 1908, p. 64.

(43) レッドフォード　前掲書、第二巻七七頁。

(44) 一七八五年に出版されたボズウェルの『ヘブリディーズ諸島旅日記』はマクドナルド卿を激怒させた。彼への非難が誰の目にも明らかなように書かれていたから。その結果、不穏当な部分の取消しを求める卿とボズウェルの間に一時は決闘にもなりかねないほどの不和が生じた。結局ボズウェルは、エドモンド・マローンの忠告もあって、同年に出た再版でその部分を書き変えたのであった。

(45) 当然のことながら、これらの辛辣な言葉は出版された『旅日記』には出ていない。従って我々はポトルとベネットの編集になるこの『旅日記』の草稿につかなければならない。F. A. Pottle & C. H. Bennett, ed., *Boswell's Journal of a Tour to the Hebrides*, McGraw-Hill, 1961.

なお、二人は気付いていなかったらしいが、彼女が六カ月の身重であったことは斟酌されるべきであろう。フリーマン前掲書、一七六頁。

(46) ボズウェルは、'Coirechatachan'、ジョンソンは 'Coriatachan' と書いているが、今日では 'Corry' と一般に書かれているのでこれに従った。

(47) ジョンソンの「メランコリー」はよく知られているが、ボズウェルも「ヒポコンドリア」に生涯悩まされた。もっとも、彼は自分の「ヒポコンドリア」を吹聴したので、「見立ちたいための仮病」みたいだとジョンソンに叱られたことがある。ヒル＆ポーウェル　前掲書、第三巻八七頁。

(48) キルト、タータン、バッグ・パイプなどのハイランズ特有の風俗は、チャールズ・エドワードの叛乱ののちに出された「武装解除令」によって禁じられていた。この法律は一七八二年に解かれるまで、この地方の伝統を回復不可能なほどに破壊した。スモレット　前掲書、二二八頁。

(49) この山頂は、伝説によれば、ハイランズ全域から集まった魔女達が踊り狂った場所である。O. F. Swire, *The Inner Hebrides and their Legends*, Collins, 1964, pp. 39-40.

(50) Flora Macleod (?-1780). 彼女は四年後に後の第五代ロードン伯爵と結婚したが、長女を出産してすぐ死亡した。この時からわずか七年の命であった。フリーマン　前掲書、二七七頁。

(51) しかし、一行をもてなした一一代目の当主の孫にあたる一三代目のジョン・マクラウドは、積み重なる負債のためラーセイ島を売り払って一八四六年オーストラリアに移住した。マクラーレン　前掲書、一一四頁。

(52) 幸いにもこれはボズウェルの杞憂に終った。彼女達は一人のこらず良縁を得た。ポトル＆ベネット　前掲書、一五三頁。

(53) しかし、一般には移民船は不潔であり、チブス、コレラ、赤痢などのために「新大陸」を見ずに命を落す移民も少なくなかった。

当時の移民の数は、「一七六三年から一七七五年の間に二万人がアメリカの植民地へと向かった。一年で五四隻の移民船が西ハイランズの入江から出帆した。……一七六九年にはスカイ島スレートのマクドナルドの全小作人が一人のこらず移住した……」という有様であった。この一文からもマクドナルド卿の不人気が想像される。John Prebble, *The Highland Clearances*, Penguin, p. 187.

別の計算によれば、「その絶頂期（一七六八—七五）には二万人以上の人々が植民地に移った。そしてその約三分の二がハイランズの人々であった」という。T. C. Smout, *A History of the Scottish People 1560-1830*, Collins, 1969, p. 264.

(54) この時王子が使った二枚のシーツは、後にマクドナルド夫妻のそれぞれの屍衣になった。部屋はそのまま保存されていて、ジョンソンは王子が消したままの蠟燭に火を点けたという。O. F. Swire, *Skye The Island and its Legends*, Blackie, 1961, p. 66.

(55) マクドナルド夫妻は翌年ノース・カロライナに移住したが、後にスコットランドに戻りスカイ島で没した。キングズバラの北、キルミュアにあるフローラの墓には、「勇気と忠誠が美徳である限り、その名は敬意をもって歴史に刻まれるであろう」というジョンソンの『西方諸島の旅』にある賛辞が刻まれている (E. Stucley, *A Hebridean Journey*, C. Johnson, 1956, p. 80)。この言葉はインヴァネスのカースル・ヒルにあるフローラの銅像の下にも彫られている。

(56) George Strahan (1744-1824). ジョンソンの旧友である出版業者ウィリアム・ストローンの次男。一七七〇年から翌年までオックスフォードに在学したノーマン・マクラウドの指導教官《チューター》を勤めた。後に牧師になりジョンソンの臨終を見守り、彼が安らかに逝ったことをボズウェルに報告した。ジョンソンの『祈禱と黙想』(*Prayers and Meditations*) の編者。

(57) ジョンソンは「一人の少年が釣りをしていた……」と書いている。

（58）James Macpherson (1736-96) の所謂『オシアン』が彼の主張のとおりゲール語からの翻訳なのか、それとも彼の創作なのかという問題は、今ではジョンソンの主張のとおり、マクファーソンがゲール語の原典を訳したものではなく大部分が彼の偽作（＝創作）である、というのが定説になっている。マクファーソンは実在すると主張した原典を遂に公開することが出来なかった。しかし、これは『オシアン』の文学的価値を貶めることには全くならない。Ian Haywood, *The Making of History A Study of the Literary Forgeries of James Macpherson* . . ., Associated University Press, 1986.

（59）この逸話は、一七八六年に同地を旅行したジョン・ノックス——スコットランドの宗教改革者とは同名異人——が、その旅行記に記録しているものだが、この数にはハイランズ特有の誇張がありそうだ。ヒル＆ポーウェル　前掲書、第五巻五四一頁。

（60）この椿事には次のような異聞がある。この若妻は友人と、ジョンソンの膝に乗って彼にキスすることができるかどうかの賭をしていたというのだ。友人達は、ジョンソンがあまりに醜悪なので彼にキスできる女性などいる筈がない、と言い張ったという。ポトル＆ベネット　前掲書、二二六頁。

さらに、マキノン家には次のような逸話が伝わっているという。マキノン夫人が、塩漬けマトン入りのシチューを出して、「この料理はお気に召しましたか」と尋ねると、ジョンソンが「これは豚の餌に最適ですな」と答え、夫人が「それではもっと召上がれ」と応じた、というのだ。スワイア　前掲『スカイ島』、二一八頁。

（61）ジョンソンが『西方諸島の旅』において「我々は海に慣れていないので、……この逆風を嵐と呼びたがった」と書いたのは楽観的にすぎると思われる。暴風雨に加えて、コル島の入江の中央には大きな暗礁がひそんでいたので、一行が無事コル島に上陸できたのは全くの好運と言うべきである。Francis E. Skipp, "Johnson and Boswell Afloat," *New Rambler*, Jan. 1965, pp. 21-28.

（62）ポトル＆ベネット　前掲書、「はしがき」二二頁。フリーマン　前掲書、二二七頁。

（63）「一五八八年、スペインの無敵艦隊の一隻フロリダ号がこの湾でダンバートンのスモレットという男によって爆破され沈没した。船には多量の金が積んであったのでアーガイル伯爵と数人のイングランド人がこれを手に入れようとして……。」Martin Martin, *A Description of the Western Islands of Scotland*, London, 2nd ed., 1716, pp. 250-251.

この「スモレットという男」は、小説家トバイアス・スモレットの先祖であるという。スモレット　前掲書、二四四頁。

(64) メアリーの後半生は不幸であった。自分に不釣合なつまらない男を愛してしまった彼女は父の反対で結婚できず、父の死後結婚した時は四五歳になっていた。貧困の中に夫にも先立たれ、一八二六年八五歳で寂しく没したという。ヒル&ポーウェル　前掲書、第五巻五五五頁。
もっとも、彼女の名前をキャサリンとする説もある。ジョンソンもボズウェルもたんに「ミス・マクリーン」と書いているだけなのだが。Nicholas Maclean Bristol, *Hebridean Decade*, Society of West Highland & Island Historical Research, 1982, p. 19.

(65) この夜宿泊する積りであった「コルの知り合いの家」が誰の家だったかはボズウェルが全く言及していないこともあって不明である。フリーマン博士の徹底したリサーチもここでは残念ながら推測の域を出ない。フリーマン　前掲書、二三二頁。

(66) この家には、後に「オーストラリアの父」と称えられた、ニュー・サウス・ウェールズ初代総督ラクラン・マックアリーがいた筈だが、一二歳の子供だったので二人の旅行記には全く姿を見せていない。マル島にある彼の墓は、今なおオーストラリアからの観光客にとって大きな魅力となっているという。Israel Shenker, *In the Footsteps of Johnson and Boswell*, Houghton Mifflin Company, 1982, p. 204.

(67) ボズウェルも気付かなかったようだが、実はインチ・ケネス島のマクリーン家の娘達の中にコルの婚約者がいたのだ。彼がここまで来たのは、彼女に会うためでもあったのだろう。ブリストル　前掲書、表紙とその解説。

(68) マクリーン卿は先祖が借金とジャコバイト支持の咎で失った土地をアーガイル公爵から取り戻そうとして訴訟を起し、ボズウェルもその弁護団の一員として活躍した。裁判でマル島の一部は奪還したがその中にインチ・ケネス島は入っていず、結局この約束は果されなかった。C. M. Weis & F. A. Pottle, *Boswell in Extremes 1776–78*, Heinemann, 1971, pp. 70, 132.

(69) コル——ドナルド・マクリーン——は一七七四年九月二五日、アルヴァ島からマル島へ渡る途中、干潮には水が引くほどの浅瀬で水死した。マックアリー宅で酒を飲みすぎた舵取りが船の操作を誤まったものという。享年二四歳。フリーマン　前掲書、一九六—一九七頁。

(70) スタッファ島の名は、G・ブキャナン『スコットランド史』(一五八二年)の第一巻にも見えるが、一七七二年八月アイスラントの調査に向かう途中のジョゼフ・バンクスがリーチという男からこの珍しい島のことを聞いて訪れ、そのことを同年一一月号の『ジェントルマンズ・マガジーン』に報告したのが一般に知られるきっかけとなった。'Staffa' は古代スカンジナビア語で「柱の島」の意。メンデルスゾーンの曲で知られる「フィンガルの洞窟」はゲール語で、'Uamh Bhinn'（妙なる洞窟）といい、これをバンクスが聞き違えてこのような名になった、とされている。スタッファ島は、アルヴァ島のマックアリーの所有地であったが、一七七七年売却された。フリーマン　前掲書、二三三頁。ブリストル　前掲書、三四頁。Chauncey B. Tinker, *Letters of James Boswell*, Oxford U. P., 1924, Vol. II, p. 265.

（71）*Ross.* Where is Duncan's body? / *Macd.* Carried to Colmekill,/
The sacred storehouse of his predecessors / And guardian of their bones. (*Macbeth*, II, iv, 32-4)
'Iona' 島は 'Icolmkill'（コランバの教会の島）とも呼ばれた。'I' は「島」の意。

（72）Samuel Ogden, *Sermons on the Efficacy of Prayer and Intercession*, Cambridge, 1770.　これはボズウェルの愛読書であったが、ジョンソンはあまり評価していなかったらしい。ヒル＆ポーウェル　前掲書、第三巻二四八頁。

（73）しかし、これはボズウェルの勝手な想像で、島民達は日曜にこの聖堂跡に集って祈りを捧げていたとの記録がある。ヒル　前掲書、二二九頁。

（74）Ralph S, Walker, ed., *The Correspondence of James Boswell and John Johnston of Grange*, Heinemann, 1966, pp. 284-5.

（75）ボズウェルは、'Glen Croe' としているが、これは 'Glencoe' としたジョンソンが正しいらしい。耳の遠い筈のジョンソンの方が正確に聞き取ったのも不思議だが。ジョンソン、ジョンストン、に相当するゲール語名は、'Maclain' であり、この名はアードナマーハン地方の氏族名であるが、一六九二年の大虐殺で名高いグレンコーにも少数あった。従って、この質問はボズウェルが思ったほどの愚問ではなかったのだ。R. M. Douglas, *The Scots Book of Lore and Folklore*, Beekman House, 1982, p. 179. John Prebble, *Glencoe*, Secker & Warburg, 1966, p. 25.　フリーマン　前掲書、二四一頁。

（76）「スコットランドには、オートミールと羊の頭以外には食べる物がない」。スモレット　前掲書、二〇三頁。

（77）スコットランドにおける領主の裁判権を禁止した法令（一七四七年）にもかかわらず、ジョン・マクリーンはこの地下牢に二名の男を閉じこめて三〇ポンドの罰金を科せられたことがあった。この裁判にはボズウェルの父——アフレック卿——も判事として関わっていた。ヒル　前掲書、二三六—二三七頁。ブリストル　前掲書、六頁。

（78）そのせいか、ボズウェルはこの日から詳細な旅日記をつけるのをやめている。これからの記録は、簡単なメモとその尋常ならざる記憶力をもとに彼が後年書いたものである。もちろん、我々にはジョンソンの『スコットランド西方諸島の旅』とスレイル夫人への手紙という傍証はある訳だが。

（79）一八世紀スコットランドで最大の民事裁判事件とされる「ダグラス事件」に事は関わっている。一七六一年ダグラス公爵が死去し、直系がなかったので彼の妹の息子アーチボルドがその跡を継いだ。これに対して、男系相続人であるハミルトン公爵が、アーチボルドはにせ者であると訴えた事件。状況証拠はアーチボルドに不利であったが、結局彼の方が逆転勝訴した。当時のスコットランドで人々の耳目を集めた事件で、ヒュームやアダム・スミス、それにジョンソンも、ハミルトン側の主張を正しいと見なしていた。ボズウェルは、弁護士として精力的にアーチボルドを支援し『ドランド』というこの事件をモデルにした小説（一七六七年）まで発表していた。この時のハミルトン公爵夫人が、ほかでもない現アーガイル公爵夫人その人であった。彼女は、若い頃ロンドンの街を歩くと、群衆がぞろぞろついて来るほどの美人として知られ、ハミルトン公爵兼ブランドン公爵と結婚した。彼の死後、後のアーガイル公爵と再婚し、現に公爵夫人となっていたのだから、ジョンソンが言ったように「三本の尾を持つ公爵夫人」であった訳だ。彼女がボズウェルに恨みを抱いていたのは当然である。ポトル　前掲書、三一二―三一六頁。

（80）John Macaulay (1720-89). マコーレー卿の祖父。彼はスカイ島の牧師をしていた時、チャールズ・エドワード追跡に協力した。ジョンソンはこの事実を知るよしもなかったが、どうも虫が好かなかったらしい。マクラレン　前掲書、二五八頁。

（81）ジョンソンの言葉を入れて、城にはのちに三階が建て増しされた。ポトル＆ベネット　前掲書、四八三頁。

（82）「メソジストは蔑称だと思われます、メソジストを自称する人など聞いたことがありませんから」。ヒル＆ポーウェル　前掲書、第一巻四五九頁。

（83）この三〇年後――一八〇三年――の八月二九日、兄のウィリアムと一緒にこの峠道を越えたドロシー・ワーズワスは、この石碑に「この道はウェイド大佐の軍隊によって造られた、と刻まれていた」と書いているが、このグレン・クローを通る道はウェイド死後二〇年も経った一七六八年に造られたもので、ドロシーも、一八〇〇年以前に造られたハイランズの道路はすべてウェイドが造ったとする当時の誤った考えに支配されていたらしい。Dorothy Wordsworth (ed. J. C. Shairp), *Recollections of a Tour made in Scotland A. D. 1803*, Edmonston and Douglas, 1874, p. 123. アング＆ポラード　前掲書、一五一頁。

(84)「グレン・クローと『憩いつつ感謝せよ』の山道で雨の降らない日が一年に一日でもあるのだろうか」と言われる程に雨の多い所である。Sarah Murray, *The Beauties of Scotland*, Byways, 1982, p. 200. もっとも、ワーズワス兄妹が通った時は快晴であった。

(85) ボズウェルが結婚を考えたことがあると書き記している女性は、後のボズウェル夫人を除いても一二人に上るが、コクーン卿の長女キャサリンはその中でもかなりの上位にいた。ポトル　前掲書、四〇四頁。

(86) スモレット　前掲書、二三六頁。

(87) この時、一行を案内したのはニール・キャムベルという男で、彼は一七八七年六月二九日、ロバート・バーンズがダンバートンで名誉市民証を与えられた時にも参列していた。Raymond Lamont Brown, *Robert Burns's Tours of the Highlands and Stirlingshire 1787*, Boydell Press, 1973, pp. 7, 11-2.

(88) 'Saracen's Head' 一七五五年に建てられたグラスゴウで最初の旅館。この宿の宿泊者名簿には、ジョン・ウェズレー、アダム・スミス、バーンズ、ワーズワス、コールリッジ、メンデルスゾーン、ショパン、パガニーニ、ストウ夫人、ブレット・ハート、などの名がある。Leslie Gardiner, *Stage-Coach to John O'Groats*, Hollis & Carter, 1961, p. 162.

(89) もうひとつは、オークニー諸島のカークオールにあるセント・マグナス大聖堂である。Hubert Fenwick, *Scotland's Abbeys and Cathedrals*, Robert Hale, 1978, p. 17.

(90)「(大学の中庭のジェイムズ・ワットの仕事場のそばには) ファウルズ兄弟の書店兼印刷所があった。そこでは新本を売り、古本を競売にし、古典や詩人達の作品を美しい活字とまれに見る程の正確な本文で出版して、学者や愛書家を喜ばせていた。そこは、文学と座談と愉快な仲間を愛する人々の溜り場であった。」H・G・グレアム　前掲書、第一巻一四一―一四二頁。

(91) David Daiches, *Glasgou*, Granada, 1982, p. 80.

(92) 彼女は実際は一六八四年八月生れの八九歳であった。ヒル&ポーウェル　前掲書、第五巻五六六頁。

(93) 彼女は一七八〇年に九一歳で没するまで容姿は衰えなかったが、最晩年には城内に鼠を飼って、「四つ足の動物には裏切られたことがない」と言っていたという。彼女の肌の美しさの秘訣は、毎日豚の乳で顔を洗っていたから、とされている。チェインバーズ　前掲書、一九七―一九八頁。

(94) 'Auchinleck House' 一七六二年にアフレック卿が建てたネオ・クラシック風の邸宅。卿は当時、この玄関から他人の土地を踏まずに一〇マイルまっすぐ歩くことができるほどの土地を持つ領主であった。Chauncey Brewster Tinker, *Young Boswell*, Putnam, n.d. (1922), p. 7.

(95) ボズウェルの実母は名門アースキン家の出であったが一七六六年に死去した。ボズウェルが従妹のマーガレット・モンゴメリーと結婚した一七六九年一一月二五日当日に父のアフレック卿も再婚の式を挙げた。継母は「アフレック・ハウス」にいた筈だが、全くその姿を見せていない。

(96) この牧師は以前ボズウェル家に住込みの家庭教師であり、ボズウェルは彼から『スペクテーター』を読むことや文学の面白さを教えられた。ポトル　前掲書、一八頁。

(97) 卿がジョンソンを「大熊」と呼んだのは、エディンバラに戻ったジョンソンが控訴院を見物に訪れた時であるから、一一月一二日、または一六日から一九日の五日間の内のいずれかであろう。（冬期控訴院は一一月一二日開廷し月曜以外の週日は開いていた。なお、一三日から一五日までジョンソンはエディンバラを離れていた。アフレック卿も裁判のためにジョンソン一行に少しおくれてエディンバラに来ていた訳だ。）ウィムザット&ポトル　前掲書、三五一頁。
もっとも、ジョンソンを「大熊」と呼んだのは詩人のトマス・グレイの方が先である。ヒル&ポーウェル　前掲書、第五巻三八四頁。

(98) フランシスコ・ザビエルの来日以来キリスト教徒が受けた、一五八七、一五九〇、一五九七、一六三七、一六三八年の五回の迫害を指すとされている（ヒル&ポーウェル　前掲書、第五巻三九二頁）が、ジョンソンがこれをどこから知ったかは定かでない。

(99) 「ボズウェル夫人が私に早く帰ってもらいたいと思っていることは分っていた」とジョンソンはロンドンに着いた翌日のボズウェル宛の手紙の中で述べている。レッドフォード　前掲書、第二巻一二〇頁。

(100) ジョンソンに感銘を与えた生徒は、サラ・ダッジウッドというジョン・ミルトンの姉の直系に当る女生徒であったらしい。R. E. Jenkins, "Johnson and Miss Dashwood at Braidwood's Academy," *Notes and Queries*, Feb. 1974, pp. 59–60.

(101) 一六一八年夏、ロンドンからスコットランドへの徒歩旅行を敢行したベン・ジョンソンは主としてエディンバラに滞在したが（九月にはエディンバラの名誉市民となっている）、年末から一六一九年の初めにかけて数週間をホーソーンデンの詩人ウィリアム・ドラモンドの家に滞在し、「酒蔵をからっぽにした」。この折のジョンソンの言動をドラモンドが書き記した原稿は、一八四二年になってやっと刊行された。ジョンソンにはこの時の旅行記を出版する計画があったらしいが、結局実現しなかった。P. Hume Brown, *Early Travellers in Scotland*, David Douglas, 1891, pp. xx-xxii.

(102) ウィムザット&ポトル　前掲書、一九七頁。

(103) ボズウェル宛書簡（一七七六年一一月一六日付）。レッドフォード　前掲書、第二巻三六一頁。

ジャコバイト・ジョンソン——四五年出陣説再考

(一)

一六八八年の「名誉革命」によって王座を追われたジェイムズ二世の孫チャールズ・エドワード・スチュアートが、父ジェイムズ・フランシス・エドワード・スチュアートの王座奪還を図って、スチュアート家の故郷であるスコットランドに挙兵したのは、一七四五年の八月であった。翌九月にはエディンバラに兵を進めたチャールズは、ホリルード宮殿での一月余りの滞在の後、いよいよスコットランドから国境を越えてイングランドへと進軍を開始し、一一月にイングランド北辺の町カーライルを手中に収めて、一二月初旬にはロンドンから一二〇マイルほどのダービーにまで南下してきた。

首都ロンドンでは、せいぜいが約五〇〇〇と推定される進攻軍の行手を阻むべく一万二〇〇〇の政府軍を従えてその前方に待ち構えているカンバーランド公、さらにはその後方から迫っているウェイド将軍の軍勢約九〇〇〇などへの信頼はあったがやはり不安はつのり(1)、公の父君であるジョージ二世はいざという場合にそなえて、ヨットをロンドン塔のテムズ川岸壁に待機させている、との噂も流れたほどであった(2)。

このような状況を背景に、日頃からハノーヴァー王家への反感を抱きそれをかくさなかった当時三六歳の三文文士サミュエル・ジョンソンが、この蜂起に何らかの支援行動を起したのではあるまいかという仮説が従来からささやかれてきた。夏目漱石の誕生から死去までのほとんど毎日の行動を克明に調べあげてきたわが国の「漱石産業」ほどではないにしても、ジョンソンの生涯におよぶ言動に関してほとんど知りうる限りのことが英米の学者の二百年におよぶ研精の結果として蓄積されてきた。ところがどうした訳か、一七四五年後半から翌年の春までの半年以上にわたって、ジョンソンの手になると思われる手紙や文章もなければ彼の行動、所在も不明であり、これは彼の生涯におけるひとつの不可解な闇として、未だに謎となっている。

ジョンソンのこの空白の数ヵ月に関しては、彼の名を不滅にした辞典の構想を練っていたのであろうというジェイムズ・ボズウェルの推測がほぼ定説となっているが、その構想の草稿は一七四六年四月三〇日付となっており、彼はこの間ずっとこの大事業の進め方に思いを傾注して、他の活動を一切中止していたのであろうか。

万が一にも、もしジョンソンがチャールズ・スチュアートの蜂起に対して何らかの実際的行動を起していたことが実証されれば、それは文学者としての彼を理解する上でもとうてい無視できないことであり、その際の衝撃は「シェイクスピアへの洗濯屋の請求書」(3)が発見された場合にも劣らないものと思われる。文学者の実生活における行動など、文学とは何の関係もない、と言いきってしまうことは、ジョンソンにおいては妥当ではない。彼のようなタイプの文学者を研究する者にとっては、このような「事実」の追求はとうてい軽視できないものであり、その姿勢が探偵のそれに似てくるのもやむをえまい。シャーロック・ホームズこそ文学研究者の「守護聖人」である、というノースロップ・フライの断定は、「文学の批評家は文学の探偵ではない」というF・W・ベイトソンの発言にもかかわらず、われわれの心情にかなり近いものと言えよう(4)。一般に、「事実」の追求は文学研究の副次的一側面であり、その補助的役割を果しているにすぎないと考えられている。なるほど、確かに「事実」は文学的「真実」を構成する断片にすぎないのではあろうが、反面、それは何人も否定できない不壊の存在であり、時を越えて厳存し続けるものではあるまいか。意見や批評は……これらは時の流れや流行の潮に押し流されて早晩その波間に没する運命にあり、わずかにそのうちで際立ってブリリアントなものだけが、やがてひとつの「事実」と化して文学史上に残る。

（二）

さて、ジョンソンが一七四五—四六年の反乱にかかわったというこの「仮説」——または「伝説」——がボズウェルによってその可能性がわずかに示唆されながら結局否定されて以来、それでもジョンソンの伝記上のひとつの影の部分として生き延びてきたのには何人かの支持者があったからにほかならない。そのうちでも代表的なのは、ウィリアム・ハズリット、（ボズウェルの『ジョンソン伝』の編者）J・W・クローカー、J・L・ウォードなどであるが、中でも最近でもっとも注目すべき論者は、歴史家チャールズ・アレグザンダー・ピートリー卿であり、彼は一九五〇年『イングリッシュ・レヴュー・マガジーン』誌に「ドクター・ジョンソンとザ・フォーティ・ファイヴ」を発表して、この説の証拠をくわしく検討している。ジョンソンがジャコバイト——スチュアート王家支持者——であったことはかくれもない事実だが、ピートリーはジョンソンの反ハノーヴァー王朝発言を列挙したうえで、いくつかの証拠と思われるものを挙げている。それは、

（一）一七四五年だけは不思議にも彼の書簡が一通も残っていず、『ジェントルマンズ・マガジーン』の定期的寄稿者でありながらこの年の前後だけは彼の筆になるものがひとつも掲載されていない。この間、彼はどこで何をしていたのか？

（二）ジョンソンのリッチフィールドでの恩人であるギルバート・ウォームズリーが、ジョンソンの昔の教え子である名優ギャリックに与えた一七四六年一一月三日付の手紙――「私はジョンソン氏を彼自身にとっても世間にとっても、完全に失われた大才だと思っている」――が示唆しているのは何か？

（三）ジョンソンの辞典編纂のもっとも古い助手であったスコットランド人フランシス・スチュアートが所有していた手紙を、彼の死後エディンバラにいるその妹から買い取るようボズウェルに執拗に頼んでいるという事実。(5)この手紙はよほど重大な事実を秘めたものだったに違いない。

（四）ジョンソンの奇妙な同居人たちの中でも特に異様な人物であった素人医師のロバート・レヴェットの存在。ジョンソンは「四六年頃に」彼と知り合いになったというが、その昔パリのカフェのウェイターをしていたというこの男はジョンソンの過去を知っていたので、ジョンソンはいつも身近に彼を置いておかねばならなかったのではあるまいか。

（五）ジョンソンが一七七三年、六四歳という年齢にもかかわらずスコットランドの奥地まで旅行したのは、かつての戦友と再会し、またチャールズゆかりの地を訪れたいというジャコバイト的心情の表れではないのか？

（六）ジョンソンの家の戸棚に吊してあるのをボズウェルが目撃したマスケット銃、剣および剣帯。ジョンソンがロンドンで国民軍に徴兵された時のものとされているが、一七六二年年金をもらうようになるまでのジョンソンは常に貧乏であり、不要不急の銃剣など買う余裕があったとは思われない。

かくしてピートリー卿は、そのひとつひとつはさして重大ではないかもしれないが、「全体として、それらはただひとつの結論を指し示しているように思える」と、その論を結んでいる。(6)

この内、（一）はいまだに解明されていないのは、前にも述べたとおりである。（二）は、ウォームズリーのジョンソンに対する期待が非常に大きかったということを示しているにすぎず、『ロンドン』（一七三八）も『サヴェジ伝』（一七四四）も作者名なしで出版されていたので、一七四六年当時ジョンソンはほとんど無名にひとしかったということと、この手紙の受取人が、すでに旧師ジョンソンをしのいで俳優として名を成していたギャリックであることを考えると、さほど意味深長な文面とも思われない。(三)は、ジョンソンがどうしても手に入れたがっていたこの手紙の内容が分らないので、どのような議論も推測の域を出ない。(四)も、ジョンソンが同居させて保護していた得体の知れない人物はレヴェット以外にも何人かいたのだから、特にレヴェットだけを取り上げてその理由を詮索しても、あまり説得的ではない。(五)は、ジョンソンがスコットランドへの興味をかきたてられたのは、まだ幼い頃父親がマーチン・マーチンの『スコットランド西方諸島記』（一七〇三）を彼の手に渡した時以来であるとジョンソン自身が語っており、この旅の動機を四五年の蜂起と結び付けるのはこじつけの感をまぬがれまい。ジョンソンは一七七三年にはスコットランド、翌年にはウェールズ、さらにその翌年にはフランスと、この頃「旅行づいていた」のであり、ことさらスコットランドだからと老骨に鞭打って「ジャコバイトの心の故郷」に旅立ったわけでもなさそうだ。[7] (六)については、『ブリタニカ百科事典』（一一版、「国民軍《ミリシャ》」の項）によれば、国民軍はその必要ありと思われるたびに国会の決議によって編成されることになっていたが、一七五七年に組織の大改革が行なわれるまで、近年で実際に編制されたのは、フランス軍の進攻の恐れがあった一六九〇年と、ジェイムズ二世の嗣子、所謂「老僭王」の蜂起があった一七一五年、そして一七四五年の三回きりであり、一七四五年に編制された国民軍があまりに頼りなかったので、五七年の組織改革が行なわれたらしい。しかも、この改革によれば、国民軍に入る義務があるのは一八歳から四五歳までの男子であり、ジョンソンは五七年には四七—八歳であったわけだから該当せず、従って彼が国民軍に加わったと考えられるのは四五年の時だけということになる。これでは、ジャコバイト軍どころか、これを迎え撃つ国民軍に加わっていた可能性あり、という全く逆の結論になる！（もっとも、首都ロンドンだけは五七年まで独自の市民軍制度を持っていたらしく、ジョンソンが召集されたのもこれらしいから、(8)一応この点の問題は消えたと言えようか。）いずれにしろ、「この国民軍の詳細については今日奇妙なほど分っていない」と『ジョンソンのイングランド』（第一巻四章「陸軍」）にもあるので、ジョンソンの持っていた武器が支給されたものかどうか、なども含めて、真相は時の霞の彼方にある。

こうして見てくると、ピートリーの説は特に(三)と(六)において可能性ゼロではないにしろ、「ただひとつの結論を指し示している」とも思われない。まず最初に、「保守反動の典型たるジョンソン」という前世紀以来の牢固たるジョンソン観があって、その先入主から、名誉革命以前の体制に引戻そうとするジャコバイトの蜂起に参加するジョンソン、という推論が生れ、それを例証する証拠があれこれ集められた、という印象は否めない。「ピートリー卿は保守反動的情熱に支配されて、疑わしい結論に達している場合がままある」（『アメリカン・ヒストリカル・レヴュー』）との評は、ここにも当てはまるのであろうか？

まともなジョンソン研究家たちは、これを「根も葉もない伝説」として議論の対象にさえもしないし、ひとかどのジョンソニアンを標榜したいのならこのような「邪説」は一笑に付してしまうのが賢明なのであろうが、今日もっとも論争的かつ挑発的なジョンソニアンと思われるドナルド・グリーン教授は、その著書『サミュエル・ジョンソンの政治論』（一九六〇）の中で、ジョンソンがジャコバイトであったとされる理由を六つ挙げている。

（一）ジョンソンは三歳の時、るいれきを治すために母に連れられてロンドンに行き、時の女王アン（スチュアート家最後の王）に所謂ロイヤル・タッチをしてもらった。

（二）一七四五—四六年の著作活動の著しい低下。

（三）「四五年」にジャコバイト軍に加わり、大赦が発令になるまでロンドン市内に身をひそめていたウイリアム・

ドラモンドとの交友。

(四)「ハノーヴァー王朝は前の王家に匹敵する権利を既に確立したが、だからといって、国民に忠誠を誓わせるのは間違いである。」という発言。

(五) 蜂起軍がもっともロンドンに接近した地点であるダービーを一七七七年九月に訪れた時、ボズウェルに「あれは高貴《ノーブル》な企てであった」と語ったという事実。

(六) ジョンソンが「議会報告」を『ジェントルマンズ・マガジーン』誌に執筆していた時、ロバート・ウォルポール卿を攻撃し、ハノーヴァー王家をことごとに非難し続けたこと。

グリーン氏は、これらのひとつひとつに反論することはせず、「これらの態度は与党《ホイッグ》を含む当時の何千という国民に共通の態度であった(9)」と、最後はやはり一蹴している。(ジョンソン・ジャコバイト説に対する同氏の結論と思われる言葉は、彼が編集した『イェール版ジョンソン全集第十巻、政治論集』のフットノートに記した「ジョンソンは反—反—ジャコバイトであった」という一文であろう(10)。この結論は、すべてに対して容易に肯定的意見を吐かなかったジョンソンの性癖、特徴をも巧みにとらえたみごとな総括と言えよう。)

一般的に言って、否定するというのはかなり危険をともなう行為である。なぜなら、九九・九パーセントその可能性がなくとも、最後の〇・一パーセントのところで実際にそのような事実があれば、否定論は一挙にくつがえされてしまうのだから。「ある事実について報告がないのは、けっしてその事実が起らなかった証明であるとは限らず、他の多くの原因からも生じ得る。何らかの傾向からの故意の黙殺、匆卒の際の看過、軽視、不和のごときこれで、これらの原因がなかったと断言し得るのでなければ、報告がないから事実がなかったという右の論法を用いてはならない(11)。」この場合、その〇・一パーセントの可能性を示すと思われる証拠は存在しないものであろうか。状況証拠はグリーン氏の否定にもかかわらず、ピートリーの言うように少なくない。ここで必要なのはこれらの状況証拠を一挙にある結論へと向かわせる決定的証拠であろう。しかもそれはただひとつでもよいのだ、「ただ一つの証拠でも確実と考えてよいことがある。それはその証拠が、確かさに異論のない史料によって与えられ、かつ他の方法で知られている問題の事象の実際や関連に明らかに適合する場合である」(12)のだから。

（三）

一九〇二年一一月号の『アトランティク・マンスリー』誌に「サミュエル・ジョンソン瞥見」（A Possible Glimpse of Samuel Johnson）というタイトルの一文が載った。筆者は陸軍士官学校《サンドハースト》出の元軍人でもっぱら軍の情報局勤務を続け、前年の一九〇一年に退役したウィリアム・エヴェレット卿。彼によれば、ある知り合いの旧家がその広壮な邸宅を人に貸すことになり、邸内の古い家具などを整理しているうちに、古文書が見付かりその中に三通の興味ある手紙がまじっていたという。第一の手紙は、チャールズの蜂起に加わったパース公爵ジョン・ドラモンドからのもの。二番目の手紙は、カンバーランド公の連隊にいたグランビー侯爵からのもの。第三のは、アストンという人物が一七四六年初頭に自分の見聞したことを書き送った手紙。（前の二人は『英国人名辞典』（DNB）にも載っていて、それぞれ敵味方として四五―六年の内乱に参戦したことが記されている。）一番目と二番目の手紙にも、反乱軍に加わっていたイギリス人志願兵の中に、風貌、学識、気性などの点でジョンソンに似た人物が登場するが、双方ともが伝聞をさらに伝えるという形の手紙なので、ことさら論ずるには値しないようだ。問題は第三の手紙であり、これは手紙の差出人の直接体験を伝えている。（以下の引用中、'and for mine' 以外のイタリック体および(a)―(s)の記号はすべて引用者による。）

The last extract is from a member of the family in whose house this correspondence is understood to have been found ; (a) *known, howevr, in 1746 by the name he had assumed on marrying an heiress :* ——

"You know that (b) *Oxford and the Church* have not destroyed my interest in all that relates to my former profession, so learning that (c) *my old regiment* was in the Duke's army, I determined to see what a rebellion is like. I found them at (d) *Carlisle. They had just reduced the unhappy garrison which the Pretender left behind as he retreated into Scotland.* The Colonel and officers all received me with open arms ; wished I would drop my gown and sport the cockade again. The Colonel told me his plans, and added : ——

" 'You're the very man I want, (e) *Harry*. We have captured a mob of poor devils here —— Oh, I keep forgetting (f) *you're a parson now* —— whom I think that d-d —— saving your reverence —— Pretender left on purpose, knowing we should take the place. I suppose nothing can save the fighting men ; but there are some non-combatants that it would be a shame to hang. (g) *I'm a humane man myself ; but the Duke* —— *Well!*' Here he paused, and hemmed. 'Now, I do wish you would talk to some of them, and find out something in their favour. There is (h) *one particular big fellow* I'll send in to you directly, for the Scots tell me *he is an Englishman,* who has been wrangling ever since he joined them ; *a scholar and no soldier.*'

"He left me, and there was brought in almost immediately a big fellow indeed, very shabbily clothed, but with a strange look of defiance. When he saw me, he flushed suddenly up to his eyes. I knew him! It was ——But on the whole, I won't tell you his name, and you will see why. (k) *I knew him at Lichfield, when my regiment was quartered there, and he has been in my house in London.*

" 'I see you remember me, Mr. ——,' said I, '*we are old friends.*' [l]

" '*You were indeed my friend, Mr. Aston, when you bore another name and another coat.* [m] I suppose you expect my compliments on your present circumstances.'

" 'I expect nothing,' said I, 'but that you shall tell me, for old friendship's sake, how you came into this position.'

" 'I know well, sir, that one who has served in the forces of the Elector of Hanover will despise the call of loyalty to his rightful king.'

" 'Oh, you and I have fought out that battle long ago ; but your Scottish friends seem to have taken their Prince, and left you to perform what you believe a loyal subject's duty by yourself.'

"You should have seen *the strange convulsion that passed over his whole frame* [n] as I spoke ; *it seemed as if the veins in his forehead would burst.* [o] 'Sir, the Scots' —— he broke out, and then his voice subsided into a strange grumble.

" 'Never mind the Scots,' I said, 'but whether they are here or there, you know the destiny that awaits you ?'

" 'I shall be hanged,' he said in a terribly calm voice.

" 'I intend you shall not,' I replied ; '*you have, I know, a mother and a wife* [p] who need you. The Colonel tells me he means to send a recruiting party to the Midlands. You will be put in their hands as a prisoner. *They will go through Lichfield, and there they will lose sight of you.* [q] I know every man in my old regiment, and can make my word good. You will, for your mother's and your wife's sake, *and for mine,*' I added, looking him fixedly in the face, '*remain absolutely quiet till this rising is over, and in all your after life never mention this excursion of yours.* [r] In this way I can save you ; if you do not do as I say, you will indeed meet the fate you have named.'

“‘Sir,’ he said in another *uncouth convulsion*,(s) ‘I shall give no pledge’ ——
“‘I ask none,’ said I, ‘but I am sure you will do as I say all the same.’
“He was removed; the Colonel agreed to get him a decent suit, —— no easy matter for so enormous a frame, —— and I saw him no more. You see at once that it would be a risk to name him.”

まず最初の問題は、この手紙は誰が書いたのか、ということである。(e)と(m)から、彼の名が‘Harry Aston’であること、および、(b)と(f)から彼がオックスフォード出で今は聖職にあることが分る。(a)によると、一七四六年には、妻の姓を名乗っていたとのことなので、‘Aston’というのは彼の本来の姓ではないらしい。(c)と(k)は、彼がかつては軍人であり、所属の連隊がリッチフィールドに駐屯していたことを物語っている。これだけのことが明らかになれば、ボズウェルの『ジョンソン伝』の読者なら当然ある人物のことが頭をかすめるはずだ——ジョンソンに、「彼は良くない男だったが、私にはとても親切にしてくれた。ハーヴェイという名の犬がいれば可愛いがるよ[13]」と言わせた男、ヘンリー・ハーヴェイのことが。彼については、ボズウェルは『コリンズ貴族名鑑』を見よ、と言っているが[14]、それによると「初代ブリストル伯爵ハーヴェイ」の男児の項に、

ヘンリー、一七〇一年一月五日生れ。マーク・ケア卿の竜騎兵連隊の旗手であった。一七三〇年三月二日、トマス・アストンの長女で相続人であるキャサリンと結婚。その後聖職について、神学博士となり、アストンの姓を名乗った。

とあるのみだ。しかし、われわれが知るかぎり、ヘンリー・ハーヴェイについてもっともくわしいのは、ジョンソンに関する家系などの基礎資料を徹底的に調査した素人学者A・L・リードの一一巻からなる大著『ジョンソン拾遺集』（一九〇九―五二）であろう。（その徹底ぶりは、この拾遺集の第三巻で、ジョンソンの例の高名な手紙によって悪しきパトロンの典型とされてしまったチェスターフィールド伯とジョンソンとが、本人同士夢にも想わなかったであろうが、じつは遠縁に当っていたということを「実証」してしまったほどであった）その第五巻の「付録」にはこうある。

初代ブリストル伯爵ジョンの四男ヘンリー・ハーヴェイ、一七三〇年三月キャサリン・アストンと結婚。彼は一七〇一年一月五日午前八時出生。ウェストミンスター・スクール卒。一七一九年六月八日オックスフォード大学クライスト・チャーチ入学、学位を得ずに修了。（中略）陸軍に入り、一七二七年三月ケアの竜騎兵連隊の旗手となる。一七三八年一二月二一日、大尉。一七四三年九月、イーリーで聖職に就く。（中略）一七四五年セント・ポール大聖堂で聖職者の子弟の年次大会のために説教（後日、出版）。一七四八年一一月一六日死亡。彼は連隊がリッチフィールドに駐屯の折、後の妻と出会った。彼女は唯一の兄、サー・トマス・アストンの死去にともない、アストン家の財産（「年四千ポンド」）を相続し、彼女の夫は国会の決議によりアストンと改姓。

この記述と先の手紙を照らし合わせてみると、(e)以外はすべて符合する。(e)の'Harry'という名も、これが'Henry'の愛称であることは言うまでもないが、リードはすぐ続けて、彼が実際に'Harry Hervey'と呼ばれている手紙を何通か引用しているので問題とはならない。以上のような検証から、この手紙の筆者がヘンリー・ハーヴェイ――「人類は男性と女性とハーヴェイ一族から出来ている」(15)という戯言《ざれごと》が一八世紀に流行したほどに変人を輩出したハーヴェイ家の一人——であると断定しても、まず間違いあるまい、これほどまでにあらゆる点で符合する別人など考えられないから。

次の問題は、この手紙に登場する捕虜が誰かということである。(h)(i)(j)から、この男がイングランド出身で学識のあるかなりの大男だったことが分る。これだけでは、いくらジョンソンが優に「六フィートはある」(16)大男だったとしても、何の論拠にもならないが、(n)(o)(s)によれば、この男は「全身におよぶ奇妙なけいれん」を起し、「額の血管が破裂しそうなほど」怒張する体質らしく、これは「人目をひくほどの病的けいれんを時々起す」、「食事の際には額の血管がふくれ、通常、大粒の汗が見られた」というボズウェルの冷徹な描写と一致する。(17)さらに、ヘンリー・ハーヴェイがリッチフィールドに駐屯していた時に知り合い、彼のロンドンの家にも来たことがあるという(k)の一文は、(p)の「母と妻があり」、(q)の、リッチフィールドでそれとなく放免される、との言葉とあいまって、益々われわれにこの男がジョンソンその人であるとの確信を深めさせる。(18)

それでは、この手紙が伝える出会いが起った町カーライルについてはどうか。このイングランド北辺の町には、(d)にもあるとおり、ジャコバイト軍がスコットランドに撤退するに際して、イングランドに残して行ったただひとつの守備隊がその城内におり、これが一七四五年一二月三〇日にカンバーランド公の軍門に降って、守備隊は全員捕虜となった。

マンチェスター連隊一一四名、大部分が低地人《ロウランダー》である二七四名のスコットランド人、そして、少数のフランス人およびアイルランド人。……捕虜の中には政府軍からの脱走兵が一二人おり、これは直ちに吊し首にされた。(19)

この「マンチェスター連隊」というのは、当時ジャコバイトへの同情がイングランド中でもっとも強かったといわれるマンチェスターの町をチャールズの軍勢がロンドン目指して南進して行った折（四五年一一月末）、自ら志願して彼の旗下に加わった二、三百名の志願兵の一団の名称であった。これらの捕虜たちは、

マンチェスター連隊の二四名もの将校と兵卒が「大逆罪と戦争責任」のかどで死刑になった。（中略）処刑されたかもしれない数多くの捕虜が伝手《つて》によって追放、条件付恩赦、さらには少数ではあったが一定の時間の経過のあとで、無条件で釈放された。(20)

このようにその運命は様々であったが、伝手のある一民間人志願兵がこっそり放免されるという可能性は少なくなかったと思われる。しかも、「一時的な措置として、（カーライルの）捕虜の内、将校は城内に、兵卒は大聖堂と町の牢獄に入れられ、その後、イングランド各地のいくつかの牢獄に分散された(21)」のだから。

こうして見てくると、この手紙は前に引用したベルンハイムの言葉に照らして、もしそれが「確かさに異論のない史料」であることが証明されさえすれば、一七四五年から翌年にかけてのジョンソンの生涯における不可解な暗闇に一条の閃光を投じる重大な文書であると考えることができる。しかし、この手紙には、これまで見てきたような一貫した「適合性」があるにもかかわらず、その「確かさ」に疑惑を抱かせる点が二、三見受けられることも否定できない。まず、(g)の「自分は人情のある男だが、公爵ときたら……やれやれ」という大佐の言葉である。この発言がカンバーランド公への批判を意味することは言うまでもないが、今日「人殺し《ブッチャー》」の異名で知られるこの公爵は、大殺戮を命じたとされる四六年四月のカロデンの戦い以前にも、冷酷な人非人と見なされていたのだろうか。後日談になるが、

ある日ジョンソンが友人たちと精神病院《ベドラム》を見物に行った時（当時、一、二ペンスを払ってこの狂人たちを見物するのがロンドンっ子や御上りさんたちの楽しみのひとつであった）、一人の狂人が、ベッド用のわらをしきりに叩いていたが、これはカロデンにおけるカンバーランド公の残虐行為に憤慨したその男が、わらを「人殺し《ブッチャー》」公だと思い込んで叩いていたのだったというエピソードがある。[22] この挿話が端的に伝えているのは、カロデンの武勲とはうらはらに、彼の蛮行を非難する声が、スコットランドばかりでなくロンドンにさえもみちていたということであろうが、カーライル陥落の時点ではどうだったのだろうか。

そもそも「ブッチャー」というあだ名は、彼のカロデンの戦いとそれに続くジャコバイト軍の負傷兵や敗走兵への情容赦のない虐殺に対してつけられたものであって、それ以前は「彼は部下たちの尊敬を集めていた。……カリスマ的とは言えないまでも、彼は人々の敬意に値する堂々たる人物であった」のだし、カロデン当時は弱冠二四歳で（ということは、意外なことに、ライバルの「ボニー・プリンス・チャーリー」よりも彼のほうが一歳年下だった訳だ）、そのあだ名も「若武者《マーシャルボーイ》」だったのである。[23] 事実、白旗をかかげたカーライルの守備隊に対しても彼は投降を快く認めており、これらの点から考えると、大佐の非難は少なからずわれわれの首をかしげさせる、この言葉は「カロデン以後」の観点をそれ以前に混入させた一種のアナクロニズムではあるまいかと。さらに、先に検討した(k)と(m)、および(l)（「われわれは昔なじみだ」）は、この二人を特定するうえでは非常に重要な鍵となった部分だが、反面、重大な疑惑を生む箇所ともなっている。というのは、この手紙の文面を見るかぎりでは、この二人は長らく交渉も途絶えていてまったく久し振りに邂逅したように読みとれるが、じつはハーヴェイとジョンソンの間にはつい数ヵ月前、すなわち一七四五年初頭に、ちょっとした接触があったのだ。ハーヴェイが一七四五年セント・ポール大聖堂で聖職者の子弟の年次大会のために説教を行なったことは前に引用したとおりだが、この説教はほかでもないジョンソンがハーヴェイに頼まれて代筆したものだったのだ。これは、ジョンソンもハーヴェイも公言しなかったので、一九三八年一一月二五日付の『タイムズ』にL・F・パウエル博士が発表するまでは誰一人——あのボズウェルさえもが——知らなかった事実である。この説教は、一七四五年五月二日に前述のとおりセント・ポールでなされ、同二七日、慣例にのっとって公刊された。筆者名は「ヘンリー・ハーヴェイ・アストン師」となっており、そこにジョンソンの影はまったく認められない。しかし、これがジョンソンの書いたものであることは、碩学パウエルの実証により、今では定説となっている。とすると、手紙の会話、特にⓜの「アストンさん、あなたが今とは違う名前と制服を身につけておられた時、あなたは実際私の友人でした」という発言は「適合性」に欠ける、といわざるをえまい。この文に矛盾を感じるわれわれの感覚が間違っていないとすれば、パウエル以来の定説を信じるか、この手紙の信憑性を信じるか、のいずれかとなろう。

このように疑問はすくなくないのだが、最後に釘をさしたとも言うべき(r)の「この蜂起が終るまでじっとしていなさい、そして、死ぬまで君のこの出陣を口外してはいけないよ」というアストンの勧告が、すべてを沈黙の闇へと葬り去っている。当事者がある秘密を墓場まで持って行こうと決意し、それを強固な意志で遂行した場合、第三者にできることは、ただ揣摩憶測をたくましくすることだけだろう。そして、もしもその当事者がジョンソンその人だったとしたら！　われわれは最後の〇・一パーセントの可能性を常に視野の中に収めておかねばなるまい。

（四）

エヴエレットが『アトランティク・マンスリー』に発表した、某旧家で発見されたと称するこの三通の古い手紙に対するジョンソン研究家たちの反応を代表するのは、コロンビア大学の教授であった故ジェイムズ・L・クリフォードであろう。彼は、ジョンソンの前半生をボズウェル以上に詳細に精査した名著『若きサミュエル・ジョンソン』（一九五五）の中で、ジョンソンの四五年一〇月から翌年の春までの不可解な空白期間についてふれ、「それはロマンティクな物語になりうるし、何人かのフィクション・ライターが現にその罠に落ちた」とし、その実例としてエヴェレットのこの一文とジョン・バカンの『真冬』（一九二五）[24]を挙げ、「遺憾ながら、おそらくそこにはひとかけらの真実もない」としている。[25]さらに、ジョンソンにかんする文献のほぼ完全な書誌である『サミュエル・ジョンソン――批評的研究の展望と書誌』（一九七〇、ドナルド・グリーンと共著編）の中では、これを「フィクション、パロディ、詩等」の章に分類し、「一七四五年の若僭王軍中のジョンソン。ドラモンド文書に言及。」と解説している。[26]ジョンソン研究の自他ともに認める権威がよもやこの第三の手紙がヘンリー・ハーヴェイの筆になる（とほのめかされている）ことを見逃しているとは思えないが、すくなくとも上記の二著からはその間の事情はうかがい知れない。このことを確かめたく、また、先に述べた〇・一パーセントの可能性についてわが国におけるこの道の先達の批判を仰ぐ機会があった折に、「あのクリフォードが否定しているのだから」との言葉をもらされたということを聞いて、さらに、ある友人の「御本尊に尋ねるのが一番」との勧めもあって、厚顔無恥にも直接クリフォード教授にこの点についてただしてみようと思い立ったのだった。この斯界の権威――一九七八年四月、『若きサミュエル・ジョンソン』に続く労作『ディクショナリー・ジョンソン』（一九七九）の完成原稿を投函して帰宅直後にくずおれ、そのまま逝ったという劇的な最期でわれわれに深い感動を残したこの篤実なジョンソニアン――は、率直かつ懇切な返事を異国の未知の後進に寄せられ、

（前略）ウィリアム・エヴェレットが『アトランティク・マンスリー』の例の一文で引用したと称している手紙の現物を見付け出すことができないかぎり、それは大部分ジョンソンの友人知人たちとの関係についてわれわれが知りあるいは推測していることから作り上げたフィクションであると考えねばなりません。（中略）もしあなたがどこかに存在し続けているかもしれない本物の手紙を発見できれば、その時こそわれわれはこのことをもう一度考えてみることができるでしょう。（中略）それでも御不審なら、手紙の現物がどこにあるか御教示願います。

と結んでいる。この結語は非常に強い言葉であり、二次資料、三次資料を組み合せて空論をもてあそぶ半可通にくらわした痛棒とでも言うべきであろうか。

同様な批判は、オックスフォード大学ペムブルック・カレジ（ジョンソンの所謂「歌い鳥の巣」）[27]の、G・B・ヒル、L・F・パウエルと続くジョンソン学の伝統を継いでいるJ・D・フリーマン博士からも受けた。（同博士にも拙論の批判を求めたのは、未知という訳でもなかったからであるが、「大西洋の両岸の」代表的ジョンソニアンの反応を知りたいという上品ならざる動機があったことも否定できない。）博士は言う、

（前略）エヴェレットの論文の主たる弱点は、（『オシアン』の場合に似て）肉筆書簡が公開されていないことです。あの手紙が本物だったら、研究または売買に利用されてきたはずです。また、アメリカの大蒐集家R・B・アダムが入手しようと努めたであろうことは疑問の余地がありません。しかし、それはその後人目に触れたこともなければ噂にもなっていません。（後略）

(R・B・アダムとは、アメリカの大きなデパートを経営していた実業家で、そのジョンソンとボズウェルに関する徹底的な蒐集で知られていた人物。現在、彼の大コレクションは、この方面ではイェール大学のそれに次ぐと言われるハイド・コレクションに受け継がれている。)また、エヴェレットについて博士は、「彼が陸軍の情報局にいたということは、彼が話を捏造するのに巧みだったろうということを示しています」と、うがったことも書き添えておられる。

先に挙げたベルンハイムの「確かさに異論のない史料」であるには、まずその史料そのものが厳存している、または、していたことが確実でなければならず、それからの引用と称するものは信頼どころか問題とするにも足らない、というのが両権威の態度である。そしてこの場合、たとえエヴェレットが発見されたと称する手紙を公開したとしても、疑いの目は厳しかったであろう。とにかく、英文学史上には今迄に判明しているだけでも、トマス・チャタトン、W・H・アイアランド、ウィリアム・ローダー、(ジョンソンの「ザ・クラブ」の会員でもあった)ジョージ・スティーヴンズ、T・J・ワイズ等々の才能豊かな古文書の偽造者たちがひとつの系譜を形成しており、これもまた英国の輝かしき伝統のひとつかと見紛うばかりなのだから。原稿や書簡が存在してもこの有様、その存在さえ疑わしいエヴェレット引用するところの「書簡」など、たとえ内容が状況証拠や細部において、いかに適合性をもっていても、問題外と見るのも当然だろう。実際の手紙が目の前にあり、それが九九・九パーセント本物らしいと思えても残りの〇・一パーセントの可能性を恐れてそれが消滅するまで断定を差し控える態度がここでは要請されているのだ。われわれはどんなに用心しても用心しすぎることはないらしい、なにしろイギリスという国はかつてはピルトダウン人が闊歩していたとされた国なのだから。

エヴェレット卿の「作品」は、ジャコバイトの見果てぬ夢が生んだ一瞬の幻にすぎないのだろうか。あるいは、同卿が後世にしかけた念の入った悪ふざけ《プラクチカル・ジョーク》なのか。それとも、それとも、けし粒ひとつほどの可能性が……。「事の大小にかかわらず、真実を神聖なものと見なしていた」[28]ジョンソン自身なら、こう応じたであろうか、「もしそうであったら話は面白くなっていたであろう。しかし、遺憾ながら、そうではなかったのだ」[29]と。

（1）J. Selby, *Over the Sea to Skye : the Forty Five* (The History Book Club, 1973), p. 77. 当時の各軍の兵力には定説がないようだが、いずれにしろ政府軍が圧倒的に優勢であったことだけは確かで、ジャコバイト軍のこれ以上の南下は自殺行為にひとしかった。
（2）David Daiches, *The Last Stuart : The Life and Times of Bonnie Prince Charlie* (G. P. Putnam's Sons, 1973), p. 167.
（3）T. S. Eliot, 'The Function of Criticism.'
（4）Northrop Frye, *The Stubborn Structure : Essays on Criticism and Society* (Methuen, 1970), p. 4, F. W. Bateson, *The Scholar-Critic : An Introduction to Literary Research* (Routledge & Kegan Paul, 1972), p. 11.
（5）これらの手紙は次のような文面である。（一七八四年二月二七日付）「……もう一度スチュアート夫人に会ってこうお伝えください、あのレター・ケースの中に私に関する手紙が入っており、もしこれをお譲りくださるなら、一ギニー差し上げます、と。その手紙は私にとってのみ大切なのです」。（同三月一八日付）「……エディンバラを経由してこちらへおいでになるなら、スチュアート夫人を呼んで、例の古いケースに入った手紙の代価として私からのもう一ギニーを渡してください。彼女がそれを私に譲るまでは請求をやめません」。
（6）Sir Charles Petrie, *The Jacobite Movement* (3rd ed., 1959), Appendix vii, に再録。引用は同書より。
（7）ジョンソンとボズウェルがこのスコットランド旅行において終始チャールズゆかりの場所やエピソードに深い関心を持ち続けたことは明らかである。カロデンの敗北以後、ハイランズの山野やヘブリディーズの島々に逃亡の日々を送ったチャールズの物語はスコットランド版「貴種流離譚」とでも呼ぶことができよう。ジョンソンとボズウェルの旅がチャールズの足跡とあちこちで交叉しているさまは、芭蕉と曾良の平泉を北限とする「奥の細道」の旅が、義経の北国落ちの足跡と（コースは逆であれ）奇妙に一致していることを連想させる。しかも、流浪の貴人義経にとっての静というヒロインに配するに、チャールズにとってのフローラ・マクドナルドがある。

（8）G. B. Hill and L. F. Powell, eds., *Boswell's Life of Johnson* (Oxford Univ. Press, 1971), IV, 319.

（9）Donald J. Greene, *The Politics of Samuel Johnson* (Yale Univ. Press, 1960), pp. 298–299.

（10）D. J. Greene, ed., *Political Writings* (The Yale Edition of Works of Samuel Johnson X, 1977), p. 193.

（11）ベルンハイム、坂口、小野訳『歴史とは何ぞや』（岩波文庫、一九六六年改版）、二〇二頁。

（12）同書、同頁。

（13）前出『ボズウェルのジョンソン伝』、第一巻、一〇六頁。

（14）同書、同頁脚注。なお、ここで参照した *Collins's Peerage.* は第六版（一八一二年）である。

（15）H. Bridgeman and E. Drury, eds., *The British Eccentric* (Michael Joseph, 1975), p. 40.

（16）既出『ボズウェルのジョンソン伝』、第三巻、一四〇頁脚注。

（17）同書第一巻、一四三頁および四六八頁。

（18）同書同巻、一〇六頁。なお、ジョンソンの母は一七五九年、妻は一七五二年に死亡。

（19）J・セルビー前出書、八七頁。

（20）Bruce Lenman, *The Jacobite Risings in Britain 1698–1746* (Eyre Methuen, 1980), pp. 275–276.

（21）J・セルビー前出書、八七頁。

（22）既出『ボズウェルのジョンソン伝』、第二巻、三七四頁。

（23）W. A. Speck, *The Butcher : The Duke of Cumberland and the Suppression of the 45* (Basil Blackwell, 1981), pp. 5–6.

（24）クリフォードにもかかわらず、これは一九二三年が正しい。

（25）James L. Clifford, *Young Samuel Johnson* (Heinemann, 1955), pp. 276, 347.

（26）J. L. Clifford and D. Greene, *Samuel Johnson : A Survey and Bibliography of Critical Studies* (Univ. of Minnesota Press, 1970), p. 138.

（27）ジョンソンの愛するカレジに対するこの呼称 'a nest of singing birds' は彼の創作ではなく、六世紀にキリスト教をはじめてスコットランドに伝えた聖コランバが伝道の基地アイオナ島をこう呼んだとされていることをふまえているのであろう。

cf. P. Yapp. *The Travellers' Dictionary of Quotation* (Routledge & Kegan Paul, 1983), p. 410.

（28） F. W. Hilles, ed., *Portraits by Sir Joshua Reynolds* (Heinemann, 1952), p. 76.

（29） 同書、同頁。

私信を引用するという非礼を快く許してくださったヴァージニア・クリフォード夫人およびＪ・Ｄ・フリーマン博士に深い感謝の意を表します。

ジョンソンとスコットランド

サミュエル・ジョンソンのスコットランドに対する偏見・反感は周知のこととされているようだが、その主たる原因が彼の『英語辞典』（一七五五）における「からす麦《オーツ》」の定義“Agrain, which in England is generally given to horses, but in Scotland supports the people.”にあることは否定できない。しかし、この定義は決してジョンソンの独創になるものではなく、『憂欝の解剖』（R・バートン）、『ユニバーサル英語語源辞典』（N・ベイリー）、『庭師辞典』（P・ミラー）などに先例があることは既に指摘されているところであり、ジョンソンの創意は「しかし、スコットランドでは」とイングランドとスコットランドを対比させた点に見られるにすぎない。

これに次いで彼の「スコットランド嫌い」を定説化させたのは、彼の強硬な「オシアン批判」であろうが、これとてマクファーソンの「ゲール語の原典からの翻訳」という主張に対してその「原典」の提示を求めたにすぎず、この作品の文学的価値を云々している訳ではない。マクファーソンは結局この「原典」を提示することができず、この作品にはマクファーソンの創作がかなり混じっているというのが定説となった現在では、ジョンソンの主張の正当性が確立されたと言えよう。マクファーソンが最初から『オシアン』を「創作」として発表していればジョンソンの痛罵を浴びることもなかったのだ――もっとも、ジョンソンがこのロマンティクな叙事詩を十分に理解し評価しただろうとはとても思えないが。

典型的なイングランド人であったジョンソンの「スコットランド嫌い」は、ある程度当時――そして現在も(?)――のイングランド人全体の「北の隣人」への態度・本音を反映しており、ロンドンに南下して来て法曹界、医学界、軍隊、そして政界にまでその勢力・人脈を広げつつあるスコットランド人への反感・警戒心は“45”が一七四五―四六年のジャコバイトの叛乱ばかりでなく、下院に占めるスコットランド選出議員の定数四五をも示唆していたことからもこの間の事情をうかがい知ることができる。

一七七三年のジョンソン・ボズウェルのスコットランド旅行――当時流行の「グランド・ツアー」と対蹠的に北を目指す「グランド・ディーツァー」、“grand detour”――は、ジョンソンの子供の頃からのスコットランドへの熱い関心とボズウェルの熱心かつ巧妙な慫慂の結果実現したものだが、その紀行『スコットランド西方諸島の旅』(一七七五)は、スコットランドの実態――樹木の払底(A tree might be a show in Scotland as a horse in Venice.)、教会と大学の荒廃、全般的な貧困、アメリカへの移民の増大、等々――を容赦なく摘出してスコットランド人のジョンソンへの反感を一層かきたててしまった。しかしこれは、スコットランドの「生活《ライフ》と風習《マナーズ》」を実際に見聞したうえでの言挙げであり、その指摘を率直に認めた心あるスコットランド人も少なからずいたことを忘れてはならない。ジョンソンがハイランズの風景にいかに反応したかは“Who can like the Highlands ?”という彼の言葉に明らかだが、すぐ続けて、“I like the inhabitants very well.”と述べているジョンソンの「スコットランド嫌い」には多分に誇張歪曲された側面があり、たとえば彼の『英語辞典』編纂を支えた六人の書記のうち五人までもがスコットランド人であったという事実などは、彼の「スコットランド嫌い」が口ほどでもない何よりの証左であろう。そして、ある意味では、彼の作品以上に彼の名を高からしめるのに貢献した『ジョンソン伝』の作者ジェイムズ・ボズウェルがスコットランド人であったという事実こそ、ジョンソンとスコットランドとの関係をもっとも雄弁に物語っているのではないだろうか。

ジョンソンと酒

サミュエル・ジョンソンは酒とどう向き合ったのだろうか。ボズウェルの『ジョンソン伝』などを頼りに彼と酒との関係を辿ってみよう。彼は一七三六年から一七五七年と一七六五年から亡くなる一七八四年までの計四〇年ほど酒を絶っており、これは彼の七五年の生涯の優に半分以上におよぶ長さの「禁酒」期間だった。年齢でいえば、二七歳から四八歳と五六歳から享年の七五歳までであり、酒とはあまり縁のない人生だったとも言えよう。

飲んだ酒の種類はといえば、ほとんどがワインであり、蒸留酒はほとんど飲まなかったようだ。それだけに、一七七三年のスコットランド旅行中にインヴェラリーで「スコットランド人を幸せにしているのはどのようなものなのか知りたいね」とウイスキーを一ジル所望してほとんど飲み干してしまったというエピソードは、そのおこぼれをボズウェルが自分のグラスに注いで飲み干し「ジョンソンとウイスキーを回し飲みした」ことにしてしまったといういかにもボズウェルらしい振舞いとともに、我々には忘れられないところである。一ジルとは一四〇ccほどの量であり、これをストレートで飲《や》った筈だから、「禁酒」期間中の出来事としてはかなり破目をはずしたと言えるだろう。

この時ジョンソンはウイスキーを「イングランドのどのモルトのブランデーよりも好ましい」と感じ、さらに「強いが円やかで焦げ臭い味も匂いも全くなかった」と『スコットランド西方諸島の旅』にその感想を記しているのだから、よっぽどおいしかったのだろう。（因みに、彼の『英語辞典』で「ウイスキー」を調べるには、“whisky”ではなくて

“usquebaugh”を引かなければならない。そこには、アイルランド産とスコットランド産のウイスキーの違いが述べられており、スコットランドでは“whisky”と呼ぶということがちゃんと注記されている。）

ブランディーについては、「英雄になりたければブランディーを飲まなければならない。……実のところ、ブランディーを飲める者はほとんどいない」というブランディーを称える彼の発言が、『ジョンソン伝』の一七七九年四月七日の項に記録されている。

しかし、ジョンソンにとっての酒とはやはりワインのことであった。「わしはポートワインを三本飲んでも何ともなかったよ」との発言（『ジョンソン伝』一七七八年四月七日の項）は、当時「晩餐の後にポートワインを一人で二罎倒すのは平気な連中が多かった」（石田憲次『近代英国の諸断面』三一〇頁）のでそれほど異とするに足りないことではあるが、やはりかなりの酒豪だったと言えるだろう。その彼が、どうして四〇年も禁酒を続けていたのだろうか、「酒は大きな快楽を与えてくれるし、すべての快楽はそれ自体では善なのだ」（同書同年四月二八日の項）という考えを抱いていたジョンソンなのだから。

何事にも定見を持っていたジョンソンは、このことにおいてもはっきりとした判断を下していた。彼は酒の魅力を十分に知っていたし、自分にはそれに溺れかねない弱さがあることも承知していた。彼が禁酒を続けていた一七八二年にある女性からワインを少し如何ですかと勧められた折の返答が、彼の考えをもっとも端的に表している――彼は「少し飲むということが私にはできないのですよ。だから酒には手を出さないことにしています。私にとっては禁酒は容易で節酒は困難なのです」と言って酒を断わったのだ（G・B・ヒル『ジョンソン拾遺集』第二巻一九七頁）。「飲みすぎて家にこっそり帰ったものだよ」と往年を振り返って告白した（『ジョンソン伝』一七七九年四月二四日の項）こともあるジョンソンに飲酒を思い止どまらせたものは何か。もちろん、健康への不安もあったのだが何よりもまず酒に酔うことによって理性を失うことへの恐怖心がその背後にあったことは間違いない。

ジョンソンは理性こそが神の声であると信じ、その理性を曇らせるものを信仰への障碍と考えていたことは彼が書いた文章や『ジョンソン伝』などに記録されている言動から明らかだが、彼が禁酒中であった一七四八に発表した寓意物語「スィードーの夢《ビジョン》」はそのもっとも分りやすい例だろう。この夢物語のなかでは、主人公のスィードーが「理性」に導びかれて「信仰」へと歩んで行くのだが、その行手には「習慣」「情念」「欲望《アピタイト》」そして「放縦=暴飲《インテンパランス》」などが待ちかまえていて彼を脇道へと誘うのだ。この作品は寓意があらわすぎてバニヤンの『天路歴程』のような魅力には欠けるが、それだけにジョンソンの倫理観がくっきりと見て取れる夢物語ではある。

「先生、あなたは以前私に、禁酒は人生の快楽をひどく減らすことだ、とおっしゃいましたよね」というボズウェルの言葉に、「たしかにそれは快楽の減少だが、幸福の減少ではないよ。理性的であるほうがいっそう幸福なのだからね」(『ジョンソン伝』一七七八年四月七日の項)と応じたジョンソンの酒に対する態度の根底には、酒の魅力を十分に知りつつもそれを拒否しようとするモラリスト・ジョンソンの姿があったのだ。

大槻文彦とサミュエル・ジョンソン

「小サキ獣。……都、鄙、共ニ、多ク人家ニ棲ミテ、昼潜ミ、夜出デ、食ヲ盗ミ、物ヲ嚙ミ損フ。或ハ、山野、溝渠ノ間ニ棲ムモアリ。……」

「最小の獣。人家や麦畑に出没する小動物にして、猫により殺害される。」

大槻文彦（一八四七―一九二八）とサミュエル・ジョンソン（一七〇九―一七八四）がそれぞれの辞書の中で「ねずみ」と“mouse”に与えた定義である。前者の『言海』（一八九一）（そして、今日行われているその増補版『大言海』）と、後者の『英語辞典』（一七五五）は、いろ〳〵な特色によって知られているが、そのひとつにたくまざる（?）ユーモアにみちた定義がある。『言海』の「ねこ」の定義（「……人家ニ畜フ小サキ獣、人ノ知ル所ナリ。温柔ニシテ馴レ易ク、又能ク鼠ヲ捕フレバ畜フ。然レドモ、窃盗ノ性アリ。形、虎ニ似テ、二尺ニ足ラズ、性、睡リヲ好ミ、寒ヲ畏ル。……陰処ニテハ常ニ円シ。」）は芥川竜之介の指摘以来、この辞書を代表する定義となっているが、「窃盗ノ性アリ」はどうした訳か『大言海』では削除されてしまったし、「温柔ニシテ馴レ易ク、又能ク鼠ヲ捕フレバ畜フ」という点には筆者は大いに疑問を抱くものである。

いっぽう、ジョンソンの『英語辞典』ではなんといっても、「からす麦。イングランドでは馬が食い、スコットランドでは人が食う」がもっとも有名で、それが証拠にロンドンのゴワ・スクエアにある「ジョンソンの家」の『英語辞典』の"Osats"のページは、この家を訪れる人々にいつも開けられて真っ黒になっている。（この定義は、正確には「穀物。イングランドでは一般に馬に与えられるが、スコットランドでは人を養う（A grain, which in England is generally given to horses, but in Scotland supports the people.）」である。これはスコットランド人をからかったものだが、イングランド人であるジョンソン自身が子供の頃オートミールが大好きだったことはかくれもない事実である。またこれには、「英人が馬に近くなったんだ」というイギリス人嫌いの夏目漱石のコメントもある。）

しかし、このような「面白い定義」のみがもてはやされるのはもちろん邪道であり、前者の「わが国で最初の近代的な国語辞典」、後者の「英語辞書史上の金字塔」という評価はゆるぎもない。両辞典ともに、助手を使いはしたが事実上独力で完成された労作であり、「編者」ではなく「著者大槻文彦」とした『言海』の奥付の文字はいかにも似つかわしい。（「著者」と銘打った辞書には、ほかに『熟語本位英和中辞典』がある。これも、大槻と同郷の仙台出身である斉藤秀三郎が超人的なエネルギーを傾注して独力で完成した名辞典である。）

奇しくも同じく約四万の収録語数をもつ両辞典に注がれた年月は、それぞれ一七年と九年であったが、その間の苦労は『言海』末尾の「ことばのうみのおくがき」と『英語辞典』の「序文」の行間からにじみ出ている。「およそ、事業は、みだりに興すことあるべからず、思ひさだめて興すことあらば、遂げずばやまじ、の精神なかるべからず。」という祖父玄沢――『解体新書』の翻訳で知られる杉田玄白と前野良沢に学びその一字ずつをもらって玄沢とした、という説もある蘭学者であり医学者でもあった先覚者大槻玄沢――の遺訓から筆を起こして『言海』完成までの紆余曲折を連綿と綴った「おくがき」は一篇の小説を読むような感銘を読者に与える。なかでも「妻と子との失せつる事」の悲しみを記すくだりは、これまた辞書完成の三年前に妻に死なれて「私が喜ばせたいと願っていた人々のほとんどが墓の中に入ってしまった」と「序文」の末尾で嘆いたジョンソンの悲しみを思い出させる。大槻いよとエリザベス・ジョンソンの死はそれぞれの夫が辞書のなかで悼むことによって後世にまで伝わったが、辞書作りという仕事がそれにかかわる人の命を奪うほどの難事であることは古今の事例にてらして否定できない事実である。今日でも、本格的な辞書の「序文」や「はしがき」の数行がその編纂の途上に斃れた人々への哀悼の辞に割かれていない方がむしろ珍しいほどである。辞書とは人柱を要求するものらしい。

大槻文彦は蘭学者玄沢の孫であり、洋学や西洋砲術にも通じていた儒学者磐溪の子であったので、江戸幕府の洋書調所では当然のように英語も学んでいた。さらには、その後身である大学南校でも研鑽を積み、明治五年に入った文部省での初仕事はなんと英和辞典の編纂であった。この仕事は、半年にして宮城師範学校長への転出のために中絶されたが、文彦の辞書作成への関心を芽生えさせたという点で大きな意味を持つだろう。この観点から『言海』の「おくがき」を見ると、ただ一カ所英語が使われているところに興味がそそられる。それは、文彦を仙台から呼び戻して「日本辞書編集」を命じた時の課長西村茂樹を「実にこの辞書成功の保護者（Patron）とや言はまし。」と称賛しているくだりである。ここで敢えて英語を使ったのにはそれなりの意味がある筈であり、ジョンソンの辞書にまつわる有名なエピソードへと我々の連想が向かうのもごく自然なことだ。ジョンソンの辞書が完成近しと聞くや、一変してこの辞書のパトロン面をし始めたチェスターフィールド伯爵に対してジョンソンが投げつけた痛烈な手紙のつぶては、パトロン制の終焉を告げるという社会的にも重大な出来事としてよく知られているところである。ジョンソンが「序文」の中で「貴顕からの何の後援もなく（without any patronage of the great）」と書き、さらには『辞典』の中で「パトロン」の定義を、「支援、援助、保護する人。通例無礼な態度で援助し、へつらいによって酬われる卑劣漢。」とやったのは客観的であるべき定義という枠からは逸脱しているが、『英語辞典』の見物のひとつになっている。そして、この「パトロン」にまつわるエピソードは明治二四年（一八九一年）の日本にはすでに響き渡っていたものと推測される。同年六月二三日、芝公園紅葉館で開かれた『言海』完成の祝賀会を報じた新聞が、「チェスタルフヒールド伯その事業を助けずして醜を万世に伝へたりき。それとは事かはりてこの会を催されたる諸氏の志また優なる哉。」と書いていることからもこれは明らかである。大槻文彦に国語辞典の編纂を命じ、以後彼を信じて忍耐強くその完成を待ち続けた元の上役を「パトロン」と敢えて呼んだ文彦も、さすがに『言海』の中では「保護者」を「独立シ得ザル力弱キモノヲ、保護スル人。」と定義して、ジョンソンのように私情におよぶことは避けている。

ジョンソンの辞書が時には私憤をもらしたかと思えるほどに自由奔放な定義に彩られているのは、こちらがあくまでも民間の出版業者たちの要請に始まった事業であるからであり、その点官命として出発した『言海』とは根本的にその性質が違っている。（もっとも、『言海』の刊行は予約発売による出版という形であった。このため、刊行の遅延をなじる予約者から「大虚槻（おほうそつき）先生の食言海」などという悪口を浴びせられたこともあると、「おくがき」の中で文彦は苦笑まじりに(?)述懐している。）

『言海』の最大の特色はその語源の解明にあり、『英語辞典』の白眉は（定義よりもむしろ）その豊富な用例（一一万六千余）にある。前者については、「本書編纂に当りて」の中で文彦が縷々その苦心を吐露しており、後者についてはジョンソンが「序文」の中で「現存の著者」は入れないのを原則とする、と述べている。しかし、ジョンソンはここでもやや私情におよんでいるきらいがあり、彼は自分自身の作品からの引用例文を、判明しているだけで四九も『英語辞典』に採っているほどだ。もっとも、その内の一六は、「作者不明（Anonym.）」として澄ましているのだが。やはり、すこし恥ずかしかったのだろうか。

画期的な辞典を独力で完成した両巨人の実績を見ると、辞書編纂以外にも様々な共通点に気付かされる。まず、両者ともに辞書編纂に没頭して余事を顧みない筈の時期に、ジャーナリズムの仕事をそのかたわらでしていたことがある、という点だ。ジョンソンが一七五〇年三月から二年後の三月まで週二回発行した『ランブラー』は、彼の人生観、人間観、文学観などを雄渾な筆で書き綴った随筆の定期刊行物であるが、これによってジョンソンの名は『辞典』をまたずともかなり高まっていた。いっぽう文彦は、一カ月と期間は短かったが明治九年二月『朝野新聞』に連日論説を書いた。内容は藩閥批判、治外法権、英国の無血改革、朝鮮問題、など。そこには国士風の文彦がいる。確かに文彦は筆で立つ前は、幕末の激動期に国事に奔走する国士であったのだ。仙台藩士とはいいながら父磐渓が江戸住いの儒学者だったので江戸で生れ江戸で育った文彦は江戸弁を話した。そのため、戊辰戦争の勃発とともに奥羽越列藩同盟の盟主仙台藩の藩士として江戸での武器調達や連絡、情報収集に奔走し、新政府から罪人として追われる身となった。文彦二一歳の蹉跌である。いっぽうジョンソンは……これは彼の生涯のなかでも大きな謎とされていることだが、一七四五年の「ジャコバイトの叛乱」――「無血革命」で王座を逐われたジェイムズ二世の孫チャールズ・スチュアートが王位の奪還を図って、スコットランドの高地人を主とする叛乱軍とともにイングランドのダービーまで進軍した――に彼が、日頃の反ハノーヴァー王家的言動、スチュアート王家支持の信念、その他諸々の情況証拠から見て、馳せ参じたのではないかという仮説が昔からささやかれ続けてきた。これはあくまでもひとつの楽しい(?)想像にすぎないのだが、大槻文彦と並べて見るとまた別の感興が湧いてもくる。ジョンソンの辞書の「序文」には、「私は積年の苦労の成果たる本書をわが国の名誉のために献ずるものである」という一文もある。

文彦は「ことばのうみのおくがき」の中で「言葉の海のただなかに櫂緒絶えて、いづこをはかとさだめかね、ただ、その遠く広く深きにあきれて……」と嘆じ、『続古今集』にある「言葉の海」という表現からこの辞書を『言海』と命名したが、ジョンソンも『英語辞典』刊行を目前にした一七五五年の二月に、友人への手紙の中で「この広大な言葉の海（this vast sea of words）を漂ったあとで、ようやく陸地が見えてきました」と述懐している。事畢えて二人の胸中をよぎった想いは意外に近い。

参考文献

高田宏『言葉の海へ』（新潮社、昭和五三年）
唐木順三「『言海』の大槻文彦」（『唐木順三全集』第一二巻所収、筑摩書房、昭和四三年）
山内七郎『小説言海』（審美社、昭和三九年）

『サヴェジ伝』

（一）

『サヴェジ伝』は、今日では通例ジョンソンの代表作『詩人伝』の中の一篇として読まれているが、元来は一七四四年に単行本として刊行されたものである。すなわち、同年二月一一日、ウォリック・レインの書店ジェイムズ・ロバーツから、『リヴァーズ伯の子息リチャード・サヴェジの生涯の物語』は著者無名のまま出版された。八つ折判、本文一八〇頁、定価は二シリング六ペンスであった。

ジョンソンが、文壇の先輩であるリチャード・サヴェジの波瀾に満ちた生涯を執筆しようと思い立ったのは、いつの頃であったろうか。二人の交友期間は、一七三八年の春、早くとも三七年の秋から、三九年七月、サヴェジが「涙ながらに」ウェールズへと都落ちして行った時まで、およそ二年にみたないわずかの時間にすぎなかったが、ジョンソンはこの端倪すべからざる先輩から種々の影響を受け、その人物には深い敬愛と、それでもなおぬぐいきれぬ批判とを抱いていたので、彼の死（四三年八月一日）がロンドンに伝わるやいなや、その衝撃が未だ消えないうちにというジャーナリスティクな思惑もあってか、ただちに『サヴェジ伝』執筆を決意したらしい。

エドワード・ケイヴの主宰する『ジェトルマンズ・マガジーン』誌（サヴェジは同誌の寄稿者の一人でもあった）の四三年九月号にはいちはやく、「彼の信頼を得ていた者の筆になる伝記が近く刊行されるであろう」という主旨の無署名の手紙が掲載されたが、この手紙の主はほかならぬジョンソンであり、ここにはケイヴとジョンソン両者の『サヴェジ伝』刊行への意気込みが感じられる。事実、伝記執筆に必要な資料の借用を申し出るケイヴ宛のジョンソンの手紙も残されており、彼らの仲間の一人であったサヴェジの伝記をどうしても自分たちの手で公けにしたいという二人の気持には並々ならぬものがあったと思われ、同書初版の発行人となっているロバーツは「名目だけの刊行者にすぎなかった」という大方の見方もここから来ているのであろう。

ジョンソンは、後年（七三年八月一九日）彼の忠実なる伝記の執筆者であるジェイムズ・ボズウェルとスコットランド旅行を楽しんでいた折に、「サヴェジ伝の印刷された八つ折判四八ページ分を一息に書いたが、その時は徹夜をしたよ」とスント・アンドルーズの宿で語ったものだが、しかし全体を書き上げるまでには、他の雑文書きなどの仕事のためにかなり時間がかかり、彼が完成原稿をケイヴに渡して原稿料一五ギニーの受領書を書いた時には、一二月一四日になっていた。

同書は、出版後旬日にして、「非常に楽しく、有益かつ貴重な著作」との評価を早くも『チャンピオン』二月二一日号紙上で受け、四年後の四八年には、発行者をケイヴに変え、八〇ヵ所以上の修正を加えられた第二版が依然著者名無しのままで刊行されたのであった。第三版は、六七年にドレイク、ブレイクという二提督の伝記をそえて刊行されたが、その「序文」には、「これらの伝記は『ラムブラー』の才気あふれる作者によって書かれたものである」と、著者がジョンソンであることがほのめかされている。（もっとも、五三年に、『ジェントルマンズ・マガジーン』誌上ではすでにこの事実が明らかにされていたので、一般には周知のことであったらしい。）そして、六九年に、はじめて表紙にも「『ラムブラー』の著者によりて」と明記された第四版が両提督の伝記をそえて出され、これは七五年と七七年にもそのままの形で印刷されたのであった。

一方、七五年に『サヴェジ作品集』全二巻が刊行され、ジョンソンの「サヴェジ伝」がその巻頭を飾ることとなった。ここにおいて初めて、この伝記は単行本であることをやめ、現在の我々に親しい形に近づいたのであった。というのは、それまでの『サヴェジ伝』は、二提督の伝記と組み合わされたということはあっても、本質的には独立した著作であったから、彼の作品からの引用がふんだんに織りこまれていたのであるが、本書では作品集であるという当然の理由から、引用がほとんど削られて、その詩文への参照ページだけが残され、さらに五つほどの脚註が加えられて刊行されたのであった。これが、のちに『詩人伝』中の一篇となるべきものであり、今日われわれは、そこからさらに詩文への参照ページも脚註も削りおとされた「サヴェジ伝」に接することとなる。

『詩人伝』は、当初『英詩人の作品に寄する伝記および批評的序文』という名で、一七七九年に四冊（二二人の伝記）、八一年に残りの大冊（三〇人分）が刊行されたが、「サヴェジ伝」はこれの九冊目に入っていた。同書は、同年にダブリンで三冊本、ロンドンで四冊本として版を重ねたが、この時には既に『最も優れたる英国詩人たちの伝記……』というタイトルになっていた。二年後の八三年に「新版」と銘打った四冊本が刊行され、その三冊目に収録されていた「サヴェジ伝」にも六ヵ所の修正が加えられていたが、そのうちでも最も重要なのは、「ポープの時代」を築いた大詩人アレグザンダー・ポープとサヴェジの仲違いに関する二つの文が新たに挿入されたことである。ここにおいて、「サヴェジ伝」のテキストもようやく安定し、以後は『詩人伝』中の異色の一篇として、今日まで読まれ続けることとなる。

(二)

ジョンソンの『サヴェジ伝』は、サヴェジの死後に出た最初の伝記であり、彼の類まれな生涯と性格にジョンソンの筆力が相まって、伝記文学中に特異な地歩を保ち続けているが、この「天一坊的頽廃詩人」(福原麟太郎氏)は存命中から人々の関心を集め耳目をそばだてていたので、既にそれまでに、彼の生い立ちなどを伝える書物や記事が四種類ほど公刊されていたのだ。すなわち、ジャイルズ・ジェイコブ『詩人登録簿』(一七一九)——サヴェジのために二ページが割かれている——を嚆矢として、アーロン・ヒル『プレイン・ディーラー』紙の二八および七三号(一七二四年)、『サヴェジ詩集』の「はしがき」(一七二六)、著者名無しで出た『リチャード・サヴェジの生涯』(一七二七)と続く四著作であり、ジョンソンは、ケイヴから借用したこれらの資料はもちろんのこと、その他『ジェントルマンズ・マガジーン』、彼の裁判記録、手紙類などを参照、引用しながら『サヴェジ伝』の筆を進めたのであった。しかしながら、彼が主として依拠したと思われる前記著者不明の伝記は、少なからざる誤りを含んでいたので、それを検討、修正することをしなかったジョンソンの『サヴェジ伝』にも誤りがそのまま踏襲されることとなったのは是非もない。(その著しい例として、『私生児』の刊行年代が挙げられよう。この詩は一七二八年、すなわちティルコネル卿との仲違いの七年前に公刊されたのであるが、ジョンソンはそれをずっと後のことと信じていたために、同誌の執筆動機の一つに卿との大喧嘩があるとの誤った推断を下すこととなった。)

このような訳で、本書は「史実の点では信ずるにたらず」というのが、今日では専門家の間で一致した意見となっている。しかし、本書の魅力は何よりもまず、サヴェジという人物の活き活きとした性格描出にこそあり、「主人公と寝食をともにした人でなければ上々の伝記は書けない」というジョンソン自身の持論からしても、本書が彼が書きえた唯一の「上々の伝記」であることは論をまたない。

ジョンソンがたびたび友人たちに語ったように、上京して間もなく、まだ貧窮のどん底にあえいでいた頃、彼は同じような窮状にあったサヴェジと、ロンドンの街を明け方までも二人でさまようことがよくあった。「夏は屋台の上に、冬は貧しい仲間と一緒にガラス工場の灰殻の中に眠るのであった」とジョンソンが書く時、この「貧しい仲間」とは彼自身のことにほかならないのだ。しかしながら、身は困窮の底にあっても、この二人ほど貧に屈しない人物もまた稀であった。寝る所もなく、人気の断えたロンドンの通りをさまよいながらその論ずるところは、現政府はもとより、ハノーバー王家に対する痛罵と義憤であり、また、実現さるべき新しい社会への夢であったという――その嚢中は、二人合わせても四ペンス半きりという有様ではあったのだが。まさにここには、ジョンソンの出世作『ロンドン』中の名文句、'Slow rises Worth, by Poverty deprest'「貧に圧せられて、真価の認めらるること晩し」の嘆きのさなかにある若き日のジョンソンの自画像がある。

ジョンソンの『ロンドン』といえば、この一七三八年に発表された諷刺詩が論じられる時、この詩の主人公のターレス（彼はウェールズへと、頽廃の首都を落ちて行く）はサヴェジをモデルにしたものか否かが決って議論されるが、これはボズウェルの否定にもかかわらず、ほぼ確定的と言ってもよいであろう。ボズウェルの言うように（『ジョンソン伝』一七三八年春の項）、『ロンドン』は一七三八年五月に発表され、サヴェジがウェールズへとロンドンを後にしたのは翌年の七月であるから、ジョンソンに予知能力でもない限りターレスの出京とサヴェジのそれとは全く偶然の一致ということになろうが、実は、サヴェジは一〇年以上も前から静かな田舎への隠棲の望みを友人たちにもらしていたのであり、この望みをジョンソンが直接サヴェジから聞いたか、少なくとも他の友人から聞いて知っていた、ということは十分考えられる。一七二九年公刊のサヴェジ『放浪者』にも、隠遁への憧れを述べたくだりがその終末近くにあり、彼の隠棲志願は知人間では周知の事実であったものと推測される。サヴェジがターレスと同じくウェールズに向かうことになっているのは、現実が詩の跡を追ったというべきか、それとも、これもまたサヴェジの年来の願いで、友人たちがこれをかなえてやった、ということなのであろうか。

(三)

本書が出版後旬日にして、『チャンピオン』紙上で賛辞を受けたことは前に述べたとおりだが、以後今日に至るまで、サヴェジはもとより、ジョンソンの若き日の姿や、性狷介との世評あるアレグザンダー・ポープの意外なほどに人情味あふるる一面をも伝える貴重な書物として、読まれ続けてきた。ジョンソンの友人の一人であった画家サー・ジョシュア・レノルズは、炉棚に腕をかけたまま本書を読み始めたが、あまりの面白さに巻をおくことあたわず、読み終った時には腕がしびれていた、とボズウェルに語ったが、レノルズはこの時著者が誰であるかを知らず、ただその内容だけに魅せられて一気に読了したのであった。

「わたしは、伝記の逸話的な面が好きだ」と語ったジョンソンにふさわしく、本書には忘れ難いエピソードが少なからず盛られているが、「野原や街頭以外に思索する利便とてなく、彼はそこを歩きながら台詞をまとめ、すぐさま近くの店に飛び込んで、ペンとインクをしばらく使わせてもらって、たまたま拾っておいた紙にいま作った文を書き込むのだった」というエピソードなどは、原稿用紙にも事欠いて、街角の電柱からポスターを引きちぎってきては、その裏に執筆したという稲垣足穂のそれとまさに好一対を成すものであろう。

しかしながら、本書の魅力は、何といっても、サヴェジという「破滅型」の人物の面白さにあることは否定できない。しかも、その伝記を書いているのが、英国的常識の化身とされている「モラリスト・ジョンソン」ということになれば、そこにはまたおのずから微妙な陰影が加わって、奥行きの深い人間研究書になっているのも不思議ではない。彼が人生の本道を志向する「モラリスト」であればあるほど、自分とは対蹠的に、下降感覚《デカダンス》のままに身を滅ぼして行ったサヴェジの発する蠱惑的な光芒への憧憬は、熾烈なものがあったと想像される。「調和型」「上昇型」の人間ほど、自らが圧殺してきたこの分身に寄せる愛惜と憧憬の念は根深くかつ強烈である筈なのだから。

ともあれ、ジョンソンは本書で、「デカダンス型」の人物像をくっきりと描写し、それへの共感と批判とを提示している。「受難によって賢くなるわけでもなければ、災難に出会って次の災難に落ち込むのを防ぐわけでもなかった。彼は生涯をつうじて、同じ円周上の同じ足跡を辿り続けたのであった」と、彼は「破滅型」の本質をえぐり出しているが、まさに「経験からは何物も学ばない」というのが「破滅型」の誇りでもあれば身上でもあり、ここには、世間智を峻拒する赤児のような無垢《イノセンス》が、俗塵の中で、その無垢に殉じながら身を滅ぼしてゆく、という生きざまがある。ジョンソンは、自らの「情熱」に身をゆだねたが故に身を滅ぼしてしまったこの人物は、「理性」を見失った人間の辿る運命を典型的に現わしている、という本質的な批判を胸に抱きつつこの伝記を書き綴ったものと思われるが、しかしそのジョンソンも、サヴェジのプロフィールをこう伝えている、「話し方はゆったりとしており、その声は震えがちで悲しげであったが、顔にはすぐに微笑が浮んだ。しかし、声を立てて笑うことは殆どなかった」と。ここには、サヴェジの寂しげな素顔を見やるジョンソンの温かい同情の眼差しが感じられる。

サヴェジの名は、今日では、この伝記の主人公、また、数奇な出生と生い立ちを持つ謎の人物としてのみ記憶されていて、その詩をひもとく人とて殆どいない。「彼が広く歓迎されたことを正当に誇りうる唯一の作品」である『私

生児』でさえも今では忘れ去られ、その中で最も有名な一行、

No tenth transmitter of a foolish face.

（十代目の間抜け面に非ず）

だけが、私生児を称え、馬鹿面をした世襲貴族をあざけったその痛烈な皮肉の故に、わずかに人々の記憶の片隅に残っているにすぎない、というのが「詩人サヴェジ」の今日の運命なのである。

最後に、サヴェジは果して、彼が主張するように、第四代リヴァーズ伯リチャード・サヴェジの落し胤であったのか、という二百年来の謎が依然として我々の前にある。

これに関しては、種々の調査がなされ、書物も数冊書かれてきたが、最も最近のサヴェジの伝記である Richard Holmes, *Dr Johnson & Mr Savage* (1993) は Clarence Tracy, The *Artificial Bastard* (1953) と同様に、決定的な証拠の不在は認めながらも、むしろサヴェジの主張に信憑性あり、との結論をくだしている。彼と親しく付き合い、直接彼の口からその主張を聞いたであろうジョンソンは、彼がリヴァーズ伯の不義の子であることを信じ切っていたらしいが、ここでもまた、ジョンソンは、T・S・エリオットの言うように、「意見を異にするのに危険な人物」なのであろうか。

ジョンソン博士の無知

"Ignorance, Madam, pure ignorance." 高名な『英語辞典』(一七五五)の中で "Pastern" を "The knee of an (*sic*) horse" と定義してあることに不審を抱いたある貴婦人が、少なからざる人々がテーブルを囲んでいるディナーの席でサミュエル・ジョンソン(一七〇九―八四)にそのように定義した理由を尋ねたとき、彼はこう答えた。"pastern" とは馬の脚の裏側のひずめとけずめ毛の間の「つなぎ」と呼ばれる部分なのでこれは明らかに間違った定義なのだが、ジョンソンのこの率直な言葉に質問をした当の女性も驚いたという。(因みに、ジョンソンが『英語辞典』を編纂した折に常に参照していたとされる Bailey の辞書では正しく定義されているのでこの間違いは不可解である。)

さらに、こんなエピソードもある。後に伝記の傑作『ジョンソン伝』(一七九一)を書くことになるボズウェルと一緒にスコットランドの奥地を旅していた折に、ボズウェルに "Anthropopathy" という単語の意味を訊かれて "I am not answerable for all the words in my Dictionary." と答えたのだ。辞書を編集した人は当然そこに載っている単語はすべて知っている筈だという(とんでもない)思い込みが洋の東西、時の古今を問わず世間にはあるらしく、これに辟易させられた経験は筆者にもある。(How I wish I were so!) "The more you know, the more you learn you don't know." という言葉があるが、筆者などはツイ知ったかぶりをしてしまいがちなのでジョンソンの潔い応答には「偉大なるかなジョンソン」という感慨を禁じえない。つまらぬ見栄などは捨ててありのままであればこそ彼のエラサは一際周囲の人々に伝わり敬愛されていたのだろう。

『論語』に「これを知るを知るとなし、知らざるを知らずとせよ。これ知るなり。」という孔子の言葉があることはよく知られているところだ。ジョンソンの"pure ignorance"もまた、よく「知る」人の言葉と言うべきなのだ。

学者の特質と義務について（翻訳）

人間社会の大いなる恵沢は、人々をひとつの包括的な協力関係で結び付けることによって、それぞれの労働と仕事の成果を社会の様々な階層に分け与えることである。その全般的な目的は全体の幸福であり、これは多くの人手の多様な勤勉さと多くの人心の様々な動向から生じるものにほかならない。こうした分与のおかげで、自分の仕事に縛られているすべての人が日々の精進によって能力と技能を獲得する機会を得るのであり、各人が習得できない技をも必要に迫られて使わざるをえない人影疎らな地域と較べて、人口の多い都会と高度な文明国において享受されている便益もこの精進のおかげとしなければならない。

この複雑な仕組みから様々な責務が生じる。すべての人々には託された仕事があり、それを引き受けた以上は、その遂行に責任があると思うべきである。学者社会は輝かしいものであるが、その構成員が他の人々から切り離され区別されているのは理性的な知識の確認と推進のためなのだ。学者は、智慧を獲得し伝えるために社会の負担で支えられ社会的名誉を与えられている。彼は、ゆっくりと時間をかけて研究できるように社会によって養われているのであり、権威をもって教えることができるように威厳を付与されているのである。それゆえに、学者の大きな義務は真摯なる探究と惜しみない教授である。教えることをまかされている者にとって第一の仕事は学ぶことであり、絶え間ない読書への専念こそが有益な傾聴を受ける資格を彼に与えるのだ。忙しい仕事のために精神を陶冶する時間がほとんどない人々や、偏狭な教育を受けたがために難しい問題を判断しかねている人々が俗説と流説に満足しているとき、これらの人々は教示者をその権威のみに基づいて信頼し多くの重要な事実を信じ込んでいるのである。しかしながら、学者とは社会の信条の守り手にほかならず、その主張の正しさを常に証明できること、そしていかなる種類の議論でも認める証拠を示しつつ意見を述べることが彼には求められているのだ。わが国の大学は真実を護る砦と見做されよう。彼はそこで歩哨として見張りに立ち、忍び寄る虚偽を警戒し発見して、時至らば論争の場に打って出て不正の主導者に挑まねばならない。彼をこのような責務にふさわしくするのは孜孜とした研鑽のみであり、それゆえに研究こそが彼の生涯の仕事なのだ。これを怠ることは、すなわち社会との事実上の契約を破ることにほかならない。無知は余人においては怠慢として非難されようが、学者においては裏切りとして唾棄されるべきものなのだ。

ジョンソンの召使い——フランシス・バーバー

No man is by nature the property of another. (Johnson)

フランシス・バーバーはジャマイカを後にした……彼は奴隷ではなかった。ロンドンに着くと、あの偉大なサミュエル・ジョンソンの目にとまり、召使いとして雇われた。奴隷じゃなくて、ちゃんと手当をもらう召使いだ。その話はある有名な本に書いてある。今、学者たちに読まれている本だ。これからも読まれるだろう。そのジョンソンという人は偉い作家で、友達もたくさんいた。教育を重んじる人だったから、フランシスを学校へ通わせ、立派な服を着せ、卑しい仕事を押しつけるようなことはしなかった。ジョンソンはよく自分で市場へ出かけ、ホッジという飼い猫にやる牡蠣を買った。彼は友達に、動物の世話をさせるためにフランシスをおいているのではないと言ったそうだ……ジョンソンが死んで、フランシスにお金を遺してくれたので彼はイギリスの貴婦人と結婚できた。名前はベッツイだ……そして二人の間に男の子が生まれ、大きくなって有名なメソジスト派の説教師になった。彼に男の子が生まれ……私が生まれ、お前が生まれた。

これは、一九八一年のアメリカのベストセラー小説、A. T. Wallach, *Women's Work*（『彼女たちの栄光』竹内佳子訳による）の一節で、黒人のサミュエル・バーバーが子供にバーバー家の誇るべき祖先の話をしている場面である。話を熱心に

聴いている男の子は、成人して、

ジョン・ハレル・バーバー。フォード・モーター・カンパニー、ヴァイス・プレジデント。一九七〇年入社。一九四六年生れ。一九七〇年、ハーバード・ビジネス・スクール卒。一九七二年結婚。一九七四年、長男サミュエル・ジョンソン・バーバー、一九七六年、次男ジェイムズ・ボズウェル・バーバー誕生。

と紹介される人物である。この小説は、作者ウォーラックの「体験を通して描いた……私小説」とのことなので、あるいはこのジョン・ハレル・バーバーのモデルが実在しているのかも知れない。

Francis Barber（一七四二？—一八〇一）は、ジャマイカに黒人奴隷の子として生れ、母と兄と三人で五ポンドという値で農園主 Richard Bathurst に買われた。'Quashey' という名であったが、フランシス・バーバーという立派な名を与えられ、主人が一七五〇年にイギリスに戻る際にともなわれて渡英し、やがて彼の遺言により奴隷の身分から解放された。一七五二年、'Tetty' の死により男やもめになったジョンソンに同情した親友のバサースト医師（先の農園主の息子）が、彼をジョンソンに譲り、以後忠実な召使いとしてジョンソンの最期の日まで身辺の世話をした。ジョンソンは彼を二度までも学校に入れ、彼は英語はもとよりラテン語、ギリシャ語もある程度解するまでになった。ほぼ三〇年におよぶジョンソンの召使いとしての歳月の間には、二度ばかり他に働き口を求めたこともあったが、その原因がジョンソン自身ではなくて彼の奇妙な同居人たちとのあつれきにあったことは確かである。一七七六年、ジョンソンの「パトロネス」スレイル夫人のメイドであった二二歳の白人女性 'Betsy' と結婚。新居を持ったがジョンソンの晩年には妻子と共に彼の家に住み込んで召使いとしての仕事に精励した。そして、バーバーがボズウェルの『ジョンソン伝』に一人の人間として登場するのもこの頃になってからである。（それまでは、召使いでしかも解放奴隷の黒人バーバーは、いわば二重三重の意味で「見えない人間」であったのだろう。）

ジョンソンに忠実に仕えた彼は、遺言によって「残余財産受遺者」とされ年金七〇ポンドと約一五〇〇ポンドの遺産を与えられたが、これは、身寄りのないジョンソンによって実子あるいは養子のように愛されていた証左であるとともにジョンソンの日頃の信念の見事な実践でもあった。オックスフォード訪問の折の、「西インド諸島の黒人達の次なる叛乱に乾杯！」という高名な発言にも見られるように、彼は一貫して奴隷制には強い嫌悪感を示しており、彼の「アメリカ人嫌い」の主たる原因がその奴隷制への憤怒にあることはいうまでもない。

しかしながら、当時イギリスでも奴隷制は認められており、リバプールやブリストルが「奴隷貿易」で殷賑をきわめていたのは隠れもない事実である。「奴隷制廃止法」がイギリスで成立したのは実に一八三三年であることを思えば、ジョンソンの見識が時代を抜いていたことは明らかである。「イングランドの空気は奴隷が吸うにはきれいすぎる」という一七七二年の「マンスフィールド判決」があるにしても。

これと対照的だったのが、公式な『ジョンソン伝』の著者、世にかくれなき“unclubbable”な男ジョン・ホーキンズであった。彼は前々からバーバーには蔑視と偏見を抱いていたが、友人の法律家としてジョンソンに書かせた遺言書の中でバーバーが「残余財産受遺者」に指定されてからは一段と彼を憎み、その『ジョンソン伝』（一七八七年）の「あとがき」七ページは、ジョンソンの遺産配分への不満とバーバーを罵倒中傷するためだけに書かれた、といっても過言ではない。

『ジョンソン伝』の著者としてホーキンズのライバルであった同じ法曹の人であり時局詩『奴隷制廃止反対』（一七九一年）の作者でもあるジェイムズ・ボズウェルはどうであったか。彼は意外にもジョンソン亡きあともバーバーとは温かい関係を保っていた。これが、『ジョンソン伝』の資料集めの必要からであったとしても、ジョンソンの遺志に従って彼の故郷リッチフィールドに移り住んでいたバーバーにボズウェルが送った手紙の行間からは、庇護者を失ったバーバーへの思いやりが感じとれる。しかし、ジョンソンが心配していたように、金銭面でだらしがなかったバーバーはボズウェルに借金を申し込み、一度は一〇ポンドばかり融通してもらったが再度の二〇ポンドの申し入れを断られ、以後は金の切れ目が縁の切れ目になったのは余儀無いことであった。当時（一七九〇年）は、ボズウェル自身が負債に苦しんでいたのだから。

晩年のバーバーは老衰はなはだしく、一八〇一年、五九歳(?)でスタッフォードに没した。息子のサミュエル（一七八五―一八二八）は説教師になり、その息子イーノック・バーバーは一八五〇年アメリカに移住した。「ジョン・ハレル・バーバー」の祖先とは、このイーノックのことなのであろうか。

参考文献

Aleyn Lyell Reade, *Johnsonian Gleanings*, Part 2 (Octagon Books, 1968).

Lyle Larsen, *Dr. Johnson's Household* (Archon Books, 1985).

John Hawkins, *The Life of Samuel Johnson, LL. D.* (London, 1787, 2nd ed.).

Bertram H. Davis, *Johnson before Boswell* (Greenwood Press, 1957).

Marshall Waingrow, *The Correspondence and Other Papers of James Boswell relating to the Making of* The Life of Johnson (Heinemann, 1969).

Irma S. Lustig & F. A. Pottle, *Boswell : The English Experiment* (Heinemann, 1986).

Marlies K. Danziger & Frank Brady, *Boswell : The Great Biographer* (McGraw-Hill, 1989).

Frederick A. Pottle, *The Literary Career of James Boswell, ESQ.* (Oxford U. P., 1929).

Mary Hyde, *The Impossible Friendship* (Harvard U. P., 1972).

Frank Brady, *James Boswell : The Later Years* (Heinemann, 1984).

Donald Greene, *Samuel Johnson* (Twayne, 1970).

G. B. Hill & L. F. Powell, *Boswell's Life of Johnson* (Oxford U. P., 1971).

敬虔なペテン師たち

「世界市民」という言葉がある。英語では“citizen of the world”というが、その起源は遠くソクラテスの「私はアテネ人でもギリシャ人でもなく、世界市民だ」という断言にまでさかのぼるようだ。生涯一冊の著作も遺さなかったソクラテスのこの発言を書きとめたのはプルターク（「追放について」）だが、ローマ時代の雄弁家キケロも同様な言葉を使っているらしい。イギリスでは、最初の英語活字本を出版したウィリアム・カクストンが一四七四年にこの語を使っており、以後フランシス・ベーコン（『随想録』）、オリヴァー・ゴールドスミス（『世界市民』というエッセイ集を一七六〇年にまとめた）などが用いたことが『オックスフォード英語辞典』に記されている。ゴールドスミスと友人でもあったジェイムズ・ボズウェルも「オランダ、ドイツ、スイス、イタリー、フランスと旅した私は世界市民を自認している」と述べているし、最近では、大富豪エドモンド・ドゥ・ロスチャイルドが「私は、自分が生れたフランス、自分を歓迎してくれたスイス、そして自分はユダヤ人だからイスラエルに忠誠を尽す世界市民です」と語っていた。わが国では、若くしてカンボジアで亡くなった国連ボランティアの中田厚仁氏の父上が「世界市民を夢みた二十五歳」と題した講演を行なったことが忘れられない。

「世界市民」に類するものとしては以前から“cosmopolitan”という単語があったことは周知のとおりだが、国籍にとらわれない「世界人」というイメージは同じでもこの語には「全世界に分布する動植物」という人間以外を指す意味もあるようだ。

ソクラテスの高邁な理想人の系譜につらなるというにしてはあまりにも異様な人物が、一八世紀を迎えたばかりのイングランド——当時はまだわれわれの言う英国《イギリス》は存在していなかった——のロンドンに出現して人々の興味と関心を集めたことがある。一七〇三年の暮にオランダから港町ハリッジに着いてそのまま上京してきたジョージ・ローダーと称するこの男は、台湾生れの東洋人だがイエズス会士に誘拐されてフランスのアビニョンに運ばれ、以後ヨーロッパを転々と放浪したあげくオランダで軍隊に入り、従軍僧ウィリアム・イネスによってプロテスタントとしての洗礼を受けてイングランドに連れてこられたとのことだった。ヨーロッパ以外の地域への関心が高まりつつあった当時のこととて、人々の好奇の眼が彼に注がれ、ロンドン主教のコンプトンばかりか、ティロットソン大主教までが彼に謁見を許したほどであった。イネスのかたわらにかしこまっているローダーは、コンプトン主教には「台湾語」で応対し、ティロットソン大主教とは流暢なラテン語で会話を進めてなみいる人々を驚ろかした。しかし、チンプンカンプンな「台湾語」はともかく彼の見事なラテン語と白人のような肌の色に「これが果して東洋人だろうか」と疑問を抱いた人がいたことは否定できない。

実はこの男は、オランダではサルマナザール（Psalmanazar）という名の日本人を自称していたのだが、従軍僧のイネスに正体を見破られ彼の忠告に従ってイングランドでは台湾人と称したのだった——イングランドにはオランダよりも世界の各地を見てきた人が多いだろうから、という理由で。ということは、イネスこそがこの大芝居のプロデューサーでありサルマナザールは役者にすぎない、ということになるだろうか。

たとえば、『集英社世界文学大事典』（一九九六—九八年刊）には、

George Psalmanazar　一六七九頃—一七六三・五・三　文学的ペテン師。国籍も生地・生年月日も定かではない。一説にはフランスのアヴィニョン生れともいうが、当人は台湾生れを自称していた。オランダ軍の兵卒時代に従軍僧ウィリアム・イネスと知り合ってから、イネスの庇護下で次々に『台湾の歴史的地理的記述』（一七〇四）、『日本人と台湾人との対話』（一七〇七）のような架空の台湾風物誌を書きなぐってベストセラー作家となる。（以下省略）

と出ているとおりだが、本名も不明の通称サルマナザール——この名は『旧約聖書』の「列王紀略下」に登場するアッシリアの王シャルマネセルからとったもので、彼自身気に入っていた名前らしく、ロンドンに来てからしばらくしてまたこの名に戻っている——が、南フランスのプロヴァンス地方出身であるらしいことが今では定説となっており、その点『集英社世界文学大事典』ばかりでなく、一貫してオランダ出身としている故山本七平《イザヤ・ベンダサン》『空想紀行』（昭和五六年刊）の記述の根拠を知りたいところである。

彼の遺言によって死後出版された『回想録』（一七六四）によれば、彼はカソリックの両親の許で南仏に育ち、イエズス会の学校で教育を受けたという。語学の才に恵まれていた彼はラテン語、ギリシャ語を修得し、一五—六歳にして「巡礼中のアイルランド人」と偽って托鉢僧の姿で放浪を始めた。父のいるドイツのアルザス地方に向かった彼は、ストラスブルグ、ハイデルベルクなどをも訪れた筈であり、ライン川に沿って北上しているうちに、アイルランド人を装うのは危険と判断して、日本人と称することに決めたという。ある時はキリスト教に改宗した日本人となり、またある時は、太陽を崇める異教徒の日本人となって、昇る太陽や入り日に向かって頭を下げ祈りの言葉を「日本語」で唱えたりもした。生肉、木の根、草の葉などを食べてみせ、右から左に向かって日本語らしき文字を書くなど、すっかり日本人のように振舞う彼を人々は疑うことなく信じ込んだというのだから驚く。しかしオランダで従軍僧イネスと出会い、以後彼の演出に従って台湾人を演じ続けることになった訳だが、翌一七〇四年には早速『台湾誌』(先の『台湾の歴史的地理的記述』)を刊行して人々の疑念を一掃しようとしたのだからペテン師稼業も人並みはずれた勤勉努力を要するものであるらしい。台湾の政治、宗教、文化、風習などを記述したこの奇書には、台湾語のアルファベット表なるものまでが添えられており、彼が一人工語の考案者という名誉に値することだけは疑いない。一七〇七年の『日本人と台湾人との対話』では、台湾人が擁護する聖職者の術策を、宗教に批判的な日本人が痛烈に論難するなど、かなり思いきった内容を含んでおり、当時は中国、台湾、日本の実情なども少なからずヨーロッパに伝わっていたのだから、サルマナザールの著作は逆に彼の信頼性を失わせる結果にならなかったのだろうか?

彼のその点への対応策はなかなかにしたたかかつ巧みであった。彼はひとたび自分が言ったり書いたりしたことは、どんなに否定、反論されようとも絶対に間違いだと認めたり取り消したりはしないという方針を固持したのだ。このやり方は、一見あやういようで実は意外に有効な方策であるらしい!

さらにもうひとつ、サルマナザールが堅持した方針がある。それは、彼がイエズス会によって台湾から誘拐されて以来いかに同会から虐待されてきたかを終始訴え続けたことである。プロテスタントの国であるイングランドがカソリックに反感を抱いていたのは当然だろうが、なかでもイエズス会は伝道に熱心で、そのためイングランドとは世界の各地で摩擦が生じており、彼がイエズス会から虐待されてきたというのは、イングランド人の心情にこの上ない同情心を呼びさましたのだ。心あるごく一部の人を除いて、大多数の人々の目に彼の存在はイエズス会に迫害され続けてプロテスタントに改宗した賞賛すべき東洋人の模範と映ったらしく、彼は人々の寄付金によって、オックスフォード大学で勉学を進めかつ台湾に向かう伝道師に台湾語を教えるため、同大学のクライスト・チャーチに一室を与えられることになった。そこで彼は半年研究と台湾語の教授——架空の言語を彼は一所懸命に教え、将来の伝道師たちは熱心にこれを学んだのだろうが、彼等は後日台湾に行ってどうしたのだろうか――に専念した訳だが、ここでもペテン師らしく、一晩中ろうそくを燃やし続けて自分は椅子で寝、部屋には終夜明りが点っているし翌朝学僕《スカウト》がベッド・メーキングに来ると全く寝た形跡もなく、徹夜の研鑽が続いているという印象を周囲の人々は持ち続けたという。

しかし、彼の悪運もこの頃までであった。以後も『台湾誌』の再版とドイツ語訳、フランス語訳の出版などはあったが、一七〇七年イネスが宗門の覚えめでたくポルトガルの従軍僧長に栄転して行ってからは、黒子のいない悲しさであれこれと人々の疑いを招く言動が見られ、いつしか彼は人々の嘲笑の的となりやがて忘れ去られる存在となっていった。日本式塗物《ジャパン》の業者に名前を貸したり、『印刷の歴史』、『万国史』――この本では、ユダヤ人、ケルト人、ゴール人、ドイツ人、そして（当然ながら）アジアの項を担当している――などの執筆に従事したが、かつての華やかなペテン師の面影は消え、ロンドン北部の陋屋に隠れるように暮らす身となってしまった。

そんなある日、彼に第二の、そして本物の改心が起ったのだ。ある牧師の家を訪問した彼は待たされている間にふと机の上にある一冊の本に気付き、それをなにげなく読みはじめ……彼は雷に打たれたように立ちすくんだ。やがて現われた牧師にその本を貸してくれと頼んで断わられた彼は、その家を辞すと早速先ほどの本を買い求め読みふけった。この本こそジョン・ウェズレーにメソディスト派を起こさせる基となった宗教書『敬虔なる生活への真剣な召命』（ウィリアム・ロー著、一七二八年刊）である。人々に日々の真摯な信仰生活を訴える本書はサルマナザールの心にも大きな衝撃を与え、それまでの虚偽の人生を深く反省させることとなった。以後彼の生活は一変し『聖書』をもっとよく理解するためにヘブライ語を学び、ついにはヘブライ語で物を考えられるまでになったという。この頃には彼はもう五〇歳前後になっていたのだから、その真剣さと生れながらの語学の才には驚かざるをえない。

彼の敬虔な生活態度はいつとはなしに知れ渡り、道ですれちがう近所の人々は老人から子供まで皆彼にうやうやしい態度で接したという。往年の華やかなペテン師振りを覚えている人は、どのような気持ちで彼の姿を眺めていたのだろうか。彼の心底からの改悛を疑う人はもういなかったのだろう。

彼のこの改悛ぶりを見て心を動かされ、身近に接しようとした人の中にサミュエル・ジョンソンというサルマナザールより三〇歳も年下の三文文士がいた。彼もまた、オックスフォード在学中にローの『真剣な召命』を「どうせつまらない本だろう――この手の本はたいていそうなのだ――から嘲笑してやろうと手に取り、ローが自分よりもはるかに上手《うわて》であることを知った。そしてこれこそ、私が合理的な考察をなしうるようになってから宗教を真剣に考えたはじめての機会であった」と述べた、ローに深い影響を与えられた人物の一人であった。二人はしばしば街中のクラブで語り合う仲となったが、ジョンソンの女友達スレール夫人の伝えるところでは、後年彼女がジョンソンに「あなたの知人のうちでもっとも善人《ザ・ベスト・マン》は誰ですか」と尋ねたところ、「サルマナザールだったよ」との意外な返答を得たという。彼はサルマナザールをまるで聖人のように見なしていたともスレール夫人はいっているが、サルマナザールの過去を知らない筈のないジョンソンがこうまで彼を尊敬していたのは、「悔い改めた罪人」への敬意がさせたものではあろうが、すこし不思議な気がしないでもない。

晩年のサルマナザールは確かに聖人のような日々を送っていたのだが、ただひとつ、聖人にあるまじき悪癖があったという。それは彼がどうしても「阿片」をやめることができず、これだけは死ぬまで毎日就寝前に飲んでいたらしい。もっとも、当のジョンソン自身も不快感と不眠を解消するために阿片を服用することがあったくらいだから、当時は一種の薬のように思われていたらしい。

南仏プロヴァンスに生れ、前半生はペテン師稼業でヨーロッパ各地を放浪し、後半生はロンドンの陋屋に隠者のようなあるいは聖者のような日々を送った本名不詳の男は、一七六三年五月三日、八四歳(?)でこの世を去った。そして、（もし彼の遺言が実行されたとすれば）遺体はじかに大地と接するように、棺なしで埋葬された。あとには、半生の欺瞞にみちた言動を告白した『回想録』が遺され、これは遺言どおり死後出版された（一七六四年）。しかし、すべてをあらいざらい暴露した筈のこの『回想録』さえもその信憑性を疑問視する声が消えないところを見ると、一度ついてしまった「ペテン師」というレッテルは死後になってもなかなかはがれそうにないようだ。

サルマナザール

文学的ペテン師としてはトマス・チャタートン——架空の中世詩人トマス・ローリーの詩と称する偽作を発表し、一七歳で自死した「驚異の少年」（ワーズワース）——をしのぐ才能の持ち主ともいわれるサルマナザールは、いったいどのような風貌をしていたのだろうか。先の『回想録』に作者不明の銅版による肖像が出ているが、丸々とした大きな眼、高い鼻、黒くはない縮れ毛の長髪など、どこから見てもとても東洋人とは思えない外貌である。いくら東洋人を見た人などほとんどいなかった当時としても、この容貌でよくも日本人や台湾人で押し通したものだと驚ろかざるをえない。

そしてもう一人、サルマナザールの黒子であり、ある意味では彼よりも一枚上手のペテン師であったスコットランド人ウィリアム・イネスは——彼が宗門の中でどのように栄達あるいは破滅していったのか、その後の消息を伝える記録の有無を筆者は知らない。

英雄になりそこなった王子

歴史に「もしも」は禁物だという。「クレオパトラの鼻がもうすこし低かったら」、「関ヶ原の戦いで小早川秀秋が寝返らなかったら」などという仮定はしばし我々を空想の世界に遊ばせてくれる。勝負の世界でも、「もしあの局面で大内八段(当時)が銀を引かなかったら、中央大学出身の将棋名人が誕生していたに違いない」などという、指運の差とでも呼ぶよりほかにないような「もしも」もある。しかし、事態は紛《まご》うかたなくあのように進んだのであり、その結果としてわれわれはこうしていまここにいる。たしかに歴史家にイフはタブーであろう。

しかし、歴史の素人の気安さで、ここでは英国史の中のひとつの「イフ」を取り上げてみたい。時は一七四五年一二月四日。所はイングランド中部の町ダービー。(話はすこしそれるが、ここでは「英国」と「イングランド」をはっきり区別して使いたい。「英国」または「イギリス」は、‘Britain’あるいは‘United Kingdom’に相当する言葉であり、‘England’はその一部にすぎない。したがって、時々見受けられるのだが、「イングランド」を「英国」の謂《いい》で用いるのは、スコットランド、ウェールズ、そして北アイルランドを無視した明らかな間違いである。特にスコットランド出身者にはこのことに敏感な人が多いので注意が必要である。)さて、当時、羊毛、絹織物などの産業によって「産業革命」の波に乗りかかっていたこの町に突如として約五千の軍勢が進軍してきたのだ。異様な風体のこの一団は、チャールズ・エドワード・スチュアート(通称ボニー・プリンス・チャーリー)に率いられたスコットランドの高地人《ハイランダーズ》の軍隊であり、首都ロンドンをおとしてスチュアート王朝の再興を果そうと意気込んでいた。一六八八年の「名誉革命」（「無血革命」ともいう――ジェイムズ二世の国外脱出によって血を流すことなく行なわれた革命）によって祖父（ジェイムズ二世）が失った王座を奪還しようとここまで南下して来たボニー（「かわいらしい、素敵な」などという意味のスコットランド方言）・プリンスはこの時二四歳。三度にわたる試みに失敗した父ジェイムズ――老僭王《オールド・プリテンダー》に代って王座を取り戻そうと、フランスからスコットランドに渡り、スチュアート家に対する忠誠心を保持し続けている氏族《クラン》から馳《は》せ参じたハイランダーズを糾合してロンドンから二百キロ弱のこの町まで進軍して来たのだった。この年の七月にスコットランドのヘブリディーズ諸島にたった七人の腹心たちと上陸してから五カ月ほどでここまで攻めて来た王子――彼はすでに父をジェイムズ三世、自分をその摂政皇太子と宣言していた――にとって王座奪還は目前と思われた。しかし、ここが彼の六八年の生涯の頂点であった。副官ジョージ・マレー卿――彼は九月にパースの町で王子の軍に加わったのだが、父ジェイムズの「叛乱」にも参加したことのある戦術に長《た》けた軍人で王子も一目置かざるをえない存在であった――がこれ以上の進軍に反対し、兵をスコットランドに戻して、フランスからの援軍を待つべきだと主張したのだ。背後にイングランド軍が二方向から迫り、ロンドンにも市民軍《ミリシア》が控えている現状――兵力では五千対三万――では勝ち目なしとの卿の主張が作戦会議で王子の反対にもかかわらず結局通ってしまい、軍はもと来た道を北へと戻ることになった。もしもこの時、王子があくまでも自分の主張を貫いていたら、歴史はどう変っていただろうか。首都ロンドンでは王子軍がダービーまで接近して来たとの知らせに人々はパニック状態になり、王ジョージ二世は脱出用のヨットをテムズ川に用意させたという。ロンドン市内にも王子軍に合流しようと待ちかまえているジャコバイト（ジェイムズ支持者）たちがおり――イングランドに入ってからも、例えばマンチェスターでは二、三百人の志願兵が新たに戦列に加わっていた――、大陸では王子の弟のヘンリーがダンケルクから一万のフランス兵をイングランドの南海岸に送り込むよう準備を整えつつあった。それもこれも、王子軍がダービーから撤退をはじめたとの報に霧散してしまい、この「もしも」もそれまでとなったのだった。

ここまで何度かフランスの名前が登場したことに、あるいはいぶかしさを感じた人もあるかも知れないのですこし説明が必要だろう。英国とフランスがドーバー海峡をはさんで相対する大国であることは今日でも同じだが、フランスからすれば当時の状況は今とは違っていた。一七〇七年スコットランドがイングランドと合併して「大ブリテン連合王国」になるまでは、スコットランドはフランスにとってイングランドの背後にあってイングランドと反目をくり返す外交政策上重要な独立国であった。スコットランドの女王メアリー（一五四二—八七）が一時的にせよフランスの王妃でもあったという事実に代表される両国の結び付きは文化の面などでも強固であり、これはスコットランドがイングランドと合併してからも存続した。しかし、この時点での問題は宗教にかかわっていた。「名誉革命」によってジェイムズ二世が追放された主たる原因が彼のカソリック信者としての数々の強引な政策——その主目的は英国の再カソリック国化——にあったことは言うまでもない。彼は革命によってカソリック国フランスにのがれ、パリのサン・ジェルマンに「亡命宮廷」をつくりそこで没した。その子、老僭王はフランスからイタリアに移り、やがて法王庁の庇護のもとローマに開かれていた「亡命宮廷」で小僭王《チャーリー》が一七二〇年の大晦日に誕生した。彼は小さい頃から活発な子で、人を引きつける魅力を生れながらに持っていた。カソリック信者として育てられたが、将来の王位復帰の日のために老僭王はプロテスタントの家庭教師も一人つけるという配慮を示した。チャーリーはいつの日かの王座奪還を夢見つつ成長したが、一七四〇年「オーストリア継承戦争」が勃発してその機会がにわかに現実のものとなってきた。英国との戦いに苦戦するフランスのルイ一五世はその背後を突くべく、チャーリーをフランスに呼び寄せて宿願達成のために英国への出兵を指嗾《そう》したのだ。しかし、フランス正規軍一万五千のドーバー海峡を越えての進攻は嵐のために不可能となり、やむをえずチャーリーは七人の腹心とともに「ラ・ドゥテル号」でスコットランドへと船出した。一七四五年七月二三日、アウター・ヘブリディーズ列島のエリスケイという小さな島に第一歩を印したチャーリーは二五日にはスコットランド本土に渡り、八月一九日シール湖畔のグレンフィナンの地で正式にスチュアート家の旗を挙げたのだった。

スチュアート家はもともとスコットランドに一四世紀から続いていた王家であり、一六〇三年イングランドのエリザベス女王の死でチューダー朝が跡絶えるとスコットランドのジェイムズ六世がジェイムズ一世としてイングランドに乗り込んでここにイングランドとスコットランドの「王冠による統合」が実現した。(したがって、「名誉革命」によって王座を追われたジェイムズ二世は、スコットランドではジェイムズ七世とされている。)チャーリーがスコットランドに行きさえすれば軍勢が集まるだろうと考えたのもスチュアート王家の出自からすれば当然のことであり、ジェイムズ二世の廃位に反感を抱くジャコバイトはイングランドにも少なからずいたのでその支援も期待することができた。さらに、フランス軍の応援が約束されている。二四歳の若者が親子三代にわたる悲願の実現の間近いことを信じたとしても無理ではない。

しかし、時代はすでに変っていた。英国議会は「王位継承法」(一七〇一年)を制定してカソリック教徒の王位継承を拒否していたし、英国の社会も所謂《いわゆる》「産業革命」に突入していて今さら「王権神授説」などを振り回しかねないスチュアート王家の復活など論外という空気であった。たとえチャーリーが蛮勇をふるってロンドン進攻を敢行していたとしても、大勢は動かなかっただろう、と見るのがまず妥当であろう。

ダービー以後の「叛乱軍」は追走する政府軍に押されて北へ北へと逃れ、結局一七四六年四月一六日カロデンの決戦を迎えることになる。ジャコバイトの叛乱の最後の戦場であり、また英国内で戦われた最後の戦闘の場であるこの荒野《ムア》は、わが国で言えばさだめし関ヶ原というところだが、今日訪れてみても昔を偲《しの》ばせるものは記念碑などのほかになにもなく荒涼とした風景が風の中に広がっているばかりである。しかし、ここでの戦闘は壮絶をきわめ、約九千の政府軍の圧倒的な火器の威力の前に約五千のハイランダーズたちは為す術《すべ》もなく、二五分の激闘で約四分の一の千二百人が戦死したという。負傷者も情け容赦なく殺害され、死体はそのまま捨て置かれた。（死者の埋葬も許さぬという苛酷な処置は、たとえば戊辰《ぼしん》戦争において敗れた会津藩に対する政府軍のそれを連想させる。）この戦いとそれに続く一連の無慈悲な政府軍の行動のためにその指揮に当ったカンバーランド公――ジョージ二世の次男――には「人殺し《ブッチャー》」の渾《あだ》名がついたほどで、その恨みは以後も根深く残った。こんなエピソードがある。今から何年か前にこの戦いを扱った映画のロケが当地であり、戦闘シーンとなった時に出演していたエキストラたちが史実とは逆に政府軍を敗走させてしまったというのだ！　その後この映画が完成したかどうか筆者は知らない。

カロデン以後のチャーリーは「ヒースの中の王子」と呼ばれる逃亡の身となった。その首に三万ポンドの懸賞金をかけられてハイランズの荒涼とした山野や島々を逃げ回った王子の人並みすぐれた気力と体力は、あるいはこの時もっとも輝いていたのかもしれない。数人のお伴の者とともに、アウター・ヘブリディーズ列島のいくつかの島やインナー・ヘブリディーズ諸島のスカイ島、ラーセイ島などを転々と逃げ回った王子の五カ月は、「貴種流離譚《たん》」の主人公を地で行くものであるが、厳しい政府側の追手から無事その王子を守り通した行く先々の人々の勇気と忠誠心も忘れてはならない。なかでも、当時二三歳だったフローラ・マクドナルドは「ヒースの中の王子」を語る際には必ず言及される伝説化されたヒロインであり、最近の一九九五年にも二五〇ページを超える伝記が出版されているほどである。彼女は王子をアウター・ヘブリディーズ列島のサウス・ユーイスト島からスカイ島のポートリーまで送り届けただけなのだが、ベティー・バークという名のアイルランドから来た召使いに女装した王子と小さな船でリトル・ミンチ海峡を渡り――その途中でも浜辺で政府軍兵士に発砲を受けている――無事彼を次の救援者に引き継いだ彼女の凛々しい姿が人々の心の琴線に強く触れたらしい。なにしろ、当時の英文壇の大御所サミュエル・ジョンソンでさえが――彼は一七七三年スカイ島を訪れた際に彼女自身に会っているのだが――彼女をたたえて「勇気と忠誠が美徳である限り、その名は敬意をもって歴史に刻まれるであろう」という言葉を残しているほどなのだから。

いまでもハイランズとアイランズのあちこちに「チャールズ王子の洞穴」と呼ばれる洞穴があることからも分るように、王子の逃避行は困難をきわめたものであったが、それもカロデン後五カ月の一七四六年九月二〇日王子救出のために派遣されたフランス船による脱出で幕となった。乗船地は彼が一四カ月前にスコットランド本土に第一歩を印したその場所であったという。

以後の王子は夢破れた失意の人であった。保護を引き受けていたフランスも、英国政府の要求にしたがって彼を逮捕して国外退去を求めるという態度に出、やむなくイタリア、スペイン、オランダ、スイスなどを転々としたのち一七八八年落魄《らくはく》の人としてローマに没した。晩年は酒に溺れる日々をすごし、愛人とした女性は英国のスパイの疑いがあった。彼女との間に生れた娘が唯一の子孫であり、弟ヘンリーは一七四七年ローマ法王庁の枢機卿となり子はいなかったので、スチュアート家の男系は跡絶え、ここに王位復活の夢も消え去った。父の死去によって「チャールズ三世」という名ばかりの王に即位した彼の五五歳の時の肖像画が残されている。そこにはどんよりとした瞼《まぶた》の下から暗い視線を投げかける孤独な老人の姿があるばかりだ。二〇歳の頃の

はつらつとしたボニー・プリンス・チャーリーの肖像画と見くらべる時、この二人が同一人物とはとても思えないほどの様変りである。

これはもう後日談に属するが、チャールズは一七五〇年にひそかにロンドンを訪れ、イングランドのジャコバイトたちと会い、ロンドン塔などの市内の要塞を見て回り、あまつさえ、市内の目抜き通りストランドの教会で英国国教会《アングリカン》に改宗の儀式を行っている。しかしこれも今となっては空しいジェスチャーにすぎず、再蜂起の非現実性を嫌というほど知らされた彼は一週間ほどで英国をあとにした。以後も二、三度英国を訪れたという説があるが根拠の不確かな伝聞にすぎず、一七六一年九月二二日ジョージ三世の戴冠式場に姿を現わしキッドの白手袋を落して即位への挑戦の意志を表明したなどというのは伝奇《ロマンス》の世界に属する話であろう。

しかし皮肉なことに、'45（フォーティ・ファイブ——一七四五年の「叛乱」をこう呼ぶ）が完全に過去のものとなりスチュアート家再興の可能性が急速にうすれてゆくにつれて、非運の王子ボニー・チャーリーの物語がジャコバイトばかりでなく一般の人々の心をとらえはじめた。わが国の源義経にたいする「判官《ほうがん》びいき」にも似て、「御家再興」の英雄になりそこなったがゆえに彼は人々の胸に生き続ける伝説上の人物になったのだ。勝者は歴史に名を残し、敗者は伝説となる。そして、「大義《コーズ》」がいずれの側にあるにせよ、人々の想いは敗者へと傾いてゆく——なにほどかのセンチメンタリズムを帯びながら。

われわれの耳に親しいスコットランド民謡は数多いが、そのほとんどが一抹の哀調をおびた歌詞と旋律を持っている。そのひとつに、「チャーリーはいとしい人」（Charlie Is My Darling）という曲があるが、この「チャーリー」とはほかでもないチャールズ・エドワードのことであり、このほかにも彼を歌った民謡が五、六曲はある。中でも、「あなたはもう戻ってこないのですか」（Will Ye No' Come Back Again?）という歌は、この言葉をリフレーンとして繰り返しながら、人々の「白馬の王子」への憧れ、見果てぬ夢の切なさを歌いあげている。挫折の生涯を送ったチャールズ・エドワードは、伝説と化し歌となっていまも人々の心の中に生き続けているのだ。

三つの「自伝」——ジョンソン・ボズウェル・ヒューム

自叙伝、自伝、自分史、半生の記、等々その呼び名は様々でも「自分で書いた自分の伝記」は英語の "autobiography"（ここでは「自伝」と訳す）に相当する文学のいちジャンルである。この単語の発生については、「Biographia という語が、たとえ古代末期にせよとにかく古代ギリシア語であるのに対して、autobiography というのは（語源はギリシア語でも）ギリシア人が造った語ではなく、近代の造語である」と権威ある『オックスフォード英語辞典』第一版の初出年一八〇九年を否定する先行例提示（antedating）をしたA・モミリアーノの一文にくわしい[(1)]。それによると、まず "self-biography" が一七九六年に登場し、この「新語」を批判する形で "autobiography" が一七九七年に初めて姿を現したらしい。現在では、フランス語でもドイツ語でもこの英語からの外来語が使われており、「『ラルース大辞典』の一八六六年版は（一応フランス語として採用はしているが）語源はギリシア語、ただし英語として新造されたもの、と説明している」とモミリアーノは続けている。さらにドイツ語については、注の中で「ドイツ人は Television という語があってもそれを使わず、Fernsehen という語の方がずっと好きなぐらいだから、今では Autobiographie という ドイツ語もあるが、同時に Selbstbiographie というドイツ語も生きている」と、ドイツ人の国民性にも触れた解説を加えている[(2)]。

自伝（autobiography）という名称が一七九七年にイギリスで誕生したとしても——もちろん、さらなる "antedating"

の可能性は常に残されているのだが――、アウグスチヌス『告白録』からルソー『告白』に至るまでこのジャンルに入る著作がそれ以前にも多数存在していたことはいうまでもない。しかし、名付けられることによって初めて、ひとは人となりものは物となる。それまでの星雲状態を脱して自伝が文学のいち分野として人々に認識され自立したのが一八世紀末のイギリスにおいてであった、ということなのだろう。本論ではこの星雲のなかにあった三つの星――しかも、一八世紀のイギリスという「自伝」成立寸前のそれ――を取り上げ検討してみたい。その作者は三人とも文学のいちジャンルとしての「自伝」を書いているという意識もなければ（ヒュームを除いて）出版の意図もなかったのだが。

まず、一八世紀後半の英文壇の巨人、サミュエル・ジョンソン（一七〇九―八四）である。一般には『英語辞典』（一七五五）によって「辞書のジョンソン」（Dictionary Johnson）として知られているが、『詩人伝』（一七七九―八一：英詩人五二人の評伝集）、『シェイクスピア全集』（一七六五：編纂と評論）、『スコットランド西方諸島の旅』（一七七五）などによっても、そしてなによりもまず若い友人ジェイムズ・ボズウェルの傑作伝記『ジョンソン伝』（一七九一）の主人公として知られるこの「知性派ジョンブル」は、「自伝」の自立を予見するかのように彼の連載エッセイ『アイドラー』八四号（一七五九年一一月二四日付）において、「最良の伝記は本人によって書かれたものだ」という主張を展開している。そして彼自身、自分の来し方を振り返って二つの「年譜」を書き遺した。"Annals"と"Annales"である。前者は英語で書かれ、後者はラテン語で書かれている。後者は一七三四年、ジョンソンが結婚を目前にした二五歳の秋にそれまでの独身生活の記録として書いたと推定される三ページほどのもので、これはジョンソンの最初の本格的な伝記『ジョンソンの生涯』（一七八七）においてジョン・ホーキンズによって利用され、のちにボズウェルによっても資料として使われている。その量の少なさ（全体で約五〇行）とすでにその内容がホーキンズとボズウェルなどによって伝記の中で消化されているという事情もあって、本論では前者の“Annals”だけに注目したいと思う。

この「年譜」は長年ジョンソンが手許に置いておいたが死の数日前に焼却しようとした書類の中にあり、使用人のジャマイカ人フランシス・バーバーがその消滅を惜しんでからくも炎の中に投じられるのをふせいだものであった。バーバーの死後その未亡人からリチャード・ライト（一七七七—一八二一）がこれを入手し、一八〇五年「サミュエル・ジョンソン博士の誕生から一一歳までの彼自身の手になる生い立ちの記」としてロンドンで出版したものである。リチャード・ライトは当時ジョンソンの生れ故郷であるリッチフィールドで古物博物館の館長をしていた本業は医者の人物らしいが、その後この文書が誰の手に渡ったのか、現在どこにあるのかなどは謎となっている。

「一七〇九年九月七日、[3]私はリッチフィールドで生れた」との一文で始まるこの「年譜」は当然のことながらホーキンズにもボズウェルにもその存在が知られていず、それだけにジョンソンの生涯に関する貴重な第一級の資料として重要視されている。「私はほとんど死んで生まれ、しばらく泣き声も出せなかった。彼［助産夫のジョージ・ヘクター］が私を取り上げて『立派な男の子だ』と叫んだ」との誕生の瞬間の描写から、当時の父親の仕事、乳母から移された瘰病、その治療のために母親が彼をロンドンに連れて行きアン女王に触れてもらった思い出、[4]母親に人間が死後行かねばならぬ来世——天国か地獄か——について教えられたこと、そして（三八ページにおよぶ草稿の欠落による空白期間の後の）リッチフィールド・グラマースクールでの勉学の模様、などが本人以外にはなしえない詳細な描写を混えながら悪名高い「ジョンソン的文体」(Johnsonese) とは対極的な親しみやすい文体で記述されている。

ジョンソンの手になる文章としては文体的にも内容的にも異質なこの「生い立ちの記」はいつ頃、どのような意図のもとに執筆されたのだろうか。その解明はジョンソンの隠された意外な一面を明らかにする可能性を秘めているかも知れないのだ。

この「年譜」の執筆年代はジョンソン自身が明言しておらず、なによりもボズウェルがその存在を知らなかったがゆえに不明のままとなっている。年代を推定する根拠はあくまでも状況証拠にすぎず、ここでもしボズウェルが登場していればジョンソンに直接尋ねることによってその年代を確定していただろう——少なくとも、有力な説を提示していただろう、と惜しまれる。彼が『ジョンソン伝』の冒頭に置いた「ジョンソン博士の散文作品年代順一覧」も彼が直接ジョンソンに質したか、あるいは内的証拠から確実と思える年代に基づいて作成されたのだし、「(『ジョンソン伝』の中の)ひとつの日付を確定するためにロンドン市内を半分駆け回った」[5]と告白している彼のことだから我々を納得させる説を出していたに違いない。それとも、ジョンソンが公表を意図していなかったという理由で黙殺しただろうか。

"might-have-beens" はともかく「年譜」の執筆年代および執筆動機に関する諸家の説について早速検討してみよう。

まず、この「年譜」の草稿をバーバーの未亡人エリザベスから入手し出版したライトは彼が付けた注の中で「これは一七六五年一月に書かれた」と年代を断言しているが、その根拠や執筆動機には触れていない。次いで『イェール版ジョンソン全集(第一巻:日記・祈禱文・年譜)』(E・L・マカダム・ジュニア/ドナルド&メアリー・ハイド編)は、一七七二年を執筆年とし推定の根拠として同年四月一八日(イースター前日)の祈禱文の中にある「私はこのところはなはだ無益な熱意をもって過去の出来事に思いを馳せてきた」という一文を挙げている。[6] さらに、生涯ボズウェル否定の論陣を張り続けたドナルド・グリーンは、

ジョンソンはこの生い立ちの記を一七六〇年代に書いたようだ、おそらく彼がこの頃落ち入っていた深い憂鬱を

和らげる「自己精神分析」の過程の一部として[7]。

と執筆の動機に触れつつ執筆年代を推定している。一番新しくこの問題に触れているのはパット・ロジャーズで「多分一七六〇年代か一七七〇年代の初頭に書かれたものであろう」としている[8]。

以上の論者はすべて六〇年代から七〇年代と幅を持たせているが、その中では一七七二年(春)とした『イェール版ジョンソン全集』の推定がもっとも年月を絞っているのが注目される。その頃ジョンソンが精神的に不安定で不眠に悩まされていたことはボズウェルも『ジョンソン伝』の中で認めているところであり、確からしい[9]。しかし、執筆の動機については「深い憂鬱を和らげる」ためとしたグリーンの説が「自己精神分析」云々はともかく正しいように思われる。そしてこの時の「憂鬱」はジョンソンの気質に由来するものなのだろうか。彼が一生のうちに何度かの精神的危機に見舞われたことは周知の事実だが、この頃(一七七二年)は特に何があったのだろうか。ここで筆者はひとつの推断を提示したいと思う。

ジョンソンが「年譜」を書こうと思い立った(と推測される)一七七二年春、彼は六二歳であった。その年の秋九月には六三歳を迎える訳で、この年齢が何を意味しているかジョンソンが知らなかった筈はない、いや大いに意識していたと思われる。六三歳とは、たとえばサー・トマス・ブラウン(一六〇五―八二)が『謬説集』(Vulgar Errors, 1646)において「七と九の数字は掛け合わせると六三になり、これは通常我々の人生の大厄と見なされている」と述べた年齢で、この文はそのままジョンソンの『英語辞典』の“Climacterick, Climacterical”の文例としても使われている。占星術に由来するこの「俗信」をブラウンは謬説と一蹴しているのだが、ジョンソンはむしろ人生の大きな節目としてこれを決して軽視してはいなかったと考えられる。もちろんそれには彼自身の老化の自覚、精神状態の変調なども少なからず寄与しているのだろうが。

当時のある『百科事典』の記述によれば、

「厄年」占星術師の言うところでは、身体に著しい変化が起る危険な年齢。……最初の厄年は七歳であり、以後七の倍数、二一、四九、五六、六三、八一となる。最後の二つは大厄（Grand Climacterics）と呼ばれて危険が一層差し迫っているとされる。(10)


さらに九という数字も不吉とされており、したがって「七×九＝六三」と「九×九＝八一」が特に大厄と呼ばれる理由となっているらしい。

ジョンソンがこの大厄（六三歳）を目前にして、おのが一生を振り返る一種の回顧録を書き残そうとしたことは大いに考えられるところだ。そこには公表する意図などは全く見られず、それ故に死を寸前にして召使いのバーバーに他の文書とともに焼却を命じ、彼がその焼失を惜しんで炎の中からあやうくその一部を取り出し保管していた、ということなのだろう。「年譜」が一一歳で打ち切られてしまい、「生い立ちの記」で終ってしまったのはこのような事情にもとづくもので、実はジョンソンはこの先もかなり書き進んでおり、それなりの「自伝」が出来上がっていたとも考えられる。しかしながらそれもこれも炎となり灰となってしまった訳だ。

それでは『ジョンソン伝』の著者ジェイムズ・ボズウェル（一七四〇―九五）はどのような「自伝」を残しているのだろうか。彼の場合は二四歳という若さでそれまでの人生を振り返り「わが半生のスケッチ」としてある日の午後に一気呵成に書き上げたもので、読ませる相手はただひとり――ほかでもないジャン＝ジャック・ルソー（一七一二―

七八)、その人であった。時は一七六四年一二月五日、所はモチエの宿屋(モチエは当時プロシャの領地であったヌーシャテル公国の町で、おりしもルソーが亡命中であった)。

ボズウェルが当時の上流家庭の子弟の間に広く行なわれていた「グランド・ツアー」の旅に上ったのは一七六三年八月彼が二二歳のときであった。まずオランダに渡りユトレヒト大学で法律を勉強(父アレグザンダーの意向による)、一〇カ月の暗い「留学」期間をどうにか耐えて一七六四年六月ユトレヒトからベルリンに移りやっと大陸巡遊の楽しさを味わい、離英以前から夢見ていたルソー(とヴォルテール)に会うためにベルリン、ドレスデン、フランクフルト、ストラスブール、と南下してついにルソーが滞在中の町へとやって来ていた。

ルソーは当時既に『人間不平等起源論』(一七五五)、『新エロイーズ』(一七六一)、『社会契約論』(一七六二)、『エミール』(一七六二)などを発表して激しい賛否両論をまき起こし、その名は今や「有名人の狩人」(lion-hunter)ボズウェルが熱心に追い求めるほどの高みに達していた。[11]このルソーにいかに接近すべきか。実はボズウェルにはある幸運も手伝って十分な成算があった、というのは、当時のヌーシャテル公国の総督マーシャル卿(一六九三―一七七八)はスコットランド人であり、ボズウェルがオランダ留学を終えて同国を去るとき偶然にもユトレヒトからベルリンまで同道した旧知の仲だったのだ。同卿は熱心なジャコバイトの軍人であったが、一七四五年の「ボニー・チャーリー」の叛乱には失望して従軍せず、亡命先のプロシャのフリードリッヒ二世の厚い信任を得て大使などを歴任、今では七〇歳を過ぎてヌーシャテル総督という閑職に安住の地を見出していたのだった。一方、ルソーの方でも『告白』の中で「この名も徳も高いスコットランド人の気高い風貌は、わたしの心をつよく動かし……彼とわたしとのあいだには熱烈な友情が生れた」[12]と書くほどの深い信頼関係にあった。

ボズウェルは同卿の若い友人にルソーを訪問して彼の健康状態を知らせるよう求めるマーシャル卿の紹介状を持っ

ていたし、ルソーと会う準備として『新エロイーズ』『エミール』は既に通読し終っていた。しかし、同郷人の紹介状よりボズウェルはむしろ自分の才覚だけでルソーとの面談を実現しようという若者らしい覇気にも燃えていたのだ。

一七六四年一二月三日、まずルソー宛面会を求める手紙を宿のメイドに持たせて――このメイドはルソーがいかに病いに苦しんでいるかをボズウェルに教えてくれた当人なのだが――幸い承諾を得ると抜け目なく次回の面会を約束させ、都合六回ルソーとの面談に成功している。これには彼自身の魅力、人当たりの良さ、たどたどしいフランス語などももちろん大いに寄与しているのだが、ルソーの愛人テレーズにたくみに取り入ってルソーの心を動かすという裏面工作があったことも見逃すことはできない。

六回の面談のうちの三回目(一二月五日)が終って宿に帰ったとき、ボズウェルは自分の様々な悩みをこの「哲学者」に理解してもらい助言してもらうには、口で話すよりも文章にして読んでもらう方が効果的なことに気付き、一気に自分の生い立ちから現在までの半生を書き綴ったのだ。これが「わが半生のスケッチ」であり、この文章を添え状とともに送りつけたボズウェルは一週間あまりモチエを離れてルソーに「スケッチ」を読む時間を与えることにしたのだった

この「わが半生のスケッチ」は七枚の紙の表裏一四ページにフランス語で書かれており、ボズウェルがルソーに返却を求めたので、現在はイェール大学の厖大な「ボズウェル文書」の中に収められている。この「スケッチ」とともに数枚の書き損じ――下書き――も残されているので、彼が一気に書き上げたとはいえ、かなり苦心して仕上げられたことは明らかである、彼にとっての外国語であるフランス語による執筆という点は別にしても。(13)

その内容はといえば、最初の段落の末尾に「私は自分の弱点や愚行、犯罪さえをも隠しません」と宣言して、自分の受けた教育への批判(「悪しき教育の及ぼす影響の驚くべき実例」)、生来の憂鬱症(「これは私の家族に流れる気質です」)、

優しい母と厳しい父、二人の家庭教師の優劣の比較、揺れ動く信仰（母の影響によるカルバン主義、「周囲の人々が神と呼ぶ恐ろしい存在」と日曜日の礼拝への嫌悪、一八歳でのカトリックへの改宗、尊敬するジョンソンの信じるアングリカン・チャーチの厳格すぎる教義へのかすかな疑問）、そして親友の妻との不倫、などが率直に吐露されている。そして、最後の段落は次のように結ばれている、

私の性格のあらゆる邪悪なところを急いで書き連ねました。良いところもすべて話しました。教えてください、私は男になれるでしょうか。立派なスコットランドの領主になれるでしょうか。×××夫人との関係において高潔になれるでしょうか——神よ、もしそうでなかったらおそろしいことです！　多分、彼女も変ってしまったのでしょう。あー、慈悲深い賢者よ、私をお救いください。私の心は弱いが私の魂は強いのです。その魂に火を付けてください、そうすればその聖なる炎は決して消えることはないでしょう(14)。

ボズウェルの「わが半生のスケッチ」——二四歳の青年の「自伝」——は以上のようなものであり、自分を全てさらけ出し、悩みを訴えてルソーの助言を求めるという一種の人生相談のようなものであった。そして、一〇日後（一二月一四日）ボズウェルはルソーの家を訪れ、彼が「スケッチ」を読んでくれたことを知る。「スケッチ」の最後の質問に対してルソーは「その夫人に、このような行為は自分の良心に反する、もうやめよう、と言うがよい。彼女は賛成するだろう、もしそうでないなら彼女は軽蔑すべき女だ」と答えている。

ルソー（とテレーザ）に気に入られたらしいボズウェルは、翌日の夕食に招かれるという思いもかけぬ僥倖にも恵まれ、ルソーとの別れ際に「私はルソー氏と結びついているという思いにこれからずっと鼓舞されるでしょう。さよ

うなら、私は生涯の最後の日まで生き抜きます」と『エミール』の中の一句にそれとなく言及して、「疑いもなく人間はそうすべきです、アデュー」というルソーの別れの祝福を受ける。こうしてボズウェルは次に目指す有名人ヴォールテール（一六九四—一七七八）に会うべく、ジュネーブへと向かうことになる。

ボズウェルにとってルソーとの会見は長年の夢の実現であり、会談の内容もしごく満足できるものだったが、さらに彼にとって大きな転機となるコルシカ島訪問のきっかけともなる意味深い会見でもあった。『社会契約論』においてコルシカ島について「新しい人民、立法によって損なわれていないヨーロッパでただひとつの人民である」[15]と書いたルソーは、同島独立運動の指導者パオリ将軍とも文通があり、彼は一時同島への移住を考えたほどであった。当時ヨーロッパの人々の関心を集めていたこのコルシカにボズウェルも興味を持ち、同島訪問の意図をルソーに漏らしてパオリへの紹介状を手に入れたのだ。その訪問の成果は『コルシカ事情』（一七六八）として出版され、彼は一躍「コルシカ・ボズウェル」の通称で呼ばれるほどの著名人となったのだった。

ボズウェルにとってこのように意義深い訪問となったルソーとの対談は、ルソーにとってはどのような意味を持っていたのだろうか。一七六二年から一七六五年までの身辺の出来事を綴った『告白』第一二巻にボズウェルの名は見当らない。二四歳の若者の数回の訪問など五二歳の思想家ルソーには記録に値する出来事ではなかったのだろう。しかし、ボズウェルがルソーに突き付けた「わが半生のスケッチ」は、彼の心になんらかの波紋を立てなかった筈はない、彼は「一七六四年末には『告白』のヌーシャテルの草稿の前書きがすでに書かれており、第一部執筆の準備が完了して」[16]いたのだから、そして「率直に、あらわに全存在をしめすという近代的告白……の開祖」[17]であり「わたしはかつて例のなかった、そして今後も模倣するものはないと思う、仕事をくわだてる」と『告白』冒頭に豪語した近代的「自伝」の創始者なのだから。自己の内面を赤裸々にさらけだす、という点では人後に落ちない内面記録を残したボズウェル──彼はこの時既に七〇〇枚に及ぶ日記類を書き残していた──の若き日の「わが半生のスケッチ」にルソーは少なからぬ共感を覚えたのではないだろうか。「お前はヘンな奴だ」“(Vous êtes un Drôle de corps.)”という別れ際のルソーの笑いながらの一言[18]と、テレーザの「ルソーさんはあなたを高く評価してますよ」(“M. Rousseau vous estime beaucoup.”)との言葉[19]はそのことを十二分に証している、と言っても過言ではないだろう。

三つ目の「自伝」は、哲学者──当時は歴史家としての方が一般に知られていたのだが──デイヴィッド・ヒューム(一七一一─七六)によって書かれたもので、出版を意図して執筆されたという点で前の二つとは異なっている。“My Own Life”と題されたこの一文は、一七七六年四月一八日という死を四カ月後に控えた時点で執筆されたもので、文字通り自分の一生を振り返りながら書かれた自分史である。同年一月には遺言状も作成し、病状を心配した友人達の熱心な勧めでイングランド(のバース)に治療のために出発する三日前に一気に書き上げられたもので、本文からは死を覚悟したヒュームの諦念がにじみ出ている。友人アダム・スミスに託された草稿類の中に入っていたこの『わが生涯』は、死後出版される筈の彼の著作集の第一巻の冒頭に置いてほしいというヒュームの願いにもかかわらず、一七七七年三月にアダム・スミスから出版業者ウイリアム・ストラーン宛の手紙を添えて単独で刊行された。これはさらに翌年彼の『イングランド史』の重版にも掲載されたのだが、その内容は「私の著作の歴史以外はほとんど含まない」と自称する態のものであった[20]。

「歴史家」ヒュームの筆にもかかわらず、出自、家柄、教育、経歴などにはあまり触れずもっぱら自著の運命──『人性論』を「印刷機から死産した」と呼び、『政治論集』を「私の著作の中で初版刊行後すぐに成功した唯一のもの」とするなど──の悲惨を列挙し、しかしながら、「私は常に物事の不利な側面よりも有利な側面を見る質であり、これは年収一万ポンドの身分に生れるよりも幸せな心のありようである」と自分の「生れつき陽気で快活な気質」を自賛するこの「自伝」は死を目前にした人の文章とは思えない澄明さにみちている。

しかし、このような気質のしからしむるところであろうか、人の生涯には避けられない不快な出来事——彼の場合には宗教上の理由によるエディンバラ大学およびグラスゴウ大学の教授就任を拒否されたこと、そして高名なルソーとのいさかい、等々—が完全に無視されており、「自伝」の限界をも見せている。

自著の解題と職歴と交友関係の記述に埋めつくされた感のあるこの「自伝」がその相貌を一変するのは「一七七五年春、私は内臓の異常に襲われた」[21]という一文ではじまる段落からであり、ここで彼は「私はいまや急速な解体(dissolution)を予期している」としながらも、「現在の私よりも人生から超然としているのは至難の業だ」と従容として死を迎える心境を吐露している。そして、これに続く最後の段落でヒュームは、「私はおだやかな性質……社交的で陽気な気質の男であった」と敢えて過去形で自己描写を行ない、「この私自身への弔辞」を結んでいる。

ヒュームの伝記の決定版とされている『デイビッド・ヒューム伝』の著者であるE・C・モスナーは『わが生涯』について

ヒュームは、著名人としてさらには宗教と永遠の生に関して悪名高い非正統的な見解を持つ人物として、自分の死に様が一般大衆の興味を引くであろうことを重々承知していた。彼は哲学者であり、哲学的に死ぬ(die philosophically)こと、自分の信念通りに——希望も恐怖もなく——死に処したと人々に納得させることを決意していた。従って、『わが生涯』は自伝でもあれば宣言(manifesto)でもある。[22]

と述べている。死に対しての自分の態度を「宣言」して終るこの「自伝」は、自分の生き様よりも死に様に人々の注目を集めようという彼の戦略の一環だったのだろうか。もしそうなら、まことにユニークな「自伝」と言わなければならない。

ヒュームの予想通り彼の死に様は人々の多大な関心を呼び、様々な反響を生んだ。ここでは、先のジョンソンとボズウェルに的を絞ってヒュームの死に様に対するそれぞれの関心、意見、対処の仕方などを最後に見ておこう。まず、ボズウェルである。ヒュームとは一七歳の時（一七五八年）からの知り合いであり、エジンバラに建設中のニュータウンに移った彼からオールドタウンの住居を借りていたこともある[23]ボズウェルは当然のことながら彼の信仰と死に様には深い関心を抱いていた。自分の揺れ動く信仰と較べて終始揺るがない（ように見える）ヒュームの「不信心」（infidelity）に日頃から驚きと疑問を抱いていたボズウェルはある日（一七七六年七月七日）ヒュームの住居――皮肉にも「聖デイビッド通り」（St David Street）と呼ばれているニュータウンの一角にある――を訪れ、率直に自分の疑念をぶつけて、「自己の消滅には何の不安も感じていない、生まれる前には存在しなかったことに何の不安も感じなかったように[24]」という驚くべき返答を得る。イングランドのバースでの湯治もむしろ逆効果となり、「まさに死にかけて」帰宅したばかりのヒュームであったが、健康な頃の肥満体とはうって変って痩せ衰えた肉体にもかかわらず彼は相変わらず快活かつ明晰であった。「我々が永遠に存在するというのはひどく馬鹿げた空想である」と自分の信仰を一笑に付されたボズウェルはその後も二度ばかりヒュームの自宅を訪れるが、ヒュームは既に面会のできる病状ではなく冷たく門前払いを食ったのだった。一七七六年八月二五日、ヒュームはこの世を去り、ボズウェルはその翌日にこの報せを聞いて早速ヒュームの家に赴き、召使いから「とてもおだやかに息を引きとりました」との証言を得る。同月二九日葬儀の日には式には参列せず、「カールトン・ヒルの共同墓地で彼の墓地をまず確認し、次いで葬列が通るのを塀のかげに隠れて見送った[25]」のだった。

かくしてボズウェルはヒュームと今生の別れをしたのだが、これだけで終らないのがボズウェルの面白さであり、われわれは八年後の彼の日記に次のような驚くべき記述を目にすることとなる。

一七八四年一月一〇日土曜日（一三日に書いている）。デイヴィド・ヒュームが付けていた日記を発見したという非常に喜ばしい夢から覚めた。それによると、彼は虚栄心から懐疑論と不信心の論文を発表していたが、実は彼はクリスチャンであり非常に信心深い人間だったらしい。私が思うに、彼は自分の才能を示すために世間にどう見えようとも自分の信仰は神と己れの良心との間のものだと考えて心を鎮めていたらしい。……私は彼の日記の中にいくつかの麗しい条りを読んだと思う。……目覚めてからもこの夢は強く心に残り、しばらくはこれが虚構にすぎないとは思えなかった。(26)

これは彼の深層心理のいかなる作用によるものであろうか。夢の分析はともかく、こうしてボズウェルはヒュームの「無神論」に対して心理的な決着をつけたのだった。

ジョンソンはボズウェルからヒュームが穏やかに死んで行ったこと、および日頃から霊魂の消滅（annihilation）を全然恐れていなかったことを聞いて激しく反撥した。人一倍死への恐怖心が強かったジョンソンは、「彼は嘘をついたのだ。死を恐れていないという虚勢を張ったのだ」と断じ、「人が死を恐れないという到底ありえないことよりも、彼が嘘をついたということの方がありえるのだ」とヒュームの論法を逆用したレトリックを展開し、「霊魂の消滅という彼の原則に立てば、彼には嘘をつくまいという動機が存在しないということも君は考えねばならない」とボズウェルに諭した。(27)『ヒューム伝』の著者モスナーはジョンソンのこの主張を「非論理」と論難しているが、(28)「神がなければすべてが許される」というドストエフスキーの原則に照して、ジョンソンの主張は正しい。唯一の違いは、ジョンソンが神の存在を信じヒュームがそれを信じていなかった、という一点にこそあるのだ。

（1）A・モミリアーノ『伝記文学の誕生』（柳沼重剛訳、東海大学出版会、一九八二年）、二三―二四頁。なお、『オックスフォード英語辞典』第二版では改められている。
（2）同書、二四頁。
（3）「新暦では一八日」とのジョンソンの自注がついている。イングランドでは一七五二年九月からの新暦（グレゴリオ暦）の採用により旧暦（ユリウス暦）に一一日が加えられた。
（4）王権神授説の名残りとしての "royal touch" はAnne女王以後は行なわれていない。
（5）ボズウェル『ジョンソン伝』初版序文。
（6）『イェール版ジョンソン全集（第一巻）』、XV、一四六頁。
（7）D・グリーン編『サミュエル・ジョンソン』（オックスフォード大学出版局、一九八四年）、八二九頁。
（8）P・ロジャーズ『サミュエル・ジョンソン百科事典』（永嶋大典監訳、ゆまに書房、一九九九年）、七頁。
（9）ボズウェル『ジョンソン伝』、一七七二年四月一八日の項。
（10）P. Rogers, *Johnson and Boswell: The Transit of Caledonia* (OUP, 1995, p. 13) より引用。ジョンソンはこの *Chamber's Cyclopaedia* (1728) の改訂版の編集を希望したことがある。この「俗信」の広がりは、例えばアダム・スミスが六三歳の折（一七八七年）病気の治療のためにわざわざロンドンまで出掛けたことなどにも見られるようだ。
（11）ボズウェルが「狙った」有名人で撃ち損じたのはプロシャのフリードリッヒ大王だけであった、と言っても過言ではない。
（12）ルソー『告白（下）』（桑原武夫訳、岩波文庫）、一六六頁。
（13）M. S. Pottle *et al.* ed., *The Catalogue of the Papers of James Boswell at Yale University* (Yale U. P., 1993), Vol. I, p. 342.
（14）ボズウェルはこの「スケッチ」をルソーから返してもらったあとで×××夫人に関する記述の部分を全てインクで塗りつ

ぶした。しかし、現在ではこの夫人の名（Jean Home）は判明している。*Boswell on the Grand Tour : Germany and Switzerland 1764* (Heinemann, 1953), p. 229.

(15)『告白(下)』、二四〇頁。

(16) 同上「解説」、三一六頁。

(17) 同上、三〇一頁。

(18) *The Private Papers of James Boswell from Malahide Castle* . . . . (Vol. 4, 1928), p. 114.

(19) 同上、p. 114.

(20)『わが生涯』の拙訳は、T. H. Green & T. H. Gross, *The Philosophical Works of David Hume* (Longmans, Green, and Co., 1874, Vol. I) による。

(21) ヒュームが六三歳から六四歳になる春のことであり、友人のアダム・スミス同様彼も「大厄」を意識しなかった筈はないと思われる。

(22) E. C. Mossner, *The Life of David Hume* (Nelson, 1954), p. 591.

(23) *Boswell : The Ominous Years, 1774–1776* (McGraw-Hill, 1963), pp. 29, 73.

(24) ボズウェルとヒュームとの対話は *Boswell in Extremes : 1776–1778* (Heinemann, 1971), pp. 11–15 による。

(25) 同上、p. 27.

(26) *Boswell : The Applause of the Jury, 1782–1785* (McGraw-Hill, 1981), pp. 176–177.

(27) *Boswell in Extremes*, pp. 154–155.

(28) モスナー前出書、六〇六頁。

さまよえるスコットランド人――ボズウェル私論

"Mr. Johnson," said I, "indeed I come from Scotland, but I cannot help it." "Sir," replied he, "that, I find, is what a very great many of your countrymen cannot help.[1]"

「いかにも私はスコットランドから来ましたが、これはやむをえないことです」。ジェイムズ・ボズウェルの弁解がましい言葉は、悲しいまでに彼自身の未来を予言していた。彼が「スコットランド出身」の意で「スコットランドから来た」と言ったのを、サミュエル・ジョンソンは「スコットランドから逃げ出す」の意にわざと曲解して初対面の若者をからかったのだが、彼の「お国の方々の多くがそうせざるをえないようですなー」という返答もボズウェルの行く末を言い当てていた。

一七六三年五月一六日(月曜日)午後七時。ロンドンはコヴェント・ガーデンのラッセル・ストリート、デイヴィーズ書店でのボズウェルとジョンソンとの出会いは、正確に二八年後の一七九一年五月一六日、『ジョンソン伝』の出版となって結実する二人の交友の記念すべき第一ページであるばかりでなく、ボズウェルのこれからの人生を暗示する不吉なやりとりで始まってもいたのだ。

イングランドにくらべて後進国であるスコットランド――一七〇七年に両国は合併していたが、スコットランド人の独立意識はまだ強く残っており、エディンバラは依然としてその「首都」であった——から来たという劣等感と、しかし一五世紀以来スコットランドのアフレックに代々伝わる領主の長子であるという出自の誇り、すべてにおいて華やかで明るいロンドンと狭くて暗いエディンバラの比較を絶する対照、ロンドンでの思うがままの自由な生活とスコットランド最高法院判事でもある父の監視の下で送るエディンバラとアフレックでの生活の明暗……二二歳のボズウェルにとって今回のロンドン滞在は一七六〇年の初上京の折に魅了されたロンドンへの憧れを一段と深めることとなった。彼がスコットランドに満足できず頻繁にロンドンに上り、あまつさえ遂にはそこに定住するに至るのは、「今ここ」にない何かを求め続けるという彼の常に渇いた精神の端的な表われであったのだが、そのさまよい続けた精神の軌跡にはいくつかの側面があった。

*

*

*

まず、ボズウェルがいかに頻繁にトウィード川を南へと越えたかを見てみよう。一七六〇年のロンドンへの出奔（約三週間）と一七六二—六三年の九ヵ月におよぶロンドン滞在は別にしても、二年七ヵ月におよぶ大陸旅行《グランド・ツアー》から戻ってエディンバラで弁護士を開業した一七六六年三月以来一七八六年一月イングランドの弁護士としてロンドンに移住するまでの二〇年間に彼がスコットランドの土を離れなかった年はわずかに七年だけであり、(2)しかもその内一七七三年には八月から一〇月にかけて、スコットランドとはいえ当時は異国のように思われていた高地地方《ハイランズ》をジョンソンと一緒に旅行しているのだ。この間、裁判所が開いている間は流石にエディンバラを離れなかったが、三—六月、八—一一月の閉廷期にはロンドンに出て約二ヵ月滞在するのが常であった。これは普通のスコットランド人、たとえば、

「ロンドンは嫌いだ。あそこでは学問は尊重されず、スコットランド人は憎まれ、迷信と無知が日に日に広まっている」[3]とロンドンを嫌ったデイヴィド・ヒュームなどとは著しく異なる態度であり、こうしたボズウェルのロンドンへの憧れが彼にスコットランドとロンドン間を往復させ、遂にはロンドンという表舞台とエディンバラという舞台裏からなる一種の「二都物語」である『ジョンソン伝』を生み出させたのだと言えよう。

* * *

彼の精神生活、とりわけその中枢をなす宗教についてはどうだったのだろうか。この点でもボズウェルは定まらぬ男であった。「母はとても信心深く、私に敬虔というものを吹き込んでくれた。しかし不幸にも、彼女が私に教えたのはカルヴィニズムであった……永遠の罰こそ私が生れて最初に抱いた重要な観念である。私はどれほど身震いしたことか！」と彼がジャン・ジャック・ルソーに読んでもらうために書いた「ジェイムズ・ボズウェルの前半生のスケッチ」[4]の中で述べたとおり、ジョン・ノックスの宗教改革によるカルヴィニズム（スコットランド長老教会）から始まって、メソジスト派、輪廻転生《ピタゴリアン》、ロンドン出奔の際のカソリシズム、さらにアングリカン（イングランド教会）と転変し、その間にも一九歳の誕生日の二ヵ月前（一七五九年八月一四日）にはエディンバラでフリーメーソンにもなっている。[5]彼の信仰（と言えるならば）に特徴的なのは、「感覚的にはカソリック、理性的にはアングリカン、社会（社交？）的には長老教会《プレズビテリアン》」とやや揶揄的に言われるように[6]、ロンドン出奔の折には一時の熱狂にかられて修道院に入ろうなどと瞬間的に決意したことはあったが、おおよそは精神の安穏と世間的是認を事とする常識的な「信仰」に終始したことである。「垂直的に神と結び付く」などという精神の有り様ほどに彼から縁遠いものはなく、「俗の俗」（'of the earth, earthy）たるボズウェルの姿は、時折神秘的な信仰者の姿を垣間見せるサミュニル・ジョンソンなどとは違って、われわれに地続きの一八世紀人としての親しみを感じさせる。

＊　＊　＊

ボズウェルの書き遺した日記がわれわれにとって興味が尽きないのは、彼自身の日々の私生活が率直克明に記録されているからばかりではなく、彼の会った――しばしば強引に面会を求めた――人々が今にその名を知られている当時の代表的な人物である場合が多いからでもある。ボズウェルは 'lion-hunter'（有名人を狩る人）であり、彼の獲物はジョンソンを筆頭にヒューム、アダム・スミス、ジョージ三世、ウォルポール、バーク、ゴールドスミス、ルソー、ヴォルテール、パスカル・パオリ、等々各国各方面に及んでいた。そして、その生々しい言動の記録はまことに興味深い。病気で人に会うことをいやがっているルソーの「さあ、帰ってくれ」との言葉にもかかわらず居直って遂には「ジェイムズ・ボズウェルの前半生のスケッチ」なる自分の生い立ちの記を読ませ、五度までも会見に成功するボズウェル。その一〇日後にはフェルネイにヴォルテールを訪ね、二晩彼の家に泊って「ジョンソンは迷信深い野郎《ドッグ》だ」とのヴォルテールの罵倒を耳にするボズウェル[7]。これらの記録を読むとわれわれはボズウェルが貴重な「現場」にいてその目撃談を遺してくれたと感じる。常に現場にいるボズウェル――'ubiquitous Boswell' という印象を我々は持つ訳だが、アメリカの指導的ジョンソニアンであったドナルド・ジョンソン・グリーンは、これをひどい誤解であると断じて、「不在続きのボズウェル[8]」（seldom-present Boswell）と言い切っている。確かに、『ジョンソン伝』から直ちに「いつもペンとノートをかかえてジョンソンの後を追いかけているボズウェル」という印象を抱くとしたらそれは錯覚にすぎないが、しかしわれわれがボズウェルはいつも「現場にいる」と感じさせられるのは何故か？　神ならぬ身が遍在することなどありえないのだが、ふとそんな気分にさせられてしまうのは何故か？　それは、「ボズウェルはジョンソンを創った劇作家である」と言ったG・B・ショウの口吻を借りれば、ボズウェルは「現場」という場面《シーン》を創り出す演出《プロジューサー》家であったからではないか。どのような人物でも四六時中記録に値する言動をしている訳ではなく、何らかの状況、刺激、きっかけなどがあってはじめてその人らしさ、持味、力量などが表に出てくるのだろうが、そのような場面にいつも居合わすのはなんびとにも不可能である。しかし、そのような場面を積極的に創り出すことは不可能ではあるまい。そして、ボズウェルは生来の好奇心、人をそらさぬ物腰、時によっては厚顔無恥とも見えるような言動でそのような場面を創り出すのに長けていたのだ。興味津々たる場面として我々に記憶されている出会い、発言、対話のいかに多くがボズウェルによって演出され記録されたことか。ボズウェルは場面の創造者であり、彼のいる所がすなわち場面なのだ、とも言えよう。そして、彼はなにが記録に値するかを識別しそれを詳細に活写する能力に恵まれていた。われわれにとってボズウェルは遍在する。「存在するとは認識されること」(esse est percipi)であり、後代に認識されるには記録されることが絶対的条件である限りは。

＊　＊　＊

ボズウェルが「演出」し記録した貴重な場面は数知れないが、その中でも哲学者・歴史家ヒュームの末期の姿はとくに印象深い。この「一八世紀最大のジャーナリスティック・スクープ」(9)は、ボズウェルの積極果敢な行動から生れた。旧知の間柄とはいえ、死を目前にしたヒュームの家を訪問して、「死にゆく気持」を問い質したのはたんなる卑俗な好奇心からではなく、彼が日頃から抱いていた「永遠の生命」「霊魂不滅」などに対する抜きがたい懐疑心に促されてであることは確かだが、この高名な「無信仰者《インフィデル》」が人生の最期においていかなる心境にあるかを知りたいというのは死すべき存在である誰もが抱く興味であろう。ヒュームは霊魂の消滅を少しもおそれてはいなかった、「生まれる前に存在しなかったことを何とも思わないのと同様に」[10]。ここでヒュームの晩年とその死後におよぶボズウェルが遺した記録をかいつまんで見てみよう。

一七七五年一一月一三日（月）。午前中ニュー・チャーチで、ハリー・モンクレイフ卿の「死よ、なんじの刺《はり》は何処《いずこ》にかある」等の説教を聴く。彼は死をその様々な恐ろしい様相のもとに示し、ついでキリスト教の慰めを教示した。突然、デイヴィド・ヒュームの許に行って、私はいま敬虔な信仰のもとに幸せです、と告げてやりたい奇妙な衝動に駆られた。しかし、何らかの思いがけない心境の変化でそれが消え失せた時、分別と感受性のある人間が無信仰者として自分の精神を保持しうる考え方を私に教えてくれる思いやりが彼にはあるだろう。私はしごくまじめにこのことを考えた。デイヴィドならどんな教示をしてくれるだろうか？[11]

同年一二月一七日（日）。教会のあとでデイヴィド・ヒュームを訪問。彼は食事も済んで妹と一番下の甥と一緒に座っていた。見ると白いナイト・キャップの上に帽子をかぶっていた。ポートを一本持って来させて、彼と共に飲む。甥は一杯飲んだだけ。……今日の午後は本当に彼と愉快な会話を楽しんだ。彼の伝記を書いてみようかと思った。……こんなに丁重で思慮深く気楽そうなデイヴィドを見ながら、「これがあのとんでもない無信仰者なのだ」と思うと妙な気がした。信仰の有無は実際の行動とはまったく無関係なのだ。和合の教えを説く人に気難し屋がなんと多いことか！[12]

一七七六年七月七日（日）。午前、教会におくれたので、デイヴィド・ヒューム氏に会いに行く。彼は死を前にしてロンドンとバースから戻って来たところだ。彼は一人で応接間に横になっていた。やせて青白く死相が現われていた。白い金《かね》のボタンがついた灰色の服を着て、半かつらをつけていた。いつもの丸々と太った姿とは大違いである。彼はキャムベル博士の『レトリックの哲学』を開いていた。落ち着いていて陽気にさえ見えた。もう死期は近いと語った。そんな言葉だったと思う。どんな風にして話題を永遠の生命の方に持って行ったのか自分にも分らない。ロックとクラークを読み始めてからは宗教を信じることはなかった、と彼は語った。子供の頃は信心深くはなかったのですか、と私は尋ねた。信心深かった、『人間の本分のすべて』を読んだものだ、と彼は答えた。巻末にある悪徳一覧の抜粋を作り、これによって自己点検をしたものだ、殺人、盗み、その他の犯す気もなければその可能性もない悪徳は除外して。……あらゆる宗教の倫理は悪い、と彼はきっぱりと言った。ある人が信心深いと聞けば、その人は破落戸《ラスカル》だと断定している、もっとも善人でも信心深い例はいくつか知ってはいるが、と彼が言ったのは冗談ではなかったと私は信じる。これはまさに無信仰者に関する通説を逆転させる暴論である。……彼が死を目前にしても依然として死後の世界を信じていないのかどうかをどうしても知りたかった。彼の言葉とその言い方から彼の考えが変っていないと私は確信した。死後の世界があるかもしれないという可能性はないのですか、と彼に尋ねた。彼は、火の上に置かれた一個の石炭が燃えないこともありうる、と答えた。そして、われわれが永遠に存在するというのは理不尽な考えである、とつけ加えた(13)。

同年八月一二日（月）。午後デイヴィド・ヒューム氏宅訪問。彼の家政婦（内妻であると思われる）は泣いているようだったが、彼は二日間誰にも会っていないし、二度と食事のために階下に降りてくることもないだろう、と私に告げた(14)。

同年八月二一日（水）。妻とジョージ卿宅で食事。……かなり酔う。お茶を飲んでから妻と共に帰宅。私がどうしてもまた出掛けると言い張ると、彼女はついて来たが、家に帰れと言って帰す。新市街まで歩いてデイヴィド・ヒューム氏宅を訪問。一杯機嫌のうちに彼と話したかったが、重態なのでと言われる。それから淫売を買おうと旧市街をしばらくさまよったが、幸運にも気に入るのにはぶつからず(15)。

同年八月二六日（月）。デイヴィド・ヒュームが昨日死んだことを知らされる。ひどい衝撃を受ける。彼の家の玄関に行き、彼が安らかに逝ったことを召使いから聞く(16)。

同月八月二九日（木）。朝食後グレンジとデイヴィド・ヒュームの埋葬を見に行く。まずカールトン・ヒルの墓地の彼の墓を見、ついで新市街から車の列がおりて来て葬列が墓まで進むのを塀のかげに隠れながら見守る。それからわれわれは弁護士図書館に行き、彼のエッセイを拾い読みした(17)。

一七八四年一月一〇日（土）。（一三日に書いている）。デイヴィド・ヒュームがつけていた日記を発見したというてもうれしい夢から醒める。それによると、彼は虚栄心から懐疑論や無信仰論を発表したのであり、実はキリスト教信者で非常に信心深い男であったのだ。自分の才能を誇示するためには世間にどのように見えようとも、信仰は神と自分の良心の間にあると考えて心を慰めていたのだ、と私は想像した。（この考えが夢の中であったかどうかはっきりしない）。彼の日記の中にいくつかのうるわしい条りを読んだと私は思った。この夢を見たのが木曜の夜だったのか金曜の夜だったのか分らない。しかし、目覚めたあとでも私の心に深く残っていたので、しばらくはそれが虚構《フィクション》にすぎないとは思えなかった(18)。

ヒューム死後八年目にして夢の中で彼を敬虔なキリスト教信者にしてしまうボズウェルは、「無意識の演出家」でさえあった、と言えようか。ともあれ、ここには彼以外には遺せなかったであろう死を目前にして揺るがないヒュームの最期の姿がある。

＊　＊　＊

ここで、ボズウェルが自らの関心から問い質し記録したヒュームとジョンソンのキリスト教や永遠の問題などについて、二人の対蹠的な態度を一瞥しておこう。トマス・カーライルによれば、「この二人ほどにすべてにおいて対照的なものはありえない……彼等はこの時代を二分する二人の半巨人なのだ」(19)から。

ヒュームとジョンソンの子供の頃のキリスト教に対する態度の違いは『人間の本分のすべて』(一六五八年出版。筆者はおそらく神学者のリチャード・アレストリー)への反応にもっとも端的に現われている。同書は当時のイギリスで、トマス・ア・ケンピス『キリストに倣いて』やウィリアム・ロー『聖なる生活への真剣な召命』などとともにもっとも広く読まれていた書物であった。ヒュームの同書に対する態度は先に引用した一七七六年七月七日の彼の言葉に明らかなように、彼にとってこの本は生き方の指針であった。ジョンソンはどうであったか。

「子供の頃、日曜日は僕にとり退屈な日だった(と彼は語った)。母はこの日僕を家に閉じこめて『人間の本分のすべて』を読ませたが、僕はその大部分からは何の教訓も引き出せなかった。例えば盗みについての章を読んでも、盗みが悪いことくらいは赤ん坊の頃から教えられているので、盗みが悪であることの確信が以前よりも多少とも強まるわけじゃない。知識は少しも増えはしない。少年には注意力が作品の題材や文体その他の取柄に引きつけられるような種類の本を与えるべきだ。こうして題材の楽しい多様性に惹かれれば、心は退屈を感じないですむだろう」[20]。

ところがこのような『人間の本分のすべて』への二人の態度がその後鮮やかに逆転しているのだ。ヒュームは後年フランシス・ハッチソンに「私は『人間の本分のすべて』からではなくキケロの『義務について』から美徳一覧を採りたい」と語っている[21]。彼の人生のある時期に「逆回心」が生じたことがこの言葉から明らかである。ジョンソンはといえば、彼は晩年の日記にこう書きつけている、「私は部屋でフランクとともに祈り、『人間の本分のすべて』の第一日曜日の部分を読んだ。これまで私はこの本を強制あるいは偶然によってのぞいただけだったのだが」と[22]。さらに、一七八四年六月、彼は若い友人のために約三〇冊の本を推薦しているが、その中に『人間の本分のすべて』も含まれていた。二人の人生の途上において起った完全に逆方向のこの「回心」はいつ頃のことだったのだろうか。

ヒュームは先にも見たように、「ロックとクラークを読み始めてからは宗教を信じることはなかった」とボズウェルに語ったが、『ヒューム伝』の著者E・C・モスナーはこれにやや懐疑的である。

若いヒュームが信仰を捨てたのはロックとクラークを読んですぐというよりも、長年の間に少しずつであったことは明白である。また、この信仰が哲学の圧力によって捨て去られたことも明らかである――ヒュームは理性を働かせて自らを宗教から追放したのだ[23]。

これに反して、ジョンソンはボズウェルにこう語っている。

オックスフォードで僕はたまたまローの『敬虔なる生活への真剣な召命』を手に取り、どうせ退屈で（この手の本は大抵そうだから）吹き出したくなるような内容だろうと予期しながら読んだ。しかし僕はローが自分には太刀打ちできない手強い人物だと知った。これは合理的な探究が身について以後、僕が初めて宗教について真剣に考えた機会だった(24)。

二人はどうやら人生のほぼ同じ時期に正反対の「回心」を経験したらしい。もっとも、ジョンソンは二〇歳ぐらいだったのに対して、ヒュームはもっと若かったと考えられるが（彼は一一歳でエディンバラ大学に入学した）。二人は人生の出発において『人間の本分のすべて』に正反対の態度をとり、青春時代にその精神の行路を交差させた、ジョンソンは敬虔なイギリス国教会の信徒へ、ヒュームは「とんでもない無信仰者」へと。以後、二人の精神生活は不変であった――ジョンソンには少なからざる信仰のゆらぎがそれ以後にもしばしば見受けられるが。

ボズウェルは好んで「死」や「死後の世界」のことを話題として持ち出したが、これに対して七〇歳を超えていたヴォルテールは「死は全然恐れていない」と突き放し(25)、ヒュームは死を目前にしても永遠の生を信じようとはしなかったことは前に見たとおりである。ところが、ジョンソンは度々のボズウェルの質問にその都度強い反応と戦きを示した。（このような場面においては、ジョンソンは文字どおり「熊いじめ」の「大熊」であり、ボズウェルは彼に飛びかかって痛めつける猛犬と化している）。死の床におけるジョンソンの祈り――「全能にして慈悲深き父よ……死に際して私を永遠の幸せへとお導びき下さい……アーメン(26)」――は、ヒュームとは何という好対照であろう。一応の信仰をもってはいるが心の底にうごめく懐疑心にたえずゆすぶられていたボズウェルにとってこの両指導者《メントーズ》の対極的な死にざまは衝撃的であった。そしてこの衝撃は彼個人のものばかりではなく、時代の思潮の変化に沿ってもいたのだ。

「われわれはヒュームに近付くにつれて、世紀の中央にそびえる大きな知の分水嶺を越え始める」(27)というバジル・ウィリーの言葉に従えば、ボズウェルはこの時ヒュームに近付くことによって、文字どおり時代の分水嶺を越えつつあった。「その精神は近代のものではない」(28)ジョンソンに親炙しつつも、ぬぐいさることのできない懐疑に衝き動かされて、「近代人ヒューム」に接近しその生き死にを目のあたりにしたボズウェルは、いってみれば、時代の分水嶺の両側に対峙する二巨人、ジョンソンとヒュームの間を往復しつつ二人から不滅の言動を引き出し書き記していたのだ。彼以外にこのような役割を果せる者が考えられるだろうか。ボズウェルはいまだに正当な評価から遠い所にいる、と言うべきであろう。

*

*

*

ボズウェルの伝記作家としての評価は、「英語で書かれた最高の伝記」との定評ある『ジョンソン伝』によって不動のものとなっているが、これとて「彼が大馬鹿者でなかったら、伝記の傑作は書けなかったであろう」(29)というマコーレーの逆説に代表される偏見が常にその裏側にはりついてきた。先に挙げたグリーンの「不在続きのボズウェル」という揶揄もこの「ボズウェル阿呆説」の流れを汲むものであろうが、ボズウェル自身はこの「名声」をどう思っていたのだろうか。彼は伝記作家としてのゆるぎない名声に満足していたのだろうか。

一七六六年、大陸旅行《グランド・ツアー》から帰ってエディンバラで弁護士を開業してからも、一九歳の春（一七六〇年）の出奔で魅せられたロンドンへの憧れは消えず、裁判所が閉廷期に入ると喜々として上京を繰り返していたボズウェルには、長年思い悩むことがあった。それはスコットランドの弁護士《アドボケート》としての地位に安住するか、イングランドの弁護士《バリスター》となってロンドンに移住するか、それとも下院に議席を得て年に半分はロンドンに住むか、という「人生の選択」(30)の悩みであった。彼はしばしば友人達にこの悩みを打ち明けて意見を求めたが、彼のロンドン移住に賛成する者はいなかった。ところが、一七八二年に父親が、翌々年にはジョンソンが死去して、彼の軽挙を抑える重しがなくなると、終始反対していた妻のマーガレットを説き伏せて、彼は一七八六年四五歳にして二五年来の夢であったロンドンへの移住を決行した。(初対面の折のジョンソンの予言は的中した。スコットランド人ボズウェルは「スコットランドから逃げ出し」たのだ)。しかし、イングランドの弁護士としての仕事の依頼は最初の一年間に一件あっただけという有様で、その後も巡回裁判に同行する以外弁護士としての仕事はほとんど何もなかった。その上、かねてからの妻の病気(結核)はロンドンに来て悪化の一途をたどり、ロンドン移住は『ジョンソン伝』執筆の便宜という点だけを除けば、無惨な失敗であった。しかし、何事にもひるまないのがボズウェルである。彼は次なる「人生の選択」へと向かう。

英語による最高の伝記を書いた男の終始一貫した最大の野心はエアシャを代表して下院に議席を占めることだった。……彼の願いは下院五五八議席のひとつを得ることだったが、それも、サヴィルやウィルバーフォースのように、国のために何か特に貢献したいことがあるとか議会で名を挙げたいからではなく……議員は名誉ある地位であり、アフレックのボズウェルの名を高めてくれるからであった(31)。

ボズウェルは当時九議席を支配すると言われていた「北方の暴君」ロンズデール伯爵に接近してその取巻きとなるという屈辱を忍んでも、この最大の夢を実現しようとする。「厚顔無恥な政治屋詐欺師……小作人と家来達には耐えがたい独裁者(32)」と評される伯爵に数々の侮辱を受けながら、彼は伯爵の力によってイングランド北端の市カーライルの裁判官《リコーダー》の地位をやっと手に入れ、これを足場に下院入りを果そうとする。しかし、伯爵には彼を下院に送り込もうという気持は毛頭なく、遂には伯爵から決闘を決意するほどの侮辱を受けて、裁判官を辞し彼との関係を断つに至る（一七九〇年）。政界への夢破れたボズウェルにとって翌年の『ジョンソン伝』刊行とこの傑作への高い世評は、積年の労苦が報われたという慰めと誇りを彼に与えはしたが、彼には心からの満足は感じられなかった。彼にとっては、伝記作家としての名声はいわば「不本意な名声」だったのだ。一七九四年一一月二一日付の次男ジェイムズへの手紙の中で彼は、「自分はたんなる文学上の名声には満足できない[33]」と書き送っている。ジョンソンとデイヴィーズ書店で会ってから三一年と三日後の一七九五年五月一九日、スコットランド人ジェイムズ・ボズウェルは『ジョンソン伝』の作者としての赫々たる名声にもかかわらず失意の人として異郷ロンドンでこの世を去った。

＊　＊　＊

『ジョンソン伝』は「英語で書かれた最高の伝記」という世評にもかかわらず、作者ボズウェルへの評価がこれにともなわず、むしろこの伝記の中で率直に描かれている彼の軽率な言動によって、作品と作者の評価が反比例しかねないという奇妙な現象を呈したのは文学史上あまり例のないことであろう。さらにその上、一八五六年刊行された『W・J・テムプル師へのジェイムズ・ボズウェルの手紙』は、ボズウェルが学生時代からの親友テムプルに日常の行状、特に遊蕩やその反省、悩み事の訴えなどを洗いざらい書き送った手紙——彼の一七歳から死の直前までのほぼ全生涯におよぶ九七通——を世間に暴露して、謹厳なヴィクトリア朝時代の人々にボズウェルの評価を一段と低下させてしまった。この書簡集は、一八四〇年頃ストーン少佐というイギリス人がフランスの港町ブーローニュのある商店で買い物をした折、たまたま英語が書かれた包み紙に目をとめ残りの故紙を全部買い取ったのがボズウェル直筆の手紙であることが判明したもの、という曰く付きの物で、出版の際に編者による少なからぬ削除や加筆までもが行なわれたとはいえ、[34]「大馬鹿者ボズウェル」というマコーレーの罵倒の正しさをむしろ補強する役割を果たしてしまった。これによってもっとも傷付いたのは、もちろんボズウェルの子孫たちであった。したがって、一九世紀も終りに近い頃、当時最高のジョンソン研究家であったオックスフォード大学のG・B・ヒル博士がアフレックを訪れてボズウェルの書き遺した文書の有無を探ろうとした時、ボズウェル家の人々によって門前払いを食ったのも不思議ではない。ボズウェルがほのめかしていた彼の手になる記録類は噂どおり煙滅したものと思われた。そして、一九三〇年前後のダブリン郊外マラハイド城およびスコットランド、フェタケルン・ハウスでのボズウェル文書の発見という一連の「事件」が起る。ボズウェルの曽孫が嫁いだトールボト家の居住するマラハイド城とボズウェルの遺言執行人ウィリアム・フォーブズの子孫が住むフェタケルンにボズウェルの遺した厖大な記録が眠っていたのだ。ボズウェル同様にさまよい続けた彼の文書はいまそのほとんどがアメリカのイェール大学の図書館に収められているが、この文書によって明らかになったことは、「記録すること」に注いだボズウェルの情熱と、その背後にある、過ぎ行く時間を記録することによって紙の上にとどめようという彼の執念である。

ボズウェルの本格的な日常の記録は、彼の二二歳の秋の上京から始まっているが、その記録「一七六二年一一月一五日スコットランド出発以後の日記」の「はしがき」に彼は「そうしなければ忘却の淵に沈んでしまうであろう多くの事柄を書き遺そう」[35]と早くも書き記している。こうして始められた日記は、華やかなロンドンでの連日の活発な社交、ジョンソンを中心とする著名人たちとの交友などを詳細に書き留める厖大な記録の集積へとなっていったが、日々の記録があまりにも長大になりすぎて書くのが追いつかず、「日記がひどく遅れてしまった。記録できる以上の生活は送るべきではない、取り入れられないほどの穀物を育てるべきではないように。[36]」となり、遂には「彼の言葉を記録するのが面倒なのでジョンソン氏にあまりしゃべらせないように努力した[37]」と、記録することがすべてに優先するという本末転倒の仕儀になることさえあった。このような彼の態度には、やや滑稽と思えるほどの「記録第一主義」が見られるが、これは彼がたんなる記録マニアにすぎなかったということでは決してない。「時は聖なる文に書き留められる」という題辞で始まる「時間について」というエッセーの中で、彼はこう書いている。

時間は始まりも終りもなくその無限の内側に全ての国家、国語、言葉、聖者、蛮人、賢人、ありとあらゆる信仰者、無信仰者を呑み込む……我々は時間の存在ばかりでなくその強力な働きをも信じている。まことにその働きは地上にあるものでその漸進作用によってまるで存在しなかったかのようにされない事物はないほどである[38]。

さらに、このエッセーに続く「日記について」の末尾で彼は、

私自身は日記を書くことに長年慣れ親しんできたので、一日でも欠けるとその日が失われたように感じてしまう。たいていは記録しても何の役にも立たない取るに足らぬ事実だけを書き留めているのだが。例えば、今日の日記は「家で静かに机に向かい、《憂鬱症《ヒポコンドリアック》、第六六回、日記について》を書いた」というだけになるだろう[39]。

と書いて、人間が時間の無化作用に抵抗するには記録する以外にないことをほのめかしている。彼にとって、日々生きるということはその日その日を記録することなしにはありえないことだったのだ。「われ記録す、故にわれ在り」

(scribo ergo sum)[40]。プルーストは「失われた時を求めて」過ぎ去った日々を回想しつつ紙の上に再現したが、ボズウェルは日々の過ぎ行きをその光が消え去らないうちに捕えて紙の上に書き遺した。一七六二年、二二歳の秋から一七九五年の死の寸前までにおよぶ彼の日記は、これを読む者の眼前に一八世紀イギリスの濃密な時間の流れを現出させる。そして、「ボズウェル文書」が今世紀初頭に相次いで発見されたということは、彼の死後一世紀以上にわたって、マラハイド城の黒檀の戸棚、クローケーの用具箱、そして家畜小屋、さらにはフェタケルン・ハウスの屋根裏部屋に入り子式にかくされていた一八世紀の時間が突如二〇世紀のさなかに出現したということであり、この文書こそはすべてを無化する時間にあらがって生の軌跡を遺そうとした「記録人《ホモ・スクリベンス》」ボズウェルのさまよい続けた生涯をかけた文字どおりの不朽のライフ・ワークにほかならなかったのだ。

(1) Frederick A. Pottle, ed., *Boswell's London Journal 1762–1763*, McGraw-Hill, 1950, p. 260. ボズウェル『ジョンソン伝』では、説明のための地の文がこのやりとりの間にかなり付け加えられている。

(2) 一七六七、一七七〇、一七七一、一七七三、一七七四、一七八〇、一七八二の七年である。

(3) G. B. Hill & L. F. Powell, eds., *Boswell's Life of Johnson*, vol. III, Oxford U. P., 1971, p. 378, *note* 4.

(4) ボズウェルはルソーに読んでもらうためにこれをフランス語で書いた。

(5) エディンバラのCanongate Kilwinning Lodgeに入会した。このロッジには詩人ロバート・バーンズも一七八七年に入会している。David Daiches, *James Boswell And His World*, Thames and Hudson, 1976, p. 17.

(6) Frank Brady, *James Boswell The Later Years 1769–1795*, Heinemann, 1984, p. 198.

(7) F. A. Pottle, ed., *Boswell On The Grand Tour : Germany And Switzerland 1764*, Heinemann, 1953, p. 292. ヴォルテールとジョンソンの罵倒の応酬については、Mark Temmer, *Samuel Johnson And Three Infidels Rousseau, Voltaire, Diderot*, Univ. of Georgia Press, 1988, p. 197.

(8) John A. Vance, ed., *Boswell's Life of Johnson New Questions, New Answers*, Univ. of Georgia Press, 1985, p. 133. Magdi Wahba, collected, *Samuel Johnson : Commemorative Lectures*, Librairie du Liban, Beirut, 1986, p. 48.
(9) Charles McC. Weis & F. A. Pottle, eds., *Boswell In Extremes 1776–1778*, Heinemann, 1971, p. xv.
(10) *Ibid.*, p. 12.
(11) Charles Ryskamp & F. A. Pottle, eds., *Boswell : The Ominous Years 1774–1776*, McGraw-Hill, 1963, p. 179.
(12) *Ibid.*, pp. 200–201.
(13) Charles McC. Weis & F. A. Pottle, eds., *op. cit.*, p. 11.
(14) *Ibid.*, p. 22.
(15) *Ibid.*, pp. 24–25.
(16) *Ibid.*, p. 27.
(17) *Ibid.*
(18) Irma S. Lustig & F. A. Pottle, eds., *Boswell : The Applause of The Jury 1782–1785*, McGraw-Hill, 1981, pp. 176–177.
(19) Thomas Carlyle, "Review of Croker's Edition of Boswell's *Life of Johnson*," *Fraser's Magazine*, V, May 1832.
(20) 中野好之(訳)『ボズウェル　サミュエル・ジョンソン伝』みすず書房、一九八一年、第一巻、三九頁。
(21) E. C. Mossner, *The Life of David Hume*, Oxford U. P., 2nd ed., 1980, p. 64.
(22) E. L. McAdam, Jr. & D. and M. Hyde, eds., *Samuel Johnson Diaries, Prayers, And Annals*, Yale U. P., 1958, p. 307. なお、次を参照。C. F. Chapin, *The Religious Thought of Samuel Johnson*, Univ. of Michigan Press, 1968, pp. 162–163.
(23) E. C. Mossner, *op. cit.*, p. 64.
(24) 中野好之　前掲書、三九—四〇頁。
(25) F. A. Pottle, ed., *Boswell On The Grand Tour ; Germany And Switzerland 1764*, Heinemann, 1953, p. 303.
(26) E. L. McAdam, Jr. & D. and M. Hyde, eds., *op., cit.*, p. 418.
(27) Basil Willey, *The Eighteenth Century Background*, Chatto and Windus, 1961, p. 110.
(28) J. D. Fleeman, ed., *Samuel Johnson The Complete English Poems*, Penguin, 1971, p. 14. 、これに関してはジョン・ウェインも

同意見らしい。J. Wain, ed., *Johnson As Critic*, Routledge & Kegan Paul, 1973, p. 55.

(29) Thomas B. Macaulay, "Croker's Edition of Boswell's *Life of Johnson*," *The Edinburgh Review*, LIV, September 1831.

(30) Irma S. Lustig & F. A. Pottle, eds., *op. cit.*, pp. 97, 113. なお、ジョンソンは初め 'The Choice of Life' というタイトルを小説 *Rasselas*（一七五九）につけようと考えていた。

(31) Frank Brady, *Boswell's Political Career*, Yale U. P., 1965, pp. 1-2.

(32) David Daiches, *op. cit.*, p. 112.

(33) Frank Brady, *James Boswell The Later Years 1769-1795*, Heinemann, 1984, p. 485.

(34) C. B. Tinker, ed., *Letters of James Boswell*, vol. I, Oxford U. P., 1924, *Preface*.

(35) F. A. Pottle, ed., *Boswell's London Journal 1762-1763*, McGraw-Hill, 1950, p. 40.

(36) Charles Ryskamp & F. A. Pottle, eds., *op. cit.*, p. 265.

(37) F. A. Pottle & C. H. Bennette, eds., *Boswell's Journal of A Tour To The Hebrides With Samuel Johnson, LL. D. 1773*, McGraw-Hill, 2nd ed., 1961, p. 122.

(38) Margery Bailey, ed., *Boswell's Column*, William Kimber, 1951, p. 327. ボズウェルは一七七七年一〇月から一七八三年八月まで、『ロンドン・マガジーン』誌に「憂鬱症《ヒポコンドリアック》」の名の下に七〇のエッセイを連載した。

(39) *Ibid.*, p. 336.

(40) Allan Ingram, *Boswell's Creative Gloom*, Macmillan, 1982, p. 118.

英文学の中の日本人

英文学の中に日本人はどのように登場しているのか、という疑問を抱きはじめてから何年が過ぎたろうか。特別熱心にその方面の資料を集め読んできたわけでもなく、ただなんとなく折にふれて注意してきただけなので見落しは避けられまいが、とにかく手元にあるわずかな資料から言えることだけを、主として一八世紀に限定して書いてみたいと思う。

まず最初に、「日本」（Japan）という国名の登場を見てみよう。それには、『オックスフォード英語辞典』（Oxford English Dictionary――通称ＯＥＤ）を調べるのが一番だろう、なにしろこの辞典は単語の初出――いつどのような文献にどのような形で初めて現われたか――からその意味の変遷まで年代を明示して詳細に記述しているのだから。それによると「アジアの東にある島国の帝国」は一五七七年の『東西インドとその他の国々の旅行記……ペルシャ、中国、そして日本』という本のタイトルに初めて“Giapan”という形で登場したらしい。語源欄には「中国名がヨーロッパに伝わった最初の形はマルコ・ポーロの Chipangu であった」ともあり、“Japan”という現行の形は一六一三年が初出となっている。

そのマルコ・ポーロの『東方見聞録』（一二九九年）によれば「チパングは東海にある大きな島で、大陸から二千四百キロの距離にある。住民は色が白く、文化的で、物資にめぐまれている。偶像を崇拝し、どこにも属せず、独立している。黄金は無尽蔵にあるが、国王は輸出を禁じている。しかも大陸から非常に遠いので、商人もこの国をあまりおとずれず、そのため黄金が想像できぬほど豊富なのだ」とのこと。ポーロは当時の中国、元の宮廷に来たのだから、彼が伝えたのは元の時代の人々の日本観であり、したがって「現在の大ハーンのフビライは、この島がきわめて富裕なのを聞いて、占領する計画を立てた」と、文永弘安の役（一二七四・一二八一年）――いわゆる、蒙古襲来――を最近のこととして記している。しかもこの襲撃はみごとに失敗したのだから、元の日本に対する悪感情が熾烈だったのは当然だろう。それにしても、「チパングでは敵を捕虜にしたとき、身代金が支払われないと、自宅に親戚や知人をよびあつめ、捕虜を殺して肉をたべてしまう」と、日本人を人食い人種にしてしまっているのはどうしたことだろう。かくして、ヨーロッパにおける日本人の第一報、デビューは最悪のものとなった。（『東方見聞録』は、教養文庫、青木富太郎訳による）

マルコ・ポーロによって食人種としてヨーロッパに紹介されてしまった日本人が、英文学の中に登場するまでにはなお四百年ばかりの時間が過ぎなければならなかったが、その間「日本」のイメージはどのようなものだったのだろうか。例えば、『東方見聞録』のちょうど三百年後、一五九九年に出た『英国民の航海・発見記』（リチャード・ハクルート編全三巻）の第二巻では、「我々に知られている世界の最果ての地は高貴な島国日本である」として“Giapan”“Japon”“Japan”と三つの綴りを並列させている。（先に、“Japan”の初出を一六一三年としたのは、OEDのミスということになる。）さらに続けて、「国民は従順で礼儀正しく才気があり丁重でずるさはなく、最近発見されたすべての他の国民を美徳と正直な会話の点でしのいでいる。しかし世間の評価にひどく依存しているので彼らの主たる崇拝物は名誉であると思われる」と、人食い人種から一転して善良で名誉を重んじる国民とされている。日本人の評価は一変した、だが地理的位置は動かしようもなく「最果ての国」であることは相変らず、というわけだ。

そしてこれは一八世紀に入っても同じであった。例えば、その頃よく使われた慣用句に「中国からペルーまで」というのがある。

Let Observation with extensive View
Survey Mankind from China to Peru
（広大な視野をもって全人類を
中国からペルーまで観察せよ）

というサミュエル・ジョンソンの詩『人の望みの空しさ』（一七四九年）の冒頭二行にもある句だが、当時のイギリスを真中にした世界地図では東の果ては中国で西の果てはペルーであることから「世界のすみずみまで」という意味で使われたものである。この表現は一七世紀英国の女流作家アフラ・ベーンの『オルノーコ』（一六八八年）――英国初の女性職業作家によって書かれたこの小説は、夏目漱石が『三四郎』の中に登場させたことで知られている。おそらくこれが日本での初紹介であろう――にある「（その大陸は）一方は東から西へ中国まで、他方はペルーにまでとどいている」という一節にまでさかのぼると考えられる。そして日本はその中国のさらに東の海上にある島国、というわけだ。したがって、

The Eternal Name must fly abroad
From Britain to Japan

（永遠《とわ》なる御名《みな》は外国《とつくに》へ
英国から日本へ飛翔せん）

と、賛美歌作者アイザック・ウァッツが一七〇六年に日本を歌ったのはキリストの名がこの世の果ての日本にまでも伝わるであろうという意味だろう。（ここで面白いのは、日本同様ペルーもまた黄金を豊富に産出する国として当時ヨーロッパに知れ渡っていた、ということである。最果ての地は黄金郷というイメージは当時の人々の心にどのような想いをかもし出していたのだろうか。）

ウァッツの賛美歌に日本が登場したのが一七〇六年。それと同じ年にイギリスで初めて日本を舞台にしたと称する短編小説《フィクション》が出版されたのは、たんなる偶然とはいいながらそれを生む雰囲気が社会に漂っていたということなのだろうか。

『仮面をはがされた男』（一七〇六年）は、「日本語から翻訳された」と称しているが作者不詳（ペンネームは“Sir Tristan Nerebegood”というふざけたもの）であり、未見の書なので確たることは言えないが、未知の国日本の名を借りて当時のイギリス社会を批判・諷刺するよた小説であることはまちがいない。（その後、大英図書館（ブリティシ・ライブラリー）で本書を読む機会があり、予想通り「日本」とは名ばかりの作品であることを確認した。）この日本の名を利用するやり方はそれ以後も続き、一七二八年にはあのスウィフトが『日本の宮廷と帝国の話』という、これまた日本の名をかたって英国の政治・王室などを諷刺する物語を発表している。「レゴゲは日本の第三四代皇帝で、キリスト紀元三四一年に、みごとな治世を行なった女帝ネナを継いで皇位に就いた」で始まるこの諷刺譚は当時の英国王ジョージ一世への当てこすりであり、ネナ（Nena）は先の女王アン（Anne）のつづり換え《アナグラム》である。（そういえば、レゴゲ（Regoge）

もジョージ（George）のアナグラムである。鬼才スウィフトも案外安直なことをしたものである。）「帝は全治世を通じて、日本の言語・風習・法律・宗教には全くのよそ者であった」とあるのも、ジョージ一世が（現在のドイツの）ハノーヴァーの生れ育ちで英語をほとんど解さない英国王であったことへの皮肉以外のなにものでもない。

「日本」の名をこのように実態とはおよそかけ離れた使い方をするのは、ジョージ・サルマナザールの『日本の支配下にある島、台湾の歴史的地理的記述』（一七〇四年。本書「敬虔なペテン師たち」一一五―一二二頁参照）や『日本人と台湾人との対話』（一七〇七年）などかなり以前から行なわれていたのだが、その中でも代表的なものはトバイアス・スモレットの『アトムの冒険』（一七六九年）であろう。悪漢《ピカレスク》小説の雄であり『ハンフリー・クリンカー』（一七七一年）を代表作とするスモレットが書いた――彼の作品ではない、という説もあるが――この日本を舞台とすると称する小説は、スウィフトの『日本の宮廷と帝国の話』が一〇ページにもみたない小品であるのにくらべて堂々大判の本で一五〇ページというヴォリームを誇っている。しかし、転生をくり返す主人公の原子《アトム》が自分の日本での体験をロンドンの小間物商人ピーコックに物語るという形式のこの小説は、スウィフトの先の小品と同じく、日本の名をかたったイギリス王室・政界の諷刺譚にすぎず、例えばジョージ三世はギオギオ（Gio-gio）という名で諷刺されている。

日本を舞台とすると銘打った小説はこのようにいくつかあったのだが、内容は日本の実状とは似ても似つかぬものであり、そこに登場する人物も日本人の実像とは無縁のものであった。では、日本人らしい日本人が初めて登場するのはどのような作品においてであろうか。それは意外にも、スウィフトの『ガリヴァー旅行記』にほかならない、というのが筆者の仮説である。

一七二六年に出版された『ガリヴァー旅行記』の主人公ガリヴァーが小人国と巨人国に行った話はそれこそ子供で

も知っているが、彼が日本にも来ていることは知る人ぞ知る、というのが実際のところであろう。しかし、彼が日本に来るのは「第三篇　ラピュータ、バルニバービ、ラグナグ、グラブダドリッブ、そして日本への渡航記」の最後の部分であり、実はその前に本篇の第一章で日本人に出会っているのだ。ガリヴァーが巨人国からイギリスに帰国したのは一七〇六年六月。それからしばらくして、彼は三回目の航海に出、海賊に捕えられる。

大きな方の海賊船の船長は日本人だった。少しオランダ語が話せたが、下手《へた》くそといってよかった。私の傍《そば》にやってきていろんなことを尋ねた。私がそれに丁重に答えてやると、お前たちを殺すつもりはない、とはっきり言った。私は、この船長に深々と頭をさげ……（中略）……ところで私はどうかというと、櫂《かい》と一枚の帆《ほ》と四日分の食糧を与えられ、小さな丸木舟《カヌー》に乗せられて海上におっぽり出されるということに決められた。但し、その食糧だが、実際には、日本人船長が親切にも自分の食糧の一部をさいてくれたので当初の二倍になった。私が誰からも所持品の捜査を受けなかったのも、その船長のおかげであった。

（平井正穂訳、岩波文庫）

と、ここに初めて日本人らしい日本人が、――「親切な海賊の船長」というやや皮肉な役回りではあるが――英文学の中に、しかも『ガリヴァー旅行記』という名作の中に、登場したのだ。（それにしても、外国語が下手とされているのはたんなる偶然だろうか。あるいは日本人の外国語下手《べた》はこの頃から知れ渡っていたのだろうか?）

クリスチャンである他のオランダ人の海賊よりも異教徒である日本人の方がはるかに慈悲深い、とガリヴァーに感謝されているこの日本人は彼の命の恩人とも言えるだろうが、その姿には一四世紀から一六世紀にかけて八幡大菩薩の幟《のぼり》のもと中国大陸の沿岸などで猛威を振った日本人海賊「倭寇」の名残りが感じられる。第三篇の末尾でのガリヴァーの日本訪問の伏線ともなっているこのエピソードは、中々に印象深い日本人の登場シーンではある。さて、ガリヴァーの日本訪問およびイギリスへの帰国を描いているのは同篇の一一章である。

われわれは、日本の南東部にある小さな港町で、ザモスキという所に上陸した。町は、狭い海峡になっている海の西岸に臨んでおり、その海峡をさらに北上すると長い入江があった。その入江の北西部に臨んでいるのが、この国の首都江戸なのだ。

（平井訳　岩波文庫）

話はちょっと脱線するが、ザモスキとはどこだろうか。夏目漱石は『文学評論』の中で「最初上陸した地はクサモシ（Xamoschi）という日本の東南の極とあるから、あるいは鹿児島のことかもしれない」と述べているが、この推測はどうだろうか。"Xamoschi"をどう読むかさえ定かではなく、当時の日本の地名がどの程度正確にイギリスに伝わっていたかも判然としないのだから、はっきりしたことは分らないというのが正直なところだが、筆者はこれは下田のことだろうと自分勝手に信じている。

オックスフォード大学から出ている『ノーツ・アンド・クエアリーズ』という権威ある学術誌にかつて「"Xamoschi"は下総《しもうさ》のことである」という主旨の寄稿がある日本人英文学者によってなされたことがある。当時英国で知られていた地図に"Shimosa"が"Ximosa"として記されている、しかも位置は現在の千葉県あたりとおぼしき所にある、というのが論拠とされている。しかし、先の本文を虚心に読めば、江戸のある入江の南の海峡の西岸にある港町なのだから、下田とするほうが正しいのではないだろうか。しかも、下田には一六一六年から一七二〇年まで下田奉行が置かれ、東京湾の船の出入りを監視していたのだ。これは「私は上陸と同時にラグナグの国王から日本の皇帝陛下へあてた親書を、税関の役人に示した」という、先の文に続く件にも符合する。当時の地図には載っていなくても、どこかの航海記に下田や“Custom House officers”を記録してあるのが発見されないとも限らないではないか。状況証拠はかぎりなく黒に近い。

さて、日本に上陸したガリヴァーは税関役人、下田奉行(?)、通訳、皇帝《エンペラー》、長崎の役人などに会い、皇帝には「踏絵」を踏むのを免除してほしい旨願い出て許され、長崎の役人には、ガリヴァーが踏絵を踏んでいないと訴え出たオランダ人船員を逆に笞打ちの刑にする、という恩義を受ける。ここでも日本人はみな善良な人々として描かれている。それにしても、ガリヴァーは(そしてスウィフトも)「踏絵」には心底《しんそこ》おそれをなしていたらしい。

このように、英文学の中にさっそうと(?)登場した日本人は、その後どのように扱われてきたのだろうか。本稿の範囲を越えることではあるがその後の経過を一瞥しておこう。次の一九世紀には、有名なギルバート・アンド・サリヴァンのオペレッタ『ミカド』(一八八五年)、ダグラス・スレイドンの『日本式結婚』(一八九五年)、そして小泉八雲(ラフカディオ・ハーン)の諸作品があり、二〇世紀に入ると、みずからのイギリス生活を回想記ふうに綴った『ロンドンの日本人画家』(一九一一年)を代表作とするヨシオ・マキノの諸作、エドモンド・ブランデンの詩集『日本のガーランド』(一九二八年)などの諸作品、フランシス・キングの『税関』(一九六一年)などの作品、グレアム・グリーンの好短編「見えない日本の紳士たち」、そして日本に生れてイギリスで作家になったカズオ・イシグロの『女たちの遠い夏』(原題、“A Pale View of Hills”一九八四年)、『浮世の画家』(“An Artist of the Floating World”一九八八年)および二、三の短編、などと続いている。さらに、現在活躍中のデイヴィド・ロッジ(一九三五―)の『スモール・ワールド』(一九八四年)には、「アキラ・サカザキ」「モトカズ・ウメダ」などの日本人が登場している。

この流れの先、二一世紀にははたしてどのような日本人がどのように英文学のなかで活躍するのだろうか。楽しみなことである。

傍聴生　夏目金之助——漱石とＵＣＬ

文部省留学生夏目金之助（第五高等学校教授）が留学地の英国ロンドンに着いたのは、西暦一九〇〇年（明治三三年）一〇月二八日日曜日の夕刻であった。帰国後、夏目漱石——以後、漱石と記す——として文名をとどろかせた漱石も当時は三四歳の青年であった。以後二年一ヵ月余りにおよぶ彼の留学期間のうちでＵＣＬ（ロンドン大学ユニヴァーシティ・カレジ）に通ったのはほんの二カ月にもみたないわずかの期間であったが、漱石とＵＣＬの関係については、「漱石産業」と言われるほど数多く存在する漱石研究書や研究論文においても比較的解明されていない盲点が少なくない。本稿はこの漱石とＵＣＬとの関わり合いに焦点を絞って論を進めて行きたい。

ロンドン到着後の彼の動静のうちで彼自身の手によるＵＣＬとの関係を知る手掛かりは、以下のような彼自身の書簡①②と日記③④および手帳に記された「断片」⑤である。[1]

書簡①（明治三四年）二月五日　在ドイツ藤代禎輔宛

（前略）大学も此正月から御免蒙つた往復の時間と待合せの時間と教師のいふ事と三つを合して考へて見ると行のは愚だよ夫に月謝抔を払ふなら猶々愚だ夫で書物を買ふ方が好い然も其 Prof. がいけすかない奴と来たら猶々愚だよ（後略）[2]

書簡② 同二月九日 在東京 狩野亨吉・大塚保治・菅虎雄・山川信次郎宛

（前略）倫敦に留まるとすれば第一学校第二宿をきめねばならぬ学校の方は University College ノ Prof. Ker に手紙をやつて講義傍聴の許諾を得たから先よいとして……（中略）……University College へ行つて英文学の講義を聞たが第一時の配分が悪い無暗に待たせられる恐がある講義其物は多少面白い節もあるが日本の大学の講義とさして変つた事もない汽車へ乗つて時間を損して聴に行くよりも其費用で本を買つて読む方が早道だといふ気になる尤も普通の学生になつて交際もしたり図書館へも這入たり討論会へも傍聴に出たり教師の家へも遊びに行たりしたら少しは利益があらう然し高い月謝を払はねばならぬ入らぬ会費を徴集されねばならぬ其のみならずそんな事をして居れば二年間は烟の様に立つて仕舞ふ時間の浪費が恐いからして大学の方は傍聴生として二月許り出席して其後やめて仕舞た同時に Prof. Ker の周旋で大学へ通学すると同時に Craig と云ふ人の家へ教はりに行く（後略）(3)

日記③（明治三三年）

一一月 五日（月） National Gallery ヲ見ル、Westminster Abbey ヲ見ル University College ニ行ク Prof. Ker ニ手紙ヲ以テ紹介ヲ求ム

一一月 六日（火） Hyde Park ヲ見ル Ker ノ返事来ル明日午後十二時来レトノ事ナリ

一一月 七日（水） Ker ノ講義ヲ聞ク

（中略）

一一月一〇日（土） 下宿を尋ヌ Priory Road Miss Milde 方ニ一二日ニ移ルコトニ決ス

（中略）
一一月一二日（月）愈 Priory Road ニ移ルコトニ決ス朝 University College ニ至リ lecture ヲ聞ク Dr. Foster
一一月一三日（火）Underground railway ニ乗ル Ker ノ lecture ヲ聞ク
（中略）
一一月二一日（水）Ker ノ講義ヲ聞ク面白カリシ Craig ヨリ返事来ル滅茶苦茶ノ字ヲカキテ読ミニクシ来リテ相談セヨトノ意味ナリ
一一月二二日（木）Craig ニ会ス Shakespeare 学者ナリ一時間五 shilling ニテ約束ス面白キ爺ナリ(4)

日記④（明治三四年）一月一二日
英国人ナレバトテ文学上ノ智識ニ於テ必ズシモ我ヨリ上ナリト思フナカレ、（中略）大学ニテ女生徒ガ講義ノ後ニ Prof. ニ向ヒ Keats 及ビ Landor ノ綴リヲ聞キ居タルヲ見シコトアリ(5)

断片⑤ 漱石が手帳に記したＵＣＬ英文科の時間割表(6)（「時間割」の項参照）

以上①―⑤の資料から浮かび上ってくる問題点のうち、「傍聴生」「聴講料」「ケア教授」「女子学生」「時間割」「修学状況」の六点について、当時のＵＣＬ側の資料に照らして事の真相を追求して行きたい。

（一）傍聴生

漱石が「University College ノ Prof. Ker に手紙をやつて講義傍聴の許諾を得た」と書き「大学の方は傍聴生として二月許り出席して其後やめて仕舞た」らしい「傍聴生」については、従来二つの説がなされてきた。

漱石がユニヴァーシティ学寮で聞いた講義数についての確証はないが、一学期だけで少なくとも二〇円以上払ったことは確かであろう。この年度の一学期は一二月二一日に終了しており、漱石が通ったのはちょうど一月半であった。ロンドン到着早々で物要りだったうえ、下宿代の高さにも音を上げていた漱石にとって、この受講料はかなりの負担であった。明治三四年二月五日、ドイツにいた藤代禎輔宛に、大学の聴講をやめた理由として「夫に月謝抔を払ふなら猶々愚だ」と書いているのもうなずけよう。(7)

という高宮説と、

漱石自身二月五日付書簡で述べているところからみて、正規の手続きをとらずにためしに傍聴を許された可能性が強い。……すなわち、ケア教授の好意による私的傍聴生であったと推定される。(8)

という稲垣説とである。月謝を払って聴講したという高宮説と、ケア教授の好意による私的傍聴生という稲垣説の真偽は、当時のUCLの資料にもとづいて判断するよりほかに方法はあるまい。UCLの一九〇〇―一九〇一年度の『便覧』(Calendar)にはこうある。

まず同年の学年暦(Almanack)によると、この年の一学期は一九〇〇年一〇月二日(火)から一二月二一日(金)までであり、漱石がロンドンに着いた頃には学期もほぼ一カ月が経っていたことになる。当時、講義の聴講料はその講義ごとに支払うようになっていた。

(二) 聴講料

聴講料はすべて前以て(即ち、該当学期のはじめに)カレジ事務室に支払うこと。返金はしない。(中略)各学生はクラス出席後二週間以内にそのクラスの受講券、または同券の受取りの遅れが許された理由を示す事務室発行の文書を、教授に提出することを要す。(9)

したがって、正式な学生ではない漱石が聴講料を払って講義を聞くのは不可能であったわけで、稲垣説が「ケア教授の好意による私的傍聴生」としているのもうなずけよう。①の「月謝抔を払ふなら猶々愚だ」という文面の「払ふなら」という仮定形も実際には月謝を払っていないことをうかがわせている。しかし、学期の中途から聴講を希望してくる学外者のケースに対して、「私的傍聴生」という形で済ますよりほかに方法はなかったのだろうか。先ほどの『便覧』を見てゆくとこのような場合を想定した便法があったことが分る。それは「臨時の来訪者」(Occasional

Visitors）と呼ばれる制度で、「臨時の来訪者は教授に氏名を通知すればいかなるクラスにも出ることが許される」[10]とされていた。この制度には受講料などの記載はいっさいなく、無料で聴講が許されたものと思われ、漱石が「傍聴生」と呼んだのはこれに該当すると考えられる。（「カレッジのスタッフによると、授業料を支払って登録した者は総べて記録に残されているということである」[11]という稲垣説の傍証も、漱石の氏名がＵＣＬの記録には全く見当らないという事実とあいまって、この推測を確かなものにしている。）

「傍聴生夏目金之助」は「文部省留学生夏目金之助」の二カ月にもみたない仮の姿にすぎなかったわけだが、翻ってＵＣＬの方では留学生をどのように扱っていたのだろうか。

在来のオックスフォード大学とケンブリッジ大学とは違って「あらゆる宗派の若者にひとしく開かれている」ことを誇りにしていたＵＣＬではあったが、外国からの留学生には特別の配慮はしなかったらしく、ＵＣＬの「設立趣意書」（Prospectus）によると、「当初は……ロンドンの住民」が主たる対象であり「その評判が国内と植民地から多くの学生を引きつける」であろうと揚言はしても、第三国からの留学生への言及は全く見当らない。[12]（もっとも、わが国初の首相伊藤博文が一八六三年にＵＣＬに在籍したのはよく知られた事実であり、彼の氏名は大学の記録の中に現存してＵＣＬの誇りの一つとなっている。[13]）

（二）　ケア教授

漱石に「講義傍聴の許諾」②を与え、「講義其物は多少面白い節もあるが日本の大学の講義とさして変つた事もない」②とけなされ、「いけすかない奴」①とまで言われているケア教授は、しかしながら、漱石が「Craig と云ふ人の家へ教はりに行く」よう「周旋」(2)してくれた恩人でもあった。William Paton Ker(一八五五—一九二三)はスコットランドのグラスゴー出身。グラスゴー大学からスネル奨学金によってオックスフォード大学バリオル・カレジに学んだ中世英文学の権威——もっとも、一八世紀英文学やハズリット論の著書などもある——で、一九〇〇年当時四五歳の教授、しかも先の『便覧』によるとUCLの文・法学部の学部長(Dean)の要職にあった。

彼は学部長としての重責のかたわら週七時間の講義を行ない、漱石はおそらく知らなかったであろうが、UCL正門から徒歩二、三分のガウワー・ストリート九五番地に居を構える謹厳寡黙な碩学で、「無口のウィリアム」(William the Silent)という諢名を持っていた。彼の近著を称賛する言葉を連ねたある女性に向かって彼は一言もしゃべらず、相手が困惑して黙ってしまうとしばらくあって、「続けなさい、気に入ったよ」("Go on; I like it.")とぼそりつぶやいたというエピソード(14)は漱石に「いけすかない奴」と呼ばれるに値する無愛想さを示してあまりがあるだろう(15)。

彼はUCLのクウェイン教授職(Quain Professorship)を一八八九年から務める一方、毎週末にはオックスフォード大学に姿を現わし、オール・ソールズ・カレジの特別研究員(Fellow)としての責務を果していた。一九二〇年には牛津大学の詩学教授(Professor of Poetry)にも選ばれるという栄誉に浴したが、彼の最期は、こよなく愛したアルプス山中での心臓発作という急死であった。生涯独身を通したらしい。

(四) 女子学生

「大学ニテ女生徒ガ講義ノ後ニProf.ニ向ヒKeats及ビLandorノ綴リヲ聞キ居タルヲ見シコトアリ」(4)と、英国人が必ずしも文学上の知識においてすぐれているわけではない例証として漱石が挙げている彼の体験について、「ユニヴァーシティ学寮は……男子学生のみのコレッジであった。（中略）なぜ男子用コレッジの講義に女子学生がいたのか」と疑問を投げかけ、当時の講義表を根拠に、「ユニヴァーシティ学寮と女子学生用のベドフォード学寮に共通の講義が設置されており、両コレッジの学生が受講できたのである」と推断した説があるが[16]、

一八七八年ユニバーシティ・カレジはわが国初の男女共学校になった。大学が男性と同じ条件で試験を女性に開放したとき、ユニバーシティ・カレジは文・法学部と理学部（医学部は除く）に初の女子学生を進んで入学させた[17]。

というのが実態であり、この推断は当を得ない。（漱石は「女生徒」と書いているが、日本にはまだ女子大生が存在していなかった――日本女子大学校の開校は彼がこの日記を書いた一九〇一年（明治三四年）である――のだから「女子学生」という言葉もまだ生れていなかっただろう。）

当時のロンドン大学でケア教授の講義を受講していた女子学生がKeatsやLandorの綴りを知らなかったというのはたしかに驚くべきことだろう。英国ローマン派詩人の代表的存在と言っても過言ではないジョン・キーツと、詩ばかりでなく散文でも知られたW・S・ランドーである。もしこれが事実ならまさに「英国人ナレバトテ文学上ノ智識ニ於テ必ズシモ我ヨリ上ナリト思フナカレ」[18]だろうが、次のようなことは考えられないだろうか。それは、当時の『便覧』に次のような規定が見られることである。すなわち、

（大学）評議会の会員または元会員……の子息は聴講料を支払うことなしにカレジのすべてのクラスに出席できる。同様な特権は同じ会員たちの妻女にも、女性たちが認められているすべてのカレジのクラスで与えられる[19]。

そしてこの「特権」は教授や名誉教授の家族にも享受されていたらしい。[20]ケア教授にキーツやランドーの綴りを尋ねていたのはこれらの妻女ではあるまいか、というのが筆者の推測であり、このような学則があることなど夢にも知らなかったであろう漱石——そもそも大学の講義室に女性がいるということさえ驚きであっただろう漱石には、女子学生と評議員や教授たちの子女の見分けなどつく筈もなかったであろうと思われる。

当時UCLの全学生の三分の一以上を占めていた女子学生が[21]いかに優秀だったたか、その一例としてキャロライン・スパージョン（Caroline Spurgeon）女史の例を見てみよう。漱石より二歳年下（一八六九年生れ）のスパージョンは、一八九六年にUCLに入学し、一八九八年には「クウェイン英語賞」（Quain Prize in English）という三年に一度優秀な英語英文学の論文に与えられる賞金（五〇ポンド）を「サミュエル・ジョンソン博士の作品」（The Works of Dr. Samuel Johnson）で獲得した才媛である。その後オックスフォード大学でも学んだ彼女は一九〇一年にロンドン大学ベッドフォード・カレジ英文科に職を得、一九一三年にはロンドン大学教授、そしてベッドフォード・カレジの英文科長となり、英国の大学で最初の女性教授と言われた。[22]彼女は、シェイクスピアのイメージの研究で知られているが、一面ではチョーサーの権威でもあった。漱石と同じくケア教授の講筵に列した英文学の学徒として、その学殖が漱石を凌駕するほどの女性であったことはまちがいない。

（五）時間割

断片⑤

漱石が手帳に書き記したこのUCL英文科の時間割表には省略記号が使われているが、これは『便覧』の「英語英文学」(English Language and Literature) の講義要項から明らかである。

火曜日と木曜日、一〇時―一一時の "15th S. D" は、"Higher Senior Class. D., A Course of Lectures on the History of English Literature in the 15th Century"

火曜日と金曜日、一二―一時の "G. H J. B" は "Junior Class. B., A Course of general Lectures on the History of English Literature"

火曜日と木曜日、三―四時の "1400 O. E. S. C" は、"Senior Class. C., A Course of Lectures on the History of English Literature from 1340 to 1400"

火曜日五―六時と金曜日二―三時の "G. P S. D" は、"Higher Senior Class. D." "Introduction to Germanic Philology" （この講義

	10-11	11-12	12-1	1-2	2-3	3-4	4-5	5-6
Sun								
Mon								
Tues	15th S. D		G. H J. B			1400 O. E. S. C		G. P S. D
Wed			1800 J. B					
Thurs	15th S. D		O. E. J. B			1400 O. E. S. C		
Fri			G. H. J. B		G. P S. D			
Sat								

断片⑤

はフォスター（Foster）助教授が担当）

問題は水曜日一二—一時の“1800 J. B”と木曜日一二—一時の“O. E. J. B”である。その部分の講義要項は『便覧』ではこうなっている。

JUNIOR CLASS. B.

Professor Ker and Assistant-Professor FOSTER.

1. A Course of general Lectures on the History of English Literature, with exercises in Grammar and Composition and special study of the following books : —

BARBOUR : Bruce, Books i.-iv. (E. E. T. S.)

ADDISON : Contributions to the Tatler.

SHELLEY : Prometheus Unbound.

First and Second Terms : Tuesday and Friday, from 12 to 1.

The subjects are those prescribed by the London University for the Intermediate Examination (Pass) in 1901.

2. The Honours subjects will be taken as follows : —

On Thursday, from 12 to 1, throughout the Session :

A Course of Lectures on the History of Literature, 1800–1837.

The books prescribed by the University are : —

CHAUCER : Legend of Good Women.

CHARLES LAMB : Last Essays of Elia.

On Wednesday, from 12 to 1 :

Introduction to the Study of Old English (Anglo-Saxon) : Cook, First Book in Old English.

Students who intend to take English in the Final Examination are advised to take this Class, whether they are going in for Honours or not.

Fee : —— £5 5*s.* ; for the Term, £2 12*s.* 6*d.*

一は先の省略記号 "G. H J. B"（火曜・金曜一二―一時）に該当する部分で、問題はない。しかし、二によると木曜日一二―一時は通年で「文学史講義、一八〇〇―一八三七年」となっており、水曜日一二―一時は「古英語研究入門」となっている。ところが、漱石手書きの時間割表ではこの二講義が入れ替って記入されている。これは漱石の書き間違いによるのだろうか。それとも、なんらかの理由でこの二講義が入れ替りになっていたのだろうか[23]。

日記③から、漱石が初めてケア教授の講義を聴いたのは一一月七日（水曜日）であったことは明らかであり、『便覧』の講義要項にしたがうと水曜日はケア教授の講義はなく、英文科ではフォスター助教授の「古英語研究入門」だけが開講されていた筈だ。（同助教授がほかに火曜日と金曜日（一二―一時）の「ゲルマン語学入門」を担当していたことは先に見た通りである。彼は古英語の専門家であった[24]。）漱石はその後も、水曜日には「傍聴」を続け、少なくとも「日記」に記録されているだけで計三回ケア教授の講義を聴いており、二一日(水)には「Ker ノ講義ヲ聞ク面白カリシ」と記している。これとは対照的に木曜日には、「一五日(木)終日長尾氏ト話ス」「二二日(木)Craig ニ会ス Shakespeare 学者ナリ一時間五 shilling ニテ約束ス面白キ爺ナリ」とUCLに行った様子はない。木曜日にはほかにケア教授の講義が二つ開講されていたことが「時間割」から分るが、一四世紀と一五世紀の英文学史であり漱石には「傍聴」しようという気にはなれない分野だったようだ。こうして見るとどうやら漱石の「時間割」の方が正しいらしい。

水曜日にケア教授の「文学史講義、一八〇〇―一八三七年」が開講されていたと推測される理由としては、さらに次のようなことが考えられる。それは、漱石が日本に帰国してから文部省に提出した「英国留学始末書」である。明治三六年一月二六日付の「文部大臣男爵菊池大麓殿」宛始末書には、

(六) 修学状況

明治三十三年十一月十日英国倫敦ユニヴハーシチ、コレヂニ入リ教師カー氏ニ従ヒ翌年迄左ノ学科ヲ研修ス

近代英文学史

明治三十四年ヨリ三十五年ニ至ル迄クレーグ氏ニ従ヒ英文学一般ニ就キ指導ヲ受ク[25]

とあり、ケア教授の本領であり講義の数も多かった中世英文学よりも「近代英文学」――この場合は一八〇〇―一八三七年の英文学――をもっぱら受講したことが明記されている。これを「英語研究ノ為満二年間英国留学被命候[26]」という彼の留学目的と合致させるための、すなわち古英語や中世英語英文学では「英語研究」という目的が暗黙のうちに要求している「(現代)英語研究」からすこしく逸れてしまうという懸念を払拭するための文書作りと見るのは、うがち過ぎだろう。

さらに、UCLの『便覧』には次のような件がある。

学部長の面会

学部長と副学部長は常に学生あるいはその友人に対して情報と忠告を与える用意がある。文学部長は学年を通して水曜日の一時から二時まで、理学部長は同日の四時から五時まで、あるいはそれ以外の時にも予約すれば、会うことができる。(27)

前述のようにケア教授は時の法・文学部長であったのだから水曜日にもかかならずUCLに姿を見せていたわけで、これも「文学史講義、一八〇〇―一八三七」が水曜日に開講されていた可能性を補強する傍証の一つに数えられるだろう。

以上のような理由から、漱石手書きの「時間割」が『便覧』の講義要項の記述と相違して水曜日と木曜日の一二時―一時の講義を入れ違いに記してあるのは、漱石の書き間違いではなく『便覧』発行後になんらかの理由でこの二講義が入れ替えになっていたという事実を忠実に記録している、とするのが正しいと思われる。(28)

(1) 引用は全て新版『漱石全集』(岩波書店、一九九三―一九九九)による。
(2) 『漱石全集』第二二巻、一九九六年、二一四頁。
(3) 同右、二一六―二一八頁。
(4) 『漱石全集』第一九巻、一九九五年、二七―三〇頁。
(5) 同右、四六頁。
(6) 同右、四〇頁。
(7) 高宮利行「ユニヴァーシティ学寮の講義と漱石」(『英語青年』一九八三年八月号)一八頁。

（8）稲垣瑞穂『漱石と倫敦留学』吾妻書房、一九九〇年、五三頁。

（9）『便覧（一九〇〇―一九〇一）』の四〇頁の原文は次のようになっている：

Fees.

All Fees are to be paid in advance (*i. e.* at the beginning of the Session or Term on account of which they are due) at the Office of the College, and are not returnable. . . .

Within the first fortnight of attendance at any Class each Student is required to present to the Professor either a ticket for that class or a written statement from the Office, showing the reason why delay in taking out such ticket has been allowed.

（10）原文は、"Occasional visitors may be admitted to any Class, on sending in their names to the Professor."

（11）稲垣瑞穂、前掲書、五三頁。

（12）原文はそれぞれ："this Institution, which is equally open to the youth of every religious persuasion"; "the Residents in London, who must at first be the main foundation of the Establishment"; "when its reputation attracts many Pupils from the Country and the Colonies".

（13）伊藤博文は一八六三年一一月四日に他の四人の長州藩の同志たちとロンドンに着き、ＵＣＬのウィリアムソン教授（Prof. Alexander Williamson）の支援で同校で学ぶべく学籍を得た。しかし、長州藩と英仏米蘭の連合艦隊の衝突を新聞で知った彼は井上馨とともに翌年四月に離英、七月に帰国した。彼のＵＣＬとの関わりは短期間であったが、彼等五人の集合写真は同時期のＵＣＬの学生たちの最初の集合写真として今日でも珍重されている。Andrew Cobbing, "Itō Hirobumi in Britain", J. E. Hoare ed. *Britain and Japan* Vol. 3, Japan Library, 1999, pp. 20–22. Negley Harte & John North, *The World of UCL 1828–1990*, UCL, 1991, pp. 82–83.

（14）Raymond Wilson Chambers, *Man's Unconquerable Mind*, Jonathan Cape, 1939, p. 398.

（15）しかしながら、彼が出題した前年（一八九九年）の英文科奨学生試験にはサミュエル・ジョンソンの有名なチェスターフィールド卿への手紙が出されており、「私は別にジョンソンが好きなわけでもない。文にも論にも、そう敬服するものでもないが、ひとりこのチェスターフィールドに与えた書簡だけは昔読んだ時から……いままで感心している。」としてその手紙を『文学評論』のなかで長々と引用した漱石とは案外気質的に相通じるところがあったのかも知れない。

(16) 高宮利行、前掲誌、一八頁。

(17) "In 1878 University College became the country's first co-educational institution. When the University opened its examinations to women on equal terms with men, University College was ready to admit the first women undergraduates in its Faculties of Arts and Laws and of Science (though not Medicine)." Negley Harte, *The University of London 1836–1986,* Athlone Press, 1986, p. 132.

(18) 『漱石全集』、第一九巻、四六頁。

(19) "The sons of Members of the Senate . . . are admitted to all Classes of the College without payment of Fees. A similar privilege is enjoyed by the wives and daughters of the same persons in respect of all College Classes to which Ladies are admissible." (『便覧』 xxxi)

(20) "The same privileges shall be enjoyed by the wives and children of present or former Emeritus Professors." (『便覧』 同頁)

(21) *The University of London 1836–1986,* p. 134.

(22) あるいは、彼女の次に「クウェイン英語賞」を受賞した同級生のイーディス・モーリー (Edith Morley) のレディング大学教授就任のほうが先か?

(23) この事実については、筆者の知る限り、なぜか疑問が呈されたことはない。岡三郎「新資料から見る漱石の英国留学」(『英語青年』一九八四年八月号) 一七―一九頁、『漱石全集』第一九巻、四三四―四三五頁参照。

(24) 高宮利行、前掲誌、および馬場彰「漱石と University College London」(『英語青年』一九九七年九月号) 四〇―四一頁参照。

(25) 『漱石全集』第二六巻、二七六頁。

(26) 同右、二七一頁。

(27) 『便覧』の原文は：

Attendance of Deans.

The Deans and Vice-Deans are always ready to give information and advice to Students or to their friends. The Dean of the Faculty of Arts may be seen on Wednesdays during the Session from 1 to 2 ; the Dean of the Faculty of Science may be seen on the same day from 4 to 5 ; and at other times by appointment.

（28）　これとは別に、「時間割」と日記③の「一一月一二日(日)愈 Priory Road ニ移ルコトニ決ス朝 University College ニ至リ lecture ヲ聞ク Dr. Foster」という記述の整合性という問題がある。漱石手書きの「時間割」では月曜は空白になっており、『便覧』の講義要項を見ても月曜日に講義はない。この点に関して、例えば厳密な実証で堅固に組み立てられた漱石の日々の動きの追跡で知られる荒正人『漱石研究年表』（増補改訂版）でさえもが、「一一月一二日(月)、朝、ユニヴァーシティ・カレッジのフォスター教授（Prof. Foster）の講義を聴く。」だけですませているのはどうしたことだろうか。漱石の日記③の一二日の記述のうち前半の「愈 Priory Road ニ移ルコトニ決ス」は一〇日の「一二日ニ移ルコトニ決ス」を受けて矛盾はない。しかし、後半の「朝 University College ニ至リ lecture ヲ聞ク Dr. Foster」は月曜日は（英文科の）講義が皆無なのだから理解に苦しむ。この点につき「空白の一四日まで一日ずれている可能性がある」と指摘した岡三郎の前出論文は講義との関係においては正しい。「宿替え」は一二日、受講は一三日(火)と理解すべきなのだろうか。もしそうなら翌日の「一一月一三日(火)Underground railway ニ乗ル Ker ノ lecture ヲ聞ク」も、実は一四日(水)に変更されていたケア教授の「文学史一八〇〇―一八三七」講義を聴いたということになり納得がいく。ただし、「lecture ヲ聞ク Dr. Foster」がフォスター助教授——先の『漱石研究年表』が「フォスター教授」としているのは、彼が当時ロンドン大学ベッドフォード・カレジでは教授だったので間違いではない——の講義を聴いたという意味なら、彼の火曜日の講義は午後五時からの「ゲルマン語学入門」なのだから「朝 University College ニ至リ」という件とややそぐわない。いろいろと解釈の余地はありそうだが、すべて臆測の域を出ないものと言えよう。

著者略歴

一九四〇年満州生れ。東京外国語大学英米語科卒。東京大学大学院修士課程修了。茨城大学、電気通信大学、東京工業大学を経て、一九九三年中央大学法学部教授。

主要訳編書

サミュエル・ジョンソン『サヴェジ伝』審美社、サミュエル・ジョンソン『スコットランド西方諸島の旅』共訳・中央大学出版部、『ポケット英和辞典』共編・研究社、『新英和中辞典』共編・研究社、『研究社—ロングマン　句動詞英和辞典』共編・研究社、『研究社—ロングマン　イディオム英和辞典』共編・研究社、リチャード・コー『ジャン・ジュネの世界』共訳・思潮社、リチャード・コー『ベケット論』審美社

二〇〇九年八月一〇日　初版第一刷発行

ジョンソンとボズウェル　事実の周辺
Johnson and Boswell: Facts or Thereabouts

著　者　諏《す》訪《わ》部《べ》　仁《ひとし》
発行者　玉　造　竹　彦
発行所　中央大学出版部
東京都八王子市東中野七四二番地一
電話　〇四二（六七四）二三五一
FAX　〇四二（六七四）二三五四
印　刷　株式会社　大森印刷
製　本　大日本法令印刷製本

ISBN978-4-8057-5170-1
本書の出版は中央大学学術図書出版助成規程による。

Boswell's Meetings with Johnson, A New Count

On how many days did Boswell see Johnson during a friendship sustained for twenty-two years? This is a question most readers of Boswell's *Life of Johnson* must have had in mind at least once. Johnson's statement, "Nobody can write the life of a man, but those who have eat and drunk and lived in social intercourse with him" (*Life* 2 : 166) may not be applicable to all biographies, but the number of hours Johnson and Boswell spent in each other's company is not an element one can ignore in a biography that makes us feel that we are in the very presence of Samuel Johnson. In fact, there have been at least three Johnsonians or Boswellians who counted and made public the days that biographer and subject met.

The first was John Wilson Croker, who announced in the Preface to his edition of Boswell's *Life of Johnson* that the total was 180, or 276 including the days they were together on their Scottish tour in 1773.[1)] Leslie Stephen adopted Croker's finding when he wrote the life of Boswell for the *Dictionary of National Biography*.

The second to make a count was Philip A.W. Collins, who argued in *Notes aud Queries* that Johnson and Boswell met on about 425 days.[2)] His count seems trustworthy because it was based on the *Private Papers of James Boswell from Malahide Castle in the Collection of Lt.-Col. Ralph Heyward Isham,*[3)] but, as Collins himself admitted, he got the number "by an extremely rough form of extrapolation" (164).

The third, and apparently decisive, count was made by Donald Greene, who meticulously illustrated their meetings by 327 black circles in all the calendered days from 1763 to 1784.[4)] His calculation was based, however, only on Boswell's *Life of Johnson* and *Journal of a Tour to the Hebrides*.

It is well known that much of the *Life* was taken directly from Boswell's journal and revised ; now that all the appropriate journals are available to us (actually, since 1981) in the trade edition of the Yale Editions of the Private Papers of James Boswell, it is time to re-count more strictly the days that Johnson and Boswell actually met. As Greene himself has said, "Ever since the earlier forms of Boswell's reports began to be available with the printing of the Malahide papers in the 1920s, careful Johnson scholars have invariably turned to them, rather than to the *Life*, as the most authentic evidence available" (*New Questions, New Answers,* 127). This essay is an attempt to put his words into practice while reviewing Collins's too generous calculation.

The following list shows in consecutive numbers all the days that Boswell reports having seen Johnson, citing the volumes and the pages of the published journals in the Yale Editions of the Private Papers of James Boswell (the first page only when their meeting goes through several pages). The trade edition generally prints only fully written journal, however. On fifteen occasions that it fails and the editors have not reported Johnson-Boswell meetings in a summary of the missing period, I have been able to establish meetings from Boswell's rough notes printed in Isham's *Malahide Papers* (cited as MP). The passages corresponding to the journal in Boswell's *Life of Johnson* are specified by volume and page in the standard text edited by G.B. Hill and revised by L.F. Powell (Oxford : Clarendon Press, 1934-1964, reprinted 1971). Occasionally the *Life of Johnson* is not reported because Boswell has failed to date it precisely.

I have also cited meetings from reliable sources such as published letters. The consecutive numbers are interrupted in four points by question marks. They signify meetings reported in the *Life of Johnson* but not in the *Malahide Papers* or in correspondence. The total number of days privately recorded is just 400. For readers who trust the circumstantial accuracy of the *Life,* the total is 404.

The volumes of journal in the Yale Editions of the Private Papers of James

Boswell, and their abbreviations, to 1784, the year of the death of Johnson :

Boswell 's London Journal 1762–1763 : LJ
Boswell in Holland 1763–1764 : BH
Boswell on the Grand Tour : Italy, Corsica, and France 1765–1766 : GT2
Boswell in Search of a Wife 1766–1769 : SW
Boswell for the Defence 1769–1774 : BD
Boswell's Journal of a Tour to the Hebrides with Samuel Johnson, LL. D., 1773 : TH
Boswell : The Ominous Years 1774–1776 : OY
Boswell in Extremes 1776–1778 : BE
Boswell Laird of Auchinleck 1778–1782 : BLA
Boswell : The Applause of the Jury 1782–1785 : BAJ

Serial Number of Days	Date		Yale Boswell Editions		*Life of Johnson*
	1763				
1	May	16	LJ	260	1 : 392
2		24		267	396
3	June	13		278	399
?		15			399
4		25		282	401
5	July	1		286	417
6		5		289	421
7		6		291	422
8		9		298	426
9		14		300	426
10		19		310	434
11		20		312	437
12		22		317	443
13		26		322	452
14		28		325	452
15		30		328	457
16		31		331	463

Serial Number of Days	Date		Yale Boswell Editions		*Life of Johnson*
17	Aug.	2		332	463
18		3		333	464
19		5	BH	2	464
20		6		2	471
	1766				
21	Feb.	12	GT2	296	2 : 4
22		15		300	11
23		22		312	14
	1768				
24	Mar.	26	SW	146	47
25		27		152	52
26		28		153	54
27	May	2		165	59
28	June	7		175	63
29		8		177	66
	1769				
30	Sept.	30	SW	311	2 : 73
31	Oct.	2		310	
32		6		313	77
33		10		314	80
34		16		317	82
35		17		321	
36		19		322	91
37		20		325	96
38		26		325	98
39		27		333	107
40		31		348	
41	Nov.	10		343	110
	1772				
42	Mar.	21	BD	39	146
43		23		55	155
44		28		68	157
45		31		82	165

Serial Number of Days	Date		Yale Boswell Editions	*Life of Johnson*
46	Apr.	5	93	171
47		6	96	173
48		9	102	178
49		10	104	179
50		11	109	183
51		15	121	186
52		17	126	189
53		18	127	189
54		19	128	190
55		22	MP 9 : 256	
56		24	257	
57		27	259	
58		28	260	
59		29	260	
60	May	2	261	
61		4	262	
62	May	8	BD 133	
63		9	[5]	2 : 195
64		11	BD 134	
	1773			
65	Apr.	3	159	209
66		7	168	211
67		8	171	213
68		9	171	214
69		11	173	215
70		13	180	217
71		15	182	220
72		19	183	226
73		21	183	227
74		27	183	229
75		29	183	232
76		30	184	235
77	May.	1	184	242
78		7	185	246
79		9	MP 6 : 140	259

Serial Number of Days	Date		Yale Boswell Editions		*Life of Johnson*
80		10	BD	187	260
81-181	Aug. 14-Nov.	22	TH	11-393	6 : 21-404
	1775				
182	Mar.	21	OY	87	2 : 311
183		24		94	318
184		27		98	321
185		28		104	327
186		31		111	330
187	Apr.	1		112	330
188		2		115	334
189		5		123	338
190		6		125	340
191		7		131	345
192		8		135	349
193		10		137	350
194	Apr.	14		142	352
195		16	OY	147	2 : 360
196		18		149	361
197	May	6		[6]	372
?		8			374
198		12		157	376
199		13		157	376
200		16		158	378
201		17		158	378
202		21		158	377
	1776				
203	Mar.	16		256	427
204		18		271	438
205		19		275	438
206		20		277	440
207		21		283	451
208		22		286	456
209		23		290	462
210		24		293	466

Serial Number of Days	Date		Yale Boswell Editions		*Life of Johnson*
211		25		295	468
212		26		298	473
213		27		300	475
214		28		301	3 : 2
215		29		302	4
216		31		306	7
217	Apr.	3		310	7
218		4		315	17
219		5		316	17
220		7		321	24
221		10		323	27
222		11		328	34
223		13		333	38
224		26		344	45
225		27		344	45
226		28		344	45
227		29		344	50
228	Apr.	30	MP 11 :	268	
229	May	5	MP 11 :	270	3 : 52
230		6		270	
231		7		271	52
232		8		272	52
233		9	OY	344	52
234		10		344	55
235		12	MP 11 :	279	55
236		13		280	57
237		15	OY	345	66
238		16		352	80
	1777				
239	Sept.	14	BE	149	135
240		15		150	137
241		16		153	150
242		17		156	154
243		18		158	157
244		19		160	160

Serial Number of Days	Date		Yale Boswell Editions		*Life of Johnson*
245		20		168	175
246		21		173	180
247		22		176	185
248		23		182	196
249		24		184	207
	1778				
250	Mar.	18		221	222
251		20		224	222
252		30		230	226
253		31		231	228
254	Apr.	3		234	230
255		4		240	238
256		5		243	
257		7		244	241
258		8		251	249
259		9		252	250
260	Apr.	10		261	260
261		12	BE	271	3 : 270
262		13		276	279
263		14		278	282
264		15		282	284
265		17		291	300
266		18		299	314
267		19		301	316
268		20		302	317
269		25		312	317
270		27		317	
271		28		318	324
272		29		322	331
273		30		327	336
274	May	2		328	337
275		8		328	338
276		9		331	341
277		10		332	342
278		12		338	344

Serial Number of Days	Date		Yale Boswell Editions		*Life of Johnson*
279		13		342	351
280		16		344	354
281		17		345	356
282		18		349	
283		19		350	357
	1779				
284	Mar.	16	BLA	56	373
285		19		58	
286		23		58	
287		25		58	
288		26		58	375
289		27		59	
290		28		60	
291		29		60	377
292		31		61	377
293	Apr.	1		64	378
294		2		64	379
295	Apr.	3	BLA	65	3 : 380
296		4		65	380
297		6		69	
298		7		69	381
299		8		70	382
300		9		71	
301		10		72	
302		11		75	
303		12		76	
304		16		85	383
305		17		91	
306		18		92	
307		24		98	386
308		26		101	391
309	May	1		102	392
310		3		103	392
311	Oct.	4		139	400
312		6		7)	

Serial Number of Days	Date		Yale Boswell Editions		Life of Johnson
313		10		140	400
314		12		143	407
315		14		8)	
	1781				
316	Mar.	20		292	4 : 71
317		21		293	72
318		22		294	
319		26		295	
320		28		296	75
321		30		299	78
322		31		302	
323	Apr.	1		304	80
?		2			84
324		5		308	
325		6		308	87
326		7		309	88
327		10		316	
328	Apr.	12	BLA	316	4 : 88
329		13		321	90
330		15		323	91
331		20		327	96
332		22		329	
333		28		334	
334		30		337	
335	May	2		338	
336		7		347	
337		8		347	101
338		9		351	
339		17		359	
340		21		361	
341		25		362	
342		26		362	
343		29		364	
344	June	2		369	118
345		3		373	122

Serial Number of Days	Date		Yale Boswell Editions		*Life of Johnson*
346		4		376	127
347		5		377	131
	1783				
348	Mar.	21	BAJ	73	164
349		22		77	169
350		23		79	171
351		25		85	
352		26		86	
353		28		87	
354		30		89	176
355		31		91	
356	Apr.	1		91	
357		2		93	
358		3		96	
359		10		98	198
360		12		99	200
361		18		100	203
362	Apr.	20	BAJ	109	4 : 209
?		24			211
363		28		117	211
364		30		122	215
365	May	1		127	217
366		9		134	220
367		15		141	220
368		17		142	222
369		19		146	
370		21		146	
371		26		149	223
372		29		151	225
	1784				
373	May	6		210	271
374		9		210	272
375		10		210	272
376		13		211	272

Serial Number of Days	Date		Yale Boswell Editions		*Life of Johnson*
377		15		211	273
378		16		213	277
379		17		214	278
380		18		214	279
381		19		215	279
382		20		217	
383		25		217	
384		30		220	281
385	June	3		225	283
386		9		231	286
387		10		231	288
388		11		234	293
389		12		236	298
390		13		239	305
391		14		241	307
392		15		241	308
393		16		246	311
394		22		248	326
395	June	23	BAJ	249	328
396		24		249	330
397		25		250	330
398		27		250	332
399		29		253	336
400		30		254	4 : 337

NOTES

This article is a revision and a translation from the Japanese, by the author, of an account published in the *Journal of the Institute of Cultural Science,* Chuo University, Tokyo, August 1990.

1) *Life of Johnson,* ed. J.W. Croker (London : John Murray, 1831), 1 : xii n.
2) "Boswell's Contact with Johnson," *Notes and Queries* (April 1956), pp. 163-166. David L. Passler adopted Collins's calculation in Appendix Two of *Time, Form, and Style in Boswell's Life of Johnson* (New Haven and London : Yale University Press, 1971).

3) Hereafter referred to as *Malahide Papers.* Professor Pottle and his assistants have provided a very useful key to the meetings and conversations between Johnson and Boswell recorded in this edition at the end of the volume of *Index* (London and New York : Oxford University Press, 1937), pp. 357-359.

4) "Tis a Pretty Book, Mr. Boswell, But—," in *New Questions, New Answers,* pp. 135-139.

5) *The Correspondence of James Boswell and John Johnston of Grange,* 281.

6) *The Letters of Samuel Johnson,* ed. R.W. Chapman, 3 vols. (Oxford : Clarendon Press, 1952), 2 : 26.

7) Ibid. 306.

8) *Letters of James Boswell,* 2 : 291.

A Trio in the Age of Transition :
Johnson, Boswell and Hume

When Samuel Johnson opened his poem, *The Vanity of Human Wishes* (1749), with such a sweeping couplet,

> Let Observation with extensive View,
> Survey Mankind from China to Peru ;

his image of the world must have been formed upon the map of his time, with Britain in the centre and China on the eastern end. He was not, however, unaware of an island country off the coast of China, called Japan, for he had already referred to it twice ("China, Japan, and other places. . . ." and "China, Japan, or the most barbarous nations")[1] in his *Voyage to Abyssinia* translated from French and published anonymously in 1735. Japan is mentioned here as the last mentionable country in the eastern margin of Asia. His next reference to Japan in his works can be found in the great *Dictionary* (1755) :

> JAPAN. *n s.* [from *Japan* in *Asia*, where figured work was originally done.] Work varnished and raised in gold and colours.
> The poor girl had broken a large *japan* glass, of great value, with a stroke of her brush. *Swift*
> To JAPAN. *v. a.* [from the noun.]
> 1. To varnish, and embellish with gold and raised figures.
> For not the desk with silver nails,
> Nor bureau of expence,
> Nor standish well *japan'd*, avails

To writing of good sense. *Swift*

2. To black shoes. A low phrase.

The god of fire
Among these gen'rous presents joins his part,
And aids with soot the new *japanning* art. *Gay's Trivia*

These references and entries suggest to a certain degree what Johnson's image of Japan was, but his famous biographer James Boswell (1740–95) recorded in his *Journal of a Tour to the Hebrides with Samuel Johnson* (1785) that Johnson mentioned Japan at least twice while they were on their memorable journey through Scotland in 1773 :

> "Nay, don't give us India. That puts me in mind of Montesquieu, who is really a fellow of genius, too, in many particulars ; whenever he wants to support a strange opinion, he quotes you the practice of Japan or of ——, of which he knows nothing. . ."[2)]
>
> "I am really ashamed of the congratulations which we receive. We are addressed as if we had made a voyage to Nova Zembla, and suffered five persecutions in Japan"[3)]

To Johnson, Japan was certainly one of the most far-off countries imaginable, where savage heathens persecuted civilized Christians. And such an image of Japan must have been universal in the eighteenth–century Europe. Boswell himself was not an exception. When St. Kilda, the remotest island of the Hebrides, became the subject of their conversation, he suggested his idea to buy the island and was encouraged by Johnson :

> Boswell 'Are you serious. Sir, in advising me to buy St Kilda? for, if you should advise me to go to Japan, I believe I should do it.' Johnson 'Why yes, Sir, I am serious.'[4)]

Boswell apparently mentioned Japan as the last place for Johnson to advise him to go to, and most probably Johnson was "serious" about Boswell's buying St. Kilda, not about his going to Japan. But Johnson might have been so, for at this moment he may have remembered an anonymous letter published in the *Gentleman's Magazine*, the monthly periodical Johnson himself edited from 1738 to 1745 :

> I humbly propose that leave be given to all such *Englismen*, as have no objection to treading on the cross to trade to *Japan* ; and as the Freethinkers are now become a very large body, I have no doubt but there will be immediately many ships fitted out for this purpose, and so many will offer themselves to go, that I propose a factory should be settled there. . .[5)]

More than two hundred years have passed since, but we find it is still not easy to understand the British, still less a typical John Bull, Samuel Johnson, about whom an Englishman said, "Few foreigners have got inside England and the English enough to perceive the greatness of Johnson. . . . He is. . . English of the English."[6)] He must be too big a problem for us to grasp. He was too-many-sided with unfathomable depth, but we believe he is worth trying to understand, all the more because he was so. Johnson by himself may be difficult to approach. However, if we compare and contrast him with some of his contemporaries, by which his uniqueness may be thrown a new light upon, we can probably understand him more clearly.

It was Thomas Carlyle (1795–1881) who contrasted Johnson with David Hume (1771–76) and said, "Greater contrast, in all things, between two great men, could not be. . . . They were the two half-men of their time."[7)] As the Sage of Chelsea pointed out, Johnson and Hume were antipodal in many ways, perhaps too many to count, so we are going to focus our attention on a few typical and significant contrasts.

First, let's examine their attitudes toward *The Whole Duty of Man*, anony-

mously published in 1658, but generally attributed to Richard Allestree (1619-81). Its whole title, "*The Whole Duty of Man*, Necessary for all Families with Private Devotions for several Occasions" plainly tells its contents. This was one of the most widely read books in the seventeenth- and eighteenth-centuries. Johnson, according to Boswell, found the book uninstructive :

> Sunday (said he) was a heavy day to me when I was a boy. My mother confined me on that day, and made me read "The Whole Duty of Man," from a great part of which I could derive no instruction. When, for instance, I had read the chapter on theft, which from my infancy I had been taught was wrong, I was no more convinced that theft was wrong than before ; so there was no accession of knowledge.[8)]

Such was Johnson's first reaction to the admonitory book. To make a sharp contrast with this, Hume was an eager reader of it while he was young. He answered to Boswell's questions in July 1776, just a month before his death :

> I asked him if he was not religious when he was young. He said he was, and he used to read *The Whole Duty of Man* : that he made an abstract from the catalogue of vices at the end of it, and examined himself by this, leaving out murder and theft and such vices as he had no chance of committing, having no inclination to commit them[9)]

These initial attitudes of both Johnson and Hume toward *The Whole Duty of Man,* however, reversed by the end of their lives, and in his last years Johnson wrote in his diary :

> I prayed in my chamber with Frank and read the first Sunday in the Duty of Man in which I had till then only looked by compulsion or by chance.[10)]

Further, in June 1784, he recommended to one of his young friends some thirty books, including *The Whole Duty of Man*.[11] As for Hume, he is recorded to have said to Frances Hutcheson, "I desire to take my Catalogue of Virtues from *Cicero's Offices* not from *The Whole Duty of Man*," It is not known exactly when Hume expressed this critical opinion on it to his friend and celebrated philosopher, but Hume's "reverse-conversion" is undeniably seen in this observation.[12]

Judging from what we have seen, it is apparent that some drastic change of mind occurred in Johnson and Hume in the midst of their lives. When was it? About it Johnson communicated to Boswell :

> When at Oxford, I took up "Law's Serious Call to a Holy Life," expecting to find it a dull book, (as such books generally are,) and perhaps to laugh at it. But I found Law quite an overmatch for me ; and this was the first occasion of my thinking in earnest of religion, after I became capable of rational inquiry.[13]

As for Hume, Boswell noted down in his diary, "He said he never had entertained any belief in religion since he began to read Locke and Clarke."[14] Hume's biographer, E. C. Mossner, however. cautions us against accepting Hume's immediate reaction to them :

> . . . it is abundantly clear that the youthful Hume relinquished his religious beliefs gradually over the course of years rather than immediately upon reading Locke and Clarke. And it is also clear that those religious beliefs were relinquished under philosophical pressure —— that Hume *reasoned* himself out of religion[15]

They both seem to have undergone just the opposite "conversion" at the same stage of life, though Johnson was about twenty and Hume probably younger (he entered Edinburgh University at eleven). In their early lives,

they took the opposite attitudes to *The Whole Duty of Man*. and in their student days or soon after they crossed their courses of spiritual lives, Johnson became a devout Church-of-England man, and Hume a "Great Infidel." After that, their spiritual lives remained fundamentally unshaken, though not without ups and downs, especially in the case of Johnson.

Next, their attitudes toward death. Johnson's fear of death is well-known, thanks to Boswell again. It was Boswell's favourite topic, and he baited Johnson with it and spoke about it to Hume and even Voltaire, who solemnly assured Boswell that Johnson was 'never' afraid of death.[16)] In Boswell's *Life of Johnson* there are several unforgettable vivid descriptions of Johnson under the fear of death, but we must not fail to notice that the subject of death was almost always introduced by Boswell, and very rarely by some other friends, but *never* by Johnson himself. On these occasions Johnson was, as it were, a victim of Boswell's fathomless curiosity. We witness in effect a bear-baiting, in which the great bear Johnson is baited by a pestering dog Boswell.

But, Boswell was not a "great fool", as Macaulay dubbed him. Boswell, whose soul was always wavering and restless. knew what was what.

> He [Johnson] had, indeed, an aweful dread of death, or rather, 'of something after death' : . . . But his fear was from reflection ; his courage natural. . . He feared death, but he feared nothing else, not even what might occasion death.[17)]

In contrast with this, Hume apparently remained unperturbed in the face of death, though Johnson would not believe it.[18)] The best witness of Hume's unvaried calmness is, here again, our ubiquitous Boswell. He had the impudence to call on Hume, when he was in his fatal illness which was to take his life in fifty days :

> I had a strong curiosity to be satisfied if he persisted in disbelieving a

> future state even when he had death before his eyes. I was persuaded from what he now said, and from his manner of saying it, that he did persist.[19)]

Boswell was still in doubt. To make assurance doubly sure, he shamelessly went to see Hume on two more occasions, the last one just four days before his death, and that Boswell was elevated with liquor then. He was turned away at the door, as a matter of course. To crown all, on the day after Hume's death, Boswell called at his house and "was told by his servant that he died very easily."[20)] Hume had once said, to Boswell's bewilderment, that he did not wish to be immortal.[21)] What a contrast with Johnson, who composed in his deathbed such a prayer, "Almighty and most merciful Father. . . . receive me, at my death, to everlasting happiness, for the Sake of Jesus Christ Amen."[22)]

These antipodal attitudes of Johnson and Hume to death greatly shocked and perplexed Boswell, who was always wavering between faith and doubt. And this fundamental problem should not be passed over, since it is literally a matter of life and death. For example, when we read Boswell's *Life of Johnson*, we are charmed by Johnson's human words and deeds found everywhere in the biography, but if our attention were so exclusively focussed on the bright side of Johnson as to ignore, or at least, make light of this "sunspot" in Johnson, we would be far from rightly understanding him. We may say to ourselves that, if only there had not been such a sunspot in Johnson, he would be much easier to understand, but, depend upon it, without this spot Johnson would not have been as we know he was. That was what made Johnson Johnson.

Out of this point arises an essential question —— how can we understand Samuel Johnson when we are neither Christians nor Europeans? If one had been brought up in the Western culture, it would not have been impossible for one, Christian or not, to realize Johnson. But to an outsider in the double meanings, no matter how eagerly he may have read Johnson's works,

Boswell and others' biographies, and various books on Johnson, Samuel Johnson, at least his core, is sure to remain a mystery. This looks like a blind alley from which no breakthrough is possible for us.

A key to break this deadlock, however, has been given to us by David Fleeman. In compiling Johnson's poems, he writes :

> Perhaps the strongest argument for retention of Johnson's spelling is that it serves as warning that he is not a modern author, that not only is his language (despite its close resemblances) not modern English, but that his is not a modern mind. All great poets speak to all ages, and Johnson is no exception, but it would be misleading to suppose that the modes of thought exemplified in his language are the same as ours.[23)]

This warning brings it home to us that we are apt to be misled by the apparent modernity of Johnson's words and deeds into regarding him as a "modern" —— our contemporary. Once we are convinced that his is not a modern mind, it seems only natural that his mind is composed of quite a few elements incomprehensible to us, his "sunspot" among the rest, of course. In this sense, Johnson may be becoming incomprehensible even to Westerners. Then, how about "the other half-man of their time" —— Hume? It surely stands to reason that the more incomprehensible Johnson becomes, the more comprehensible Hume must become. Only in this context can we fully appreciate Basil Willey's definite statement on Hume : "A fresh start had to be made after his work had been done, and in approaching him we begin to cross the great intellectual watershed of the mid-century".[24)] The "watershed" may be called the dividing line that cuts the eighteenth–century into two, this side of which is called "modern". Hume's was a life of struggle to get over the watershed toward this side, and he certainly succeeded in it. He succeeded in becoming "modern" —— in other words, he became universal and comprehensible to all rational human beings, irrespective of racial, cultural and religious backgrounds. On the other hand,

Johnson held his ground beyond the watershed, stubbornly if sometimes sceptically, and he may well be called not modern, in spite of his plentiful human touches comprehensible to us all.[25)] Their fundamental difference is typically shown in Johnson's last prayer, "... receive me, at my death, to ever-lasting happiness", and Hume's declaration that he did not wish to be immortal. Nothing is more crucial than this difference in deciding what attitude to take toward this world. The former will make us take an attitude to seek happiness in the afterworld, while the latter is sure to induce us to seek happiness in this world, so long as happiness is worth seeking. The eighteenth–century was most probably the age of transition in which people's way of thinking underwent a drastic change. Men and women felt that happiness was to be found on earth as well as in heaven, that the works of a bountiful creator were to be enjoyed, not shunned.[26)] "It is come, I know not how", lamented Bishop Butler, "to be taken for granted, by many persons, that Christianity is not so much as a subject of enquiry ; but that it is now at length discovered to be fictitious.... a principal subject of mirth and ridicule, as it were by way of reprisals, for its having so long interrupted the pleasures of the world".[27)] The importance of this change cannot be emphasized too much, not only in relation to the so-called consumer revolution, but to the industrial revolution, the spread of commercialism, degeneration of morality etc. of the century and thereafter.

The two Giants, Johnson and Hume, standing opposite on either side of the watershed, with Boswell running to and fro to witness their imperishable sayings and doings —— this picture always gives us unfailing material to ponder on.

Notes and References

This is an enlarged rewrite of the paper read on July 11, 1984, at the Samuel Johnson Commemorative Conference held at Pembroke College, Oxford.

1) J. J. Gold (ed.), *A Voyage to Abyssinia* (Yale Univ. Press, 1985), pp. 259-260.

2) F. A. Pottle & C. H. Bennett (ed.), *Boswell's Journal of a Tour to the Hebrides with Samuel Johnson, LL. D., 1773* (McGraw-Hill, 1961), p. 168.

3) *Ibid*, p. 383.

4) Boswell, *Life of Johnson*, II, 149. The references throughout are to the Hill-Powell edition, Oxford, 1943.

5) The *Gentleman's Magazine*, March 1749, p. 123. In this context, "factory" means not a "building for manufacturing" but "a merchant company's foreign trading station." This proposal to settle —— strictly, to resettle (England had had a "factory" in Japan from 1613 to 1623) —— a factory was impossible to carry out then, because by 1641 Japan had closed her door to foreigners, except Chinese and Dutchmen. Moreover, "treading on the cross" was a notorious object of fear to Westerners, hence Gulliver's petition to "the Emperor of Japan" for excusing his "performing the Ceremony. . . . of *trampling* upon the Crucifix" in Part Three of Swift's *Gulliver's Travels* (1726).

6) John Bailey, 'Introduction' to his edited *A Shorter Boswell* (Nelson, 1925).

7) Review of Croker's edition of Boswell's *Life of Johnson, Fraser's Magazine* (May 1832).

8) Boswell, *Life of Johnson*, I, 67.

9) C. M. Weis & F. A. Pottle (ed.), *Boswell in Extremes 1776-1778* (Heinemann, 1970), p. 11.

10) April 16, 1781 ; E. L. McAdam Jr. & M. Hyde (ed.), Yale Edition of the Works of Samuel Johnson, I, *Diaries, Prayers, and Annals* (1958), pp. 306-307.

11) Boswell, *Life of Johnson*, IV, 311.

12) E. C. Mossner, *Life of David Hume* (Oxford U. P., 2nd ed. 1980), p. 64.

13) Boswell, *Life of Johnson*, I, 68.

14) *Boswell in Extremes*, p. 11.

15) Mossner, *Life of David Hume*, p. 64.

16) F. A. Pottle (ed.) *Boswell on the Grand Tour : Germany & Switzerland 1764* (Heinemann, 1953), 303.

17) Boswell, *Life of Johnson*, II, 298.

18) *Ibid*, II, 106 ; III, 153.

19) *Boswell in Extremes*. p. 11.

20) *Ibid.*, p. 27.

21) *Ibid.*, p. 13.

22) *Diaries, Prayers, and Annals*, p. 418.

23) J. D. Fleeman (ed.), *Samuel Johnson : The Complete English Poems* (Penguin, 1971), 14. John Wain seems to be of the same opinion. He says, "His mind, whatever else it may have been, was not a modern mind," in his edited *Johnson as Critic* (Routledge & Kegan Paul, 1973), p. 55.

24) Basil Willey, *The Eighteenth Century Background* (Chatto & Windus, 1940),

p. 110.

25) See J. H. Plumb, 'The Acceptance of Modernity,' in N. McKendrick, J. Brewer & J. H. Plumb, *The Birth of a Consumer Society* (Hutchinson, 1983). I am, however, not happy with Plumb's treatmen of Dr. Johnson as a representative reactionary who blocked the trend, somewhat like the Luddites.

26) J. H. Plumb, *Georgian Delights* (Weidenfeld & Nicholson, 1980), p. 8.

27) J. Butler, *The Analogy of Religion* (1736), quoted in A. R. Humphreys, *The Augustan World* (Methuen, 1954), p. 158.

On Samuel Johnson's Definition of "Oats"

Of all the prejudices and obsessions Samuel Johnson is known to have been enslaved to, his antipathy to the Scots and Scotland is easily among the most obstinate fixed ideas his friends concurred in perceiving in him. "Mr. Johnson's hatred of the Scotch is so well known, and so many of his *bons mots* expressive of that hatred have been already repeated in so many books and pamphlets," writes Mrs. Piozzi in her *Anecdotes*.[1)] Sir John Hawkins, Boswell's rival biographer of Johnson, testifies to it, saying, "his prejudices were so strong and deeply rooted, more especially against Scotchmen and whigs, that whoever thwarted him ran the risque of a severe rebuke, or at best became entangled in an unpleasant altercation."[2)] Even Boswell, who was, to his chagrin, from Scotland, could not help acknowledging it.

> After musing for some time, he said, 'I wonder how I should have any enemies ; for I do harm to nobody.' BOSWELL . 'In the first place, Sir, you will be pleased to recollect, that you set out with attacking the Scotch ; so you got a whole nation for your enemies.' JOHNSON. 'Why, I own, that by my definition of *oats* I meant to vex them.' BOSWELL. 'Pray, Sir, can you trace the cause of your antipathy to the Scotch.' JOHNSON. 'I can not, Sir.' BOSWELL. 'Old Mr. Sheridan says, it was because they sold Charles the First.' JOHNSON. 'Then, Sir, old Mr. Sheridan has found out a very good reason.'[3)]

We can safely assume from this extract that Johnson himself, just like others, thought his antipathy to the Scots was most clearly and sharply expressed in his "famous definition of oats," as Sir Walter Scott called it. It is, indeed, one of the most famous, or rather notorious, definitions to be found

in his Dictionary, and nobody can expect to look into books on Johnson without coming upon a reference to it. The too-often-quoted definition, "A grain, which in England is generally given to horses, but in Scotland supports the people," was, of course, meant for a kind of joke, the most obvious proof of which is the fact that he "owned he too was fond of it when a boy."[4] There is no denying that he formed the definition mainly to tease the Scots, but it will be a grave mistake if we think with Boswell :

> His introducing his own opinions, and even prejudices, under general definitions of words, while at the same time the original meaning of the words is not explained, as his *Tory, Whig, Pension, Oats, Excise,* and a few more, cannot be fully defended, and must be placed to the account of capricious and humourous indulgence. (*Life*, I, 294-5)

Most probably, Walter W. Skeat[5] was the first to point out that Johnson's definition of *oats* is very similar to a passage found in Robert Burton's *Anatomy of Melancholy,* which "was the only book that ever took him out of bed two hours sooner than he wished to rise."[6] And it had been one of his favourite books before he undertook to make the Dictionary.[7] The passage runs thus :

> Joh. Major, in the first book of his History of Scotland, contends much for the wholesomeness of oaten bread ; it was objected to him, then living at Paris in France, that his countrymen fed on oats and base grain, as a disgrace ; but he doth ingenuously confess, Scotland, Wales, and a third part of England did most part use that kind of bread, that it was as wholesome as any grain, and yielded as good nourishment. And yet Wecker, out of Galen, calls it horse-meat, and fitter for juments than men to feed on.
>
> (Part 1, sec. 2, mem. 2, sub-sec. 1)

Skeat was the first to bring it to the public attention in a magazine, but he was to be followed by three scholars, who respectively made their one and the same find known to the world, as if it had never been pointed out.[8)] Furthermore, in the *Times Literary Supplement* (13 Sept. 1934), we are this time referred to T. Fuller's *Worthies of England*, in which "oates" is designated as "our horse-grain" and "mans-grain also generally in the North for poor people." (In this case, however, there remains no proof that Johnson read the book before 1784.)[9)]

Striking resemblances to Johnson's definition may also be found in three dictionaries, all of which were published before Johnson's Dictionary and were, without doubt, consulted by him in making it.

> . . . ubique enim Equis, alicubi etiam Hominibus, Esca est.
>
> (Stephen Skinner, *Etymologicon Lingnae Anglicanae*)
>
> It is Forage for Horses, generally, and sometimes Provision for Men.
>
> (Nathan Bailey, *Universal Etymological English Dictionary*)
>
> Oats are a very profitable grain, and absolutely necessary, being the principal grain which horses love . . . The meal of this grain makes tolerable good bread, and is the common food of the country-people in the North. (Philip Miller, *Gardener's Dictionary*)

Allen W. Read is right when he says, "Johnson's taunt about oats was not a creation of the spur of the moment, but had a background of many centuries."[10)]

In addition to these forerunners of Johnson's Dictionary, it is interesting to know that a letter, though fictitious, virtually admitting Johnson's mischievous definition was contained in an epistolary novel by a Scottish author, Tobias Smollett. It is in *Humphrey Clinker*, and the letter is dated September 20, from Matthew Bramble to Dr. Lewis.

> '. . . for my part, I have such a regard for our fellow-subjects of North-

Britain, that I shall be glad to see the day, when your peasants can afford to give all their oats to their cattle, hogs, and poultry, and indulge themselves with good wheaten loaves, instead of such poor, unpalatable, and inflammatory diet.'

(Needless to say, "North-Britain" was a new appellation coined to refer to Scotland at the Union of 1707.) As this novel was published in 1772, it was Smollett who was, if ever, influenced by Johnson's notorious teasing of Scots, but the very fact that it was from a Scottish pen seems the best proof in support of the allegation that oats support the people in Scotland.[11)]

To this long tradition of definition of *oats*, we are now to add another example, which is, however, no more than a passage in a long letter, dated from "London, 1672, September 13," just one hundred years in advance of the publication of *Humphrey Clinker.*

The Scotchmen and the Scotch horses live altogether upon the same diet, I mean upon oats, for there is not a horse in thirty to whom hay is afforded ; their bread is made with oats and so is their bonny ale.[12)]

The writer of this letter is Denis de Repas, ex-capuchin monk, and now a travelling merchant, who paid three visits to Scotland and "never saw a nation in general, more nasty, lazy, and less ingenious in matter of manufacture," and its addressee Sir Edward Harley. As the letter seems to have been stored in private for more than two centuries, there is probably no possibility that it fell under Johnson's eye, with all his participation in cataloguing, annotating and publicizing the Harleian Library, great collection formed by Sir Edward Harley's son and grandson, the first and second Earls of Oxford.

Johnson's famous definition of *oats* was not only a capricious or humorous expression of his prejudice against Scotland, but a confirmation of the fact that had been touched upon in widely–read books, testified to in a letter from a wanderer in Scotland, recorded publicly in dictionaries, and was to be

popularized in a first-rate novel of the eighteenth century. The apparently capricious and humorous definition was far from Johnson's personal prejudice and antipathy. On the contrary, his originality may have been in nothing but "but". It is, however, dangerous to belittle Johnson's influence even in this respect, for we are surprised to find a lingering echo of his definition in our daily-used *Pocket Oxford Dictionary* — "a grain grown for human & esp. horses' food. "

Notes

1) *Mrs. Piozzi's Anecdotes with William Shaw's Memoirs of Dr. Johnson,* ed. Authur Sherbo (Oxford University Press, 1974), p. 118.
2) *The Life of Samuel Johnson, LL. D.* (London, 1787), p. 164.
3) *Boswell's Life of Johnson,* ed. G. B. Hill and L. Powell (henceforth identified as *Life*), IV, 168-169.
4) *Life*, V, 308.
5) *Notes and Queries*, 19 October 1872, p. 309. See, however, *Life*, V, 406.
6) *Life*, II, 121.
7) See James L. Clifford, *Young Samuel Johnson* (London : Heinemann, 1955), p. 161.
8) *Notes and Queries*, (8 Jan. 1887), p. 26 ; *ibid.* (8 Feb. 1890), p. 106 ; *T.L.S.*, (21 June 1934), p. 443.
9) In the register of the Library of Lichfield Cathedral is the following entry : — "Oct. 5, 1784. Fuller's Worthies. Dr. Sam. Johnson. Ret [urned]. November 9." (G.B. Hill, *Johnsonian Miscellanies*, I, 444). He had only another month to live.
10) Allen W. Read, "The History of Dr. Johnson's Definition of 'Oats'," *Agricultural History*, VIII (July 1934), 81-94. See also L. Cooper, "Dr. Johnson on Oats and Other Grains," *PMLA*. LII (Sept. 1937), 785-802. Read takes it for granted that Johnson used Bailey's *Universal Etymological English Dictionary* (1721), but it was the revised folio *Dictionarium Britannicum* (1736^2) that Johnson used as a basis of his Dictionary. It is also to be noted that the Botanical Part of the revised folio was written by P. Miller, as its title page says.
11) J. M. Purcell, "Smollett on Oats as Food for Scots," *PMLA,* LIII (June 1938), p. 629.
12) *Historical Manuscripts Commission 14th Report, Appendix* (London, 1894), Part II, 327.

A Note on Johnson's *Preface to Shakespeare*

When Walter Jackson Bate wrote his seemingly decisive appraisal of Johnson's *Preface to Shakespeare* in *The Achievement of Samuel Johnson* (1955) :

> . . . the famous edition of Shakespeare was made, which, with its incisive notes, 'threw more light' on Shakespeare, as Edmund Malone said, 'than all his predecessors had done. And the pioneer *Preface* —— one of the most decisive documents in the entire history of criticism —— is still one of the best general discussions of Shakespeare. In fact, it remains, as Adam Smith said, 'the most *manly* piece of criticism ever published in any country.' (pp. 40–41)

his declaration was to be smashed to pieces only within a year by Arthur Sherbo. His *Samuel Johnson, Editor of Shakespeare* (1956) made clear what Johnson owed to Dryden, Rowe, Pope, Warburton and so on in writing the *Preface*. (But, of course, we must not pass over D. Nichol Smith's precedent assertion of 1916 in his Introduction to *Shakespeare Criticism : A Selection (1623–1840)*. In it he had said more than forty years before Sherbo, "There is little new matter in his Preface, except where he deals with his work as an editor.") Sherbo concluded its Chapter Four with such a confident statement : ". . . the belief, still persistent in some critics, that Johnson had something new to say on Shakespeare in the Preface must be discarded." Seeing that Johnson's originality in the Preface has been swept away by iconoclastic researches, we must admit its importance lies in nothing but "its final estimation of Shakespeare for neoclassical criticism."1)

Of all Johnson's well-judged, if not original, criticisms, one of the most fre-

quently quoted passages would be, "In the writings of other poets a character is too often an individual; in those of *Shakespeare* it is commonly a species". What is the source, if ever it has, of this famous passage is not revealed even in "Appendix C" of Sherbo's above-mentioned exhaustive book. In it he listed a lot of Johnson's predecessors, whose criticisms on Shakespeare had more or less influences on him in writing the *Preface*.

This well-known couple of "individuals" and "species" might have been passing as his original terminology, so far as I know, if W. K. Wimsatt, Jr. and C. Brooks had not referred us to Henry Fielding in a footnote to their *Literary Criticism*.[2] "I declare here once for all," said Fielding in *Joseph Andrews* (Part III Chapter I), "I describe not men, but manners; not an individual, but a species." *Joseph Andrews* was published in 1742, and the *Preface* in 1765. So, there is no denying temporal sequence between them —— *post hoc, ergo propter hoc*. And that, Johnson himself once asserted, "I indeed never read *Joseph Andrews*."[3] How should we interpret this negative utterance? He may have forgot he had read it, but Johnson's "tenacious memory" is so proverbial as to eliminate such a possibility. Was he so offended with Boswell's surprise at his calling Fielding "a blockhead" that he went so far as to deny having read the novel? He *was* the last man, we know, to tell a hollow lie in a fit of temper. No doubt he "never read" it, but there remains something ambiguous about his usage of "read".

> Mr. Elphinston talked of a new book that was much admired, and asked Dr. Johnson if he had read it. JOHNSON. 'I have looked into it.' 'What (said Elphinston,) have you not read it through?' Johnson, offended at being thus pressed, and so obliged to own his own cursory mode of reading, answered tartly, 'No, Sir, do *you* read books *through?*'[4]

Judging from this, it would not be far-fetched to surmise that Johnson, who was said, by Adam Smith, to know "more books than any man alive," at any rate "looked into" *Joseph Andrews*, not to say "read" or "read through."

Whether Johnson looked into it or not, we are not hard up for sources of "individuals" and "species", though. First or all, Johnson himself had used them in his *Rasselas* (1759). In the famous "streaks of the tulip" passage (Chapter X), Imlac says, "The business of a poet . . . is to examine, not the individual, but the species". And, even in his *Dictionary* (1755), we can have a glimpse of his antithetic use of an "individual" and a "species" :

> INDIVIDUAL *adj* . . . . . 1. Separate from others of the same species ; single ; numerically one.
>
> SPECIES *n. s.* . . . . 1. A sort ; a subdivision of a general term.
>
> A special idea is called by the schools a species ; it is one common nature that agrees to several singular individual beings : so horse is a special idea or *species* as it agrees to Bucephalus, Trot, and Snowball.
>
> *Watts.*

The passage extracted from Isaac Watts (1674–1748), whom Johnson is said to have quoted no less than 509 times in his *Dictionary*,[5] makes it apparent that this couple of terminology had been used before Johnson. Watts, now known, if ever, as a hymn-writer, "more than any other single person was Johnson's mentor and guide in matters relating to logic and the human,"[6] and his *Logick* (1725), from which the quotation on "species" was taken, and *Improvement of the Mind* (1741) were both among the books Johnson recommended his young friend to study.[7] Concerning the latter Johnson wrote in his *Life of Watts*, "Few books have been perused by me with greater pleasure than his *Improvement of the Mind*, of which the radical principles may indeed be found in Locke's *Conduct of the Understanding*."[8]

Thus, we are led by Johnson from Watts to John Locke. Locke's works as well as Watts's *Logick* are known to have been in Johnson's library.[9] Locke mentioned "individuals" and "species" many times in "Book III. Of words" of his *Essay concerning Human Understanding* (1690), and a typical passage runs :

> So that in this whole business of genera and species, the genus, or more comprehensive, is but a partial conception of what is in the species ; and the species but a partial idea of what is to be found in each individual. If therefore any one will think that a man, and a horse, and an animal, and a plant, & c., are distinguished by real essences made by nature, he must think nature to be very liberal of these real essences, making one for body, another for an animal, and another for a horse ; and all these essences liberally bestowed upon Bucephalus.[10]

Was it a mere coincidence that Bucephalus, Alexander's celebrated charger, was chosen as a typical "individual" horse by Locke and Watts? We may safely say that Watts borrowed Locke's exemplification. Moreover, Johnson himself not only owned Locke's works, but certainly read or looked into, if not read through, the *Essay*, for there is a good proof of it, which throws at the same time a fresh light on the source of Johnson's another well-known literary criticism :

> It always appeared to me that he [Johnson] estimated the compositions of Richardson too highly, and that he had an unreasonable prejudice against Fielding. In comparing those two writers, he used this expression ; 'that there was as great a difference between them as between a man who knew how a watch was made, and a man who could tell the hour by looking on the dial-plate,[11]

Johnson compared Richardson to a man who knew how a watch was made, and Fielding to a man who could tell the hour by looking on the dial-plate. When Johnson said so, he may have had the following passage by Locke in mind :

> . . . had we such a knowledge of that constitution of man, . . . we should have a quite other idea of essence than what now is contained in our

> definition of that species, be it what it will : and our idea of any individual man would be as far different from what it is now, as is his who knows all the springs and wheels and other contrivances within of the famous clock at Strasburg, from that which a gazing countryman has of it, who barely sees the motion of the hand, and hears the clock strike, and observes only some of the outward appearances.[12)]

Johnson was obviously under the long shadow of Locke in many ways. (According to Wimsatt, Johnson included as many as 1,674 quotations from Locke in his *Dictionary*.)[13)] But, to him, for all his resounding pronouncement, "no man was ever great by imitation" (*Rasselas*, Chap. X, and *The Rambler*, No. 154), originality was not to be compared with truths that never grew stale by repetition.

The origins of "individuals" and "species" can be traced back still further. When we just look into the *Oxford English Dictionary*, we can easily find the conventional coupling of "individuals" and "species" even before Locke. It goes back through John Dryden ("1700 *Palamon & A.* III. 1056. That individuals die, his will ordains ; The propagated species still remains.") and Locke, to William Prynne ("1630 *Anti-Armin*. 180. This kinde of argument from every individuall to the species will not hold."). The coupling can't be retraced any further in *OED*, but it records the first appearance of "species" : "*Logic*. . . . as distinguished from the genus on the one hand and the individual on the other. /1551 T. Wilson *Logike*. . ." and "individuum" (the former equivalent of "individual") : *Logic*. A member of species ; =Individual. . ./1555 Ridley Lord's Supper. . ." (Incidentally, "genus" is recorded : "*Logic*. . . . 1551 T. Wilson *Logike*. . .") Apparently they had been used together mainly by logicians since the middle of the sixteenth century.

So much for our source-hunting. It was not a fruitless attempt, however, even in terms of critical study, for it seems to go a long way to help us understand the importance of Johnson's application of the terms to Shakespeare's dramatis personae.

As for the characters Shakespeare created, Dryden was probably the first critic to notice and observe that Shakespeare "made his Characters distinct," and "Shakespeare had an Universal mind, which comprehended all Characters and Passions."[14] It may be said with justice that Dryden started a long history of the character study of Shakespeare's dramatic figures, and the next great name to be mentioned was Alexander Pope, who made a step forward when he said in the Preface to his edition of *The Works of Shakespeare* (1725) : "every single character in Shakespeare is as much an Individual, as those in Life itself ; it is as impossible to find any two alike." Johnson's contribution to the Shakespearian character study seems to consist in giving a new and *logically* distinct appellation, "species", to Dryden's "Characters" and Pope's "Individuals".

"Species" is a middle concept between the "genus" and the "individual". If a character shows no distinct features or characteristics, he seems so general that he can be any one —— a "genus". On the other hand, if he shows too peculiar idiosyncrasies or singularities, he is so particular that he can not be any one else —— an "individual". Dramatis personae can be as large as life only when they are "species" between the two extremes. Johnson's application of the "species" to Shakespeare's created characters was no doubt an invaluable contribution to our deeper realization of Shakespeare's genius to strike the happy mediun as a dramatic portraitist of the human species.

Notes

1) R. D. Stock, *Samuel Johnson and Neoclassical Dramatic Theory* (University of Nebrasca Press, 1973), p. 192.
2) W. K. Wimsatt, Jr. and Cleanth Brooks, *Literary Criticism : A Short History* (Vintage, 1957), p. 320.
3) James Boswell, *Life of Johnson*, 6 April, 1772.
4) Boswell, 19 April, 1773.
5) W. K. Wimsatt, Jr., *Philosophic Words* (Archon Books, 1948), p. 34.
6) Jean H. Hagstrum, *Samuel Johnson's Literary Criticism* (University of Chicago Press, 1967), p. 13.
7) Boswell, 16 June, 1784.

8) Samuel Johnson, *Lives of the English Poets*, ed. G. B. Hill (Oxford, 1905), III, 309.
9) J. D. Fleeman, *The Sale Catalogue of Samuel Johnson's Library* (University of Victoria, 1975), p. 60 ("No. 601 Locke's works, 3 v") and p. 36 ("No. 262 Watts's logic, & c").
10) John Locke, *An Essay concerning Human Understanding* (Dover, 1959), II, 84.
11) Boswell, Spring 1768. As for this metaphor, see Samuel Richardson's Letter of December 7, 1756, to Sarah Fielding, Henry's sister : "Well might a critical judge of writing say that. . . his (Henry Fielding's) was but as the knowledge of the outside of a clock-work machine, while your's was that of all the finer springs and movements of the inside." (*The Correspondence of Samuel Richardson* (London, 1804 ; rep. AMS Press, 1966), II, 105). Leslie Stephen, probably rightly, surmised the "critical judge" might have been Johnson, who afterwards made a new application of his comparison to her brother and Richardson. See *DNB*, VI, 1290.
12) J. Locke, op. cit., II, 58. See also p. 64, where quite the same idea is condensed into a short sentence.
13) W. K. Wimsatt, Jr., op. cit., p. 34.
14) John Dryden, The Preface to *Troilus and Cressida* (1679).

Boswell's Dictionary

It can not be denied that, with all his *Lives of the Poets, Preface to Shakespeare, The Vanity of Human Wishes,* etc., Samuel Johnson is most widely known for *A Dictionary of the English Language* (1755). And who does not know James Boswell's *Life of Johnson* (1791)? The biography is so detailed and informative about Johnson's life, especially his later years, that an American journalist was led to make a comment :

> Both were writers of dictionaries. Johnson had written the lexicography of a language. Boswell wrote the Dictionary of a Man.[1)]

Johnson has of course an established reputation as "Dictionary Johnson," and Boswell as the author of easily the best biography written in English. But in fact Boswell did, or rather tried to, make a dictionary of his native language. It was "the most ambitious of Boswell's unrealised literary projects." [2)]

The project was first mentioned in his journal in January 1764, when Boswell was staying in Utrecht to study Roman law, knowledge of which was essential to working as an advocate at the Scottish Bar. He was just twenty-three years old then.

> FRIDAY 20 JANUARY. In the morning you visited Brouwer and saw Icelandic. You talked on scheme of Scots dictionary. Pursue it while here. Brown will assist you. It is not trifling. 'Twill be an excellent work. But be prudent with it.[3)]

This "scheme" proceeded, it seems, smoothly for a time. In the journal and "French Themes," which he compelled himself to write as an exercise in

learning French, he made frequent mention of the dictionary-in-progress.

> SUNDAY 5 FEBRUARY. You advance well in dictionary.
> TUESDAY 7 FEBRUARY. You talked of your dictionary...
> You said the words were your children, and you'd protect your family.[4)]
> FRENCH THEME, *c.* 24 FEBRUARY. How surprised they are when they learn that I am writing a dictionary myself! . . . There are several English dictionaries, especially the excellent work of Mr. Johnson ; and doubtless to have such a work is a thing of great importance, for English in time will become the universal language of our isle. We have not a single Scots dictionary. Really, that is amazing. I believe there is not another language in Europe (or dialect, to use that terminology — they are all dialects) of which there is not some sort of lexicon. Allan Ramsay, a Scottish poet who has written some very pretty things in his mother-tongue, has given us a little glossary in which he has explained some words, but very few of them.[5)]

Boswell was by nature a man of a very enterprising spirit, and a Scots dictionary was, to be sure, an ideal work to gratify his ambitious and patriotic mind.

He referred to only Allan Ramsay's "little glossary," but in fact there were more "glossaries" he apparently knew nothing of. The first alphabetically ordered glossary of Scots was the glossary made by Thomas Ruddiman, a Scottish philologist and printer, appended to the first edition of Gavin Douglas's translation of Vergil's *Aeneid* into Scots, published in 1710. And Ramsay himself published three glossaries : glossaries to his *Poems* (1720), *The Tea-table Miscellany* (1730) and *A Collection of Scots Proverbs* (1750). In Scotland there had been, from the seventeenth century, a practice of adorning Scottish poems with glosses, put in the margins, of vernacular Scots words, and in the eighteenth century the glosses came to be ordered alphabetically and placed at the end of books as a "glossary." The glossary

Boswell referred to in the "French Theme" was probably that of eighteen pages put at the end of the 392-page *Poems* (1720). It was such a small-scale glossary that he must have thought it was an easy job to surpass it, hence calling it "a little glossary."

What plan did he make to realize the scheme? He put down an outline of the plan in the "French Theme" lengthily, if not systematically. First, any word that is recognized as English will not be included. As for the pronunciation and part-of-speech label, there is no mention at all. By consulting dictionaries of "all languages," however, even foreign words will be picked up without regard to their origin, if they resemble Scots words and have the same meaning. As for the meaning of a headword, only a plain English word will be given for the Scots word, and users will be directed to Johnson's *Dictionary* for its definitions. (In this respect Boswell was later advised by a German professor at Leipzig in October, 1764, and modified his plan to add to each headword its meaning in Latin.)[6] There will be neither examples nor quotations, but "cuts" will be given to some words peculiar to Scotland.[7]

"Cuts," or illustrations, are said to have been first introduced to dictionaries in the sixteenth century, and Nathan Bailey's *Dictionarium Britannicum* (1730), the most representative dictionary before Johnson's, was illustrated with some 500 cuts. Boswell was probably influenced by Bailey, and he may also have remembered a passage of John Locke's *An Essay concerning Human Understanding*:

> Though such a Dictionary. . . will require too much time, cost, and pains to be hoped for in this age ; yet methinks it is not unreasonable to propose, that words standing for things which are known and distinguished by their outward shapes should be expressed by little draughts and prints made of them. A vocabulary made after this fashion would perhaps with more ease, and in less time, teach the true signification of many terms, especially in languages of remote countries or ages, . . .[8]

But the most remarkable feature of the dictionary will be, without doubt, its etymologies. The procedure Boswell proposed for finding word origins is quite unique :

> I shall not trust to my own labours alone. I shall establish a literary correspondence with scholars in different countries. I shall send them from time to time lists of words, and they will send them back to me with conjectures on their origins. Besides that I have another idea which is perhaps a bit fantastic, but which nevertheless may be practical. I am thinking of publishing in a Scottish newspaper similar lists of words, begging all those who can give derivations to send them to my publisher. In that way I should have countless conjectures, from which I could choose those which appeared to me the most ingenious and plausible.[9]

Just like Boswell — enterprising, pushy and somewhat irresponsible. He predicts the dictionary will be "a third the size" of Johnson's, that is, more than 700 pages! The fate of the scheme appears to be obvious to us when we read Boswell's too innocent and optimistic words of expectation : "My dictionary will be merely the task of my leisure hours. . . . I shall go quietly on with all the help I can get, and I hope in time you will see it done very satisfactorily."[10]

Boswell, however, continued to hold the big project in mind and referred to it at Berlin (15 September 1764), Leipzig (4-6 October 1764) and Vado (11 December 1765). Especially the journal he wrote at Vado is well worthy of note, for it was written just three weeks after his adventurous and exhausting days in Corsica, and it was at Vado that he decided to give "cuts" to uniquely Scottish words, as we saw before.

He had the intention to complete the dictionary after returning home, so before setting sail for Corsica from Italy, he left a large trunk at Leghorn, probably to be sent to Scotland in advance of himself. In it were packed a lot

of papers — three dozen of letters to his friend John Johnston, "Boswelliana," music, etc. — and other items such as German coins. *And* the manuscript of our "Scots dictionary" was undoubtedly included among them.[11] We can never know how many pages the manuscript contained, but we can be sure that the project was really taking shape during the months from January 1764 to October 1765. The "large trunk" arrived safely at the destination, and Boswell could rejoin it on his home-coming in March, 1766. But, once he returned home, he was occupied with too many things to do — studying law to pass examinations and become an advocate, writing books such as *Dorando* (1767) and *An Account of Corsica* (1768), meeting influential people to help the movement for the independence of the Corsicans, and so on. It is no wonder that his lexicographical ambition receded far and fast into the background, if not completely faded out. In the one and only mention of the project in the *Llfe of Johnson,* Boswell records Johnson's favourable response to it :

> On Thursday, October 19 [1769], I passed the evening with him at his house. He advised me to complete a Dictionary of words peculiar to Scotland, of which I shewed him a specimen. 'Sir, (said he,) Ray has made a collection of north-country words. By collecting those of your country, you will do a useful thing towards the history of the language.'

Boswell's final, extant mention of the project can be found in his letter of 18 April 1777 to Sir John Dalrymple. In it he says he can not guess the meaning of "emfundying," which he intends to include in his Scots dictionary. Without delay he received a reply written on the same day, in which Sir John says Boswell's father, Lord Auchinleck, may know the meaning of the word.[12] Thirteen years had passed since he first hit upon the idea of making a Scots dictionary, and he had not yet abandoned the scheme — or rather, a lingering dream now. After that he apparently did not refer to it, at least in the available extant journals and letters he wrote.

There was still a sequel to the long story, and it happened in the next cen-

tury. In 1825 an auction was held at Sotheby's in London from 24 May to 3 June, to sell the library of James Boswell the younger, who died in 1822. On the last day "A Dictionary of the Scotish (*sic*) Language, in MS by James Boswell, Esq., Sen." was put up as "Lot 3172" and was bought by Thomas Thorpe for sixteen shillings.[13)] This is the last information we have on the whereabouts of the manuscript of the dictionary, and nothing has been heard of it thereafter.

Notes

1) Christopher Morley, Preface to *Boswell's London Journal 1762–1763,* ed. Frederick A. Pottle (McGraw-Hill, 1950).
2) *Boswell on the Grand Tour: Germany and Switzerland 1764,* ed. Frederick A. Pottle (Heinemann, 1953), p. 94 n. Pottle counted Boswell's 34 projected (and unrealized) works in *The Literary Career of James Boswell, Esq.* (Oxford University Press, 1929), pp. 301–309.
3) *Boswell in Holland 1763–1764,* ed. Frederick A. Pottle (Heinemann, 1952), p. 117. In this journal Boswell addressed himself in the second person.
4) *Ibid.,* pp. 133–134.
5) *Ibid.,* pp. 158–160. Boswell's French was translated into English by Pottle.
6) *Boswell on the Grand Tour: Germany and Switzerland 1764,* p. 127.
7) *Boswell on the Grand Tour: Italy, Corsica, and France 1765–1766,* ed. Frank Brady and Frederick A. Pottle (Heinemann, 1955), p. 242. Boswell drew cuts for "quaich" and "luggie" in the journal he wrote at Vado, Italy.
8) Book 3, Chapter 11. Boswell read this book at Edinburgh University, and recommended it to his son in his letter of 7 February 1794. See Frederick A. Pottle, *James Boswell, the Earlier Years 1740–1769* (McGraw-Hill, 1966), p. 25, and *Catalogue of the Papers of James Boswell at Yale University,* ed. Marion S. Pottle, Claude C. Abbott and Frederick A. Pottle (Edinburgh University Press, 1993), vol. 1, p. 155.
9) *Boswell in Holland,* pp. 161–162.
10) *Ibid.,* p. 163.
11) *Catalogue of the Papers of James Boswell at Yale University,* vol. 1, p. 76.
12) *Catalogue of the Papers of James Boswell at Yale University,* vol. 1, p. 247 and vol. 2, p. 698.
13) *Bibliotheca Boswelliana, A Catalogue of the Entire Library of the late James Boswell, Esq.,* p. 101.

Boswell in the Inner Temple

When was it that James Boswell (1740–1795) first hit upon the idea of going up to London to study law in order to be called to the English bar? Though we have no evident record Boswell left as to the time when he decided, tentatively or definitely, to study law in London, there is a strong possibility that it was not Boswell himself but Thomas Sheridan, an Irish actor and the father of more famous Richard Sheridan, who suggested to him the plan to study law in one of the Inns of Court.

In the summer of 1761 Thomas Sheridan came to Edinburgh and gave a series of lectures on elocution. Boswell, whose formal education[1] at Glasgow University had stopped short because of his running away to London in 1760, was now studying law with his father at home. As he was more or less ashamed of his Scottish accent, he attended the lectures[2] and found in Sheridan a mentor to guide his way of life.

Sheridan went so far as to set before Boswell an "excellent plan of Life"[3] "to make Boswell a Man."[4] At first, Sheridan proposed that Boswell should enter in the Middle Temple,[5] but "upon Whately's advice"[6] he had changed the original plan and managed to get Boswell admitted into the Inner Temple on 19 November 1761. In the Sheridan's letter[7] of 21 November to Boswell was enclosed the "Certificate of my [Boswell's] entry as a Student in the Inner Temple 19 Novr. 1761,"[8] which was written in Latin and signed by Samuel Salt.[9] It was not until 1775, however, that Boswell really began to eat "Commons" in the Inner Temple to complete terms. (It is a remarkable coincidence that in the same year Edmond Malone from Ireland was admitted to the Inner Temple. Unlike Boswell, he got rooms in the Inner Temple probably in 1763 and immediately started to study law.)[10] Contrary to Boswell's expectation, Sheridan did nothing beyond obtaining

the certificate of entry for Boswell, and the necessary procedure to make Boswell a real "Student of the Inner Temple" was to be accomplished fourteen years later in 1775 when he was already an experienced advocate in Scotland.

But the fourteen years from 1761 to 1775 did not pass without an episode which had to do with Boswell and the Inner Temple. In July and August 1763 Boswell, just before going to Holland, really lived in the area. His "dearest friend" William Johnson Temple had had chambers in the Inner Temple to study law, but he was forced to return to Cambridge to qualify for holy orders. He kindly offered the rooms to Boswell, and Boswell jumped at the chance to live there. The rooms were in Farrar's-buildings at the bottom of Inner Temple Lane. By happy coincidence, Samuel Johnson himself was at that time living on the first floor of No. 1, Inner Temple Lane. It is no wonder that Boswell wrote in his diary : "The method of living in the Inner Temple is, in my opinion, the most agreeable in the world for a single man,"[11) though it was just a little-more-than-a-month stay. Still wavering whether to move to London as an English barrister or remain in Scotland as advocate, Boswell tentatively started to eat a term's commons in the Inner Temple in May 1775. He chose Samuel Johnson and Edmond Malone as his "securities."[12) Johnson was already a great name. Malone had been called to the Irish bar in 1767.[13) The most suitable pair of "securities" they were.

Once Boswell made up his mind to keep terms at the Inner Temple, he started to eat "a terms's commons" in the Easter Term of 1775. At that time the obligations of students at the Inns of Court were not so heavy. "In order to be called to the Bar, a law student had to 'keep' (or attend) twelve terms. There were only four terms per year, each three weeks long, so that a barrister's curriculum extended over three years."[14) He was required to eat commons at least twice a week and two weeks per term, So that he had only to eat commons four times during a term to "make out one term." Boswell seems to have decided to spend the minimum time at the Inner Temple ; that is, eating commons just four times a term. And once he man-

aged to keep his necessary terms, he had no examination to pass before being called to the bar.

Then, which terms in which years did he keep to qualify as an English barrister? We can trace his serious efforts to make out necessary terms in his letters to Temple and the journals he kept writing assiduously :

> I have now been twice at commons in the Inner Temple and shall be twice next week so as to make out one term. (10 May 1775 ; Letter to Temple)[15)]
>
> I have now eat a term's commons in the Inner Temple. You cannot imagine what satisfaction I had in the form and ceremony of the Hall. I must try to prevail with father to consent to my trying my fortune at the English Bar. (22 May 1775 ; Letter to Temple)[16)]
>
> I must eat Commons in the Inner Temple this week and next, to make out another term, that I may be still approximating to the English Bar ; and the week after I must go to Scotland. (28 April 1776 ; Letter to Temple)[17)]
>
> Went to Dr. Johnson's. Then to the Temple. Then to Sir J. Pringle's ; . . . Then to Dr. Taylor's to dine with him and Dr. Johnson. Johnson said, "Collect your understanding." (5 May 1776 ; Journal)[18)]
>
> Dined at the Temple. (6 May 1776 ; Journal)[19)]
>
> Went out in coach for Temple to finish term. (19 May 1778 ; Journal)[20)]
>
> I have resolved to set out tomorrow, being the very first day, after completing another term at the Temple. (3 Mat 1779 ; Letter to Temple)[21)]
>
> Dined Temple. (7 May 1781 ; Journal)[22)]
>
> Temple and broke bread. (15 May 1781 ; Journal)[23)]
>
> Broke bread in Temple Hall, which finished a term. (16 May 1781 ; Journal)[24)]
>
> Temple Commons. (17 April 1785 ; Journal)[25)]
>
> Temple Commons. (29 May 1785 ; Journal)[26)]

Dined at commons; found I was now well known to Mr. Spinks, our undertreasurer. Sat next him. . . . (1 June 1785; Journal)[27)]

Dined commons. (6 June 1785; Journal)[28)]

Finished Trinity commons by bread in <Hall>. (8 June 1785; Journal)[29)]

Dined Temple. (18 November 1785; Journal)[30)]

Dined Mr. Langton's (having broke bread in Temple). . . . (19 Nov. 1785; Journal)[31)]

Dined Temple. (20 Nov. 1785; Journal)[32)]

Went to the treasurer's office, Inner Temple, and learned from Mr. Spinks all the forms of being called to the Bar. (2 February 1786; Journal)[33)]

Dined Inner Temple very comfortably. (3 Feb. 1786; Journal)[34)]

Dined Temple; heated myself a little with wine. . . . (4 Feb. 1786; Journal)[35)]

Dined Temple. (7 Feb. 1786; Journal)[36)]

Repaired to Temple. Settled all dues; dined at the student's table for the last time. Had a full feeling of all the ideas of Inns of Court. (9 Feb. 1786; Journal)[37)]

My two brethren and I took the Oaths of Allegiance and Supremacy before the benchers. (11 Feb. 1786; Journal)[38)]

These are all the records, it seems, Boswell left as to his eating commons at the Inner Temple. They refer to nine terms. Then, what were the missing three terms he must have attended? We can know about them from the "receipted bills" Boswell meticulously kept among his archive:

The receipted bills cover Easter terms in 1775, 1776, 1778, 1779, 1781, 1783; in 1784 and 1785 Trinity terms are also included. A receipt for Michaelmas term 1785 and Hilary 1786 is dated 8 Feb. 1786 , when JB also paid to John Spinks, ... The itemized bill has the heading: 'James Boswell Esqr. admitted of the House the 18th Novr. 1761 came into

Commons in Easter Term 1775.'[39)]

Of the twelve terms Boswell attended, the three terms about which we can not find any record Boswell left are Easter 1783, Easter 1784 and Trinity 1784. They seem like an inevitable blank in Boswell's biography which is impossible to be filled in now.

If there were existing records relating to the terms and commons in the Inner Temple, we suppose they must be in the Buttery Books stored there. And they did not betray our expectation. The Buttery Books (1758-1771 and 1772-1786) clearly keep the daily record of every student who ate commons at every term. They are thick, heavy books (about 50 cm long and 30 cm wide), and every page is written in a cursive hand.

First, we look at the page of the Buttery Book (1758-1771), on which is recorded Boswell's admission into the Inner Temple :

> Let James Boswell Esqr. Son and heir apparent of the Honble Lord Auchinleck of North Britain be generally admitted of this Society first paying into your hand the Sum of three pounds six shillings & Eight pence for the same. But you are not to admit him into Commons before he enter into Bond with good & sufficient security for the Discharge of his Duties to the House. Given under my hand this Eighteenth Day of November. In the year of our Lord 1761. (Photograph 1)

Thus he was "generally admitted of this Society," but it was just a nominal admission. He had to wait until 1775 before he did actually "enter into Bond with good & sufficient security."

The next appearance of Boswell's name is in the Buttery Book (1772-1786) :

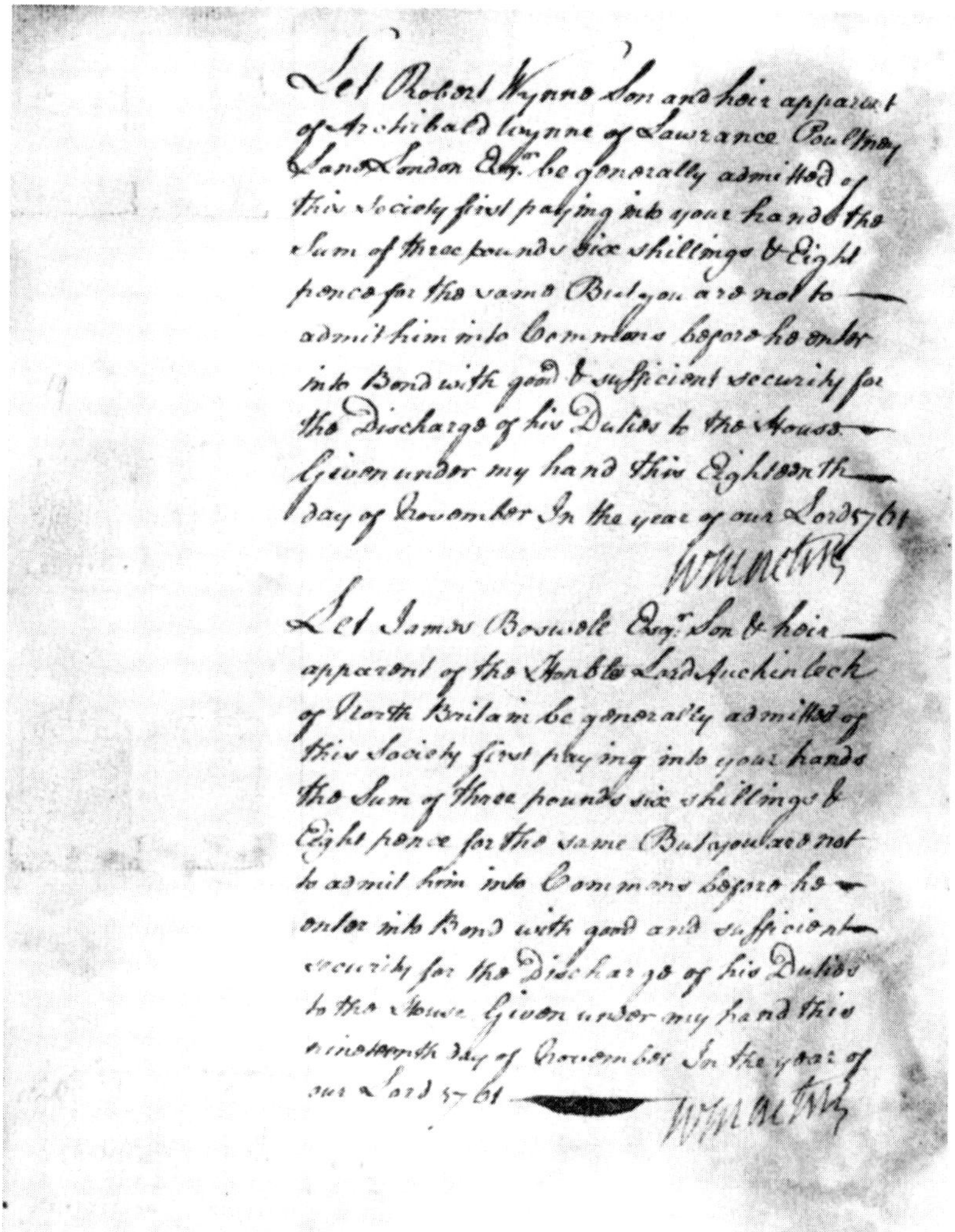

Let Robert Wynne Son and heir apparent of Archibald Wynne of Lawrance Poultney Lane London Esqr. be generally admitted of this Society first paying into your hands the Sum of three pounds Six shillings & Eight pence for the same But you are not to admit him into Commons before he enter into Bond with good & sufficient security for the Discharge of his Duties to the House Given under my hand this Eighteenth day of November In the year of our Lord 1761

[illegible]

Let James Boswell Esqr. Son & heir apparent of the Honble Lord Auchinleck of North Britain be generally admitted of this Society first paying into your hands the Sum of three pounds six shillings & Eight pence for the same But you are not to admit him into Commons before he enter into Bond with good and sufficient security for the Discharge of his Duties to the House Given under my hand this nineteenth day of November In the year of our Lord 1761

[illegible]

Photograph 1

First full Week in Easter Term 1775. 15th Geo. 3d

:

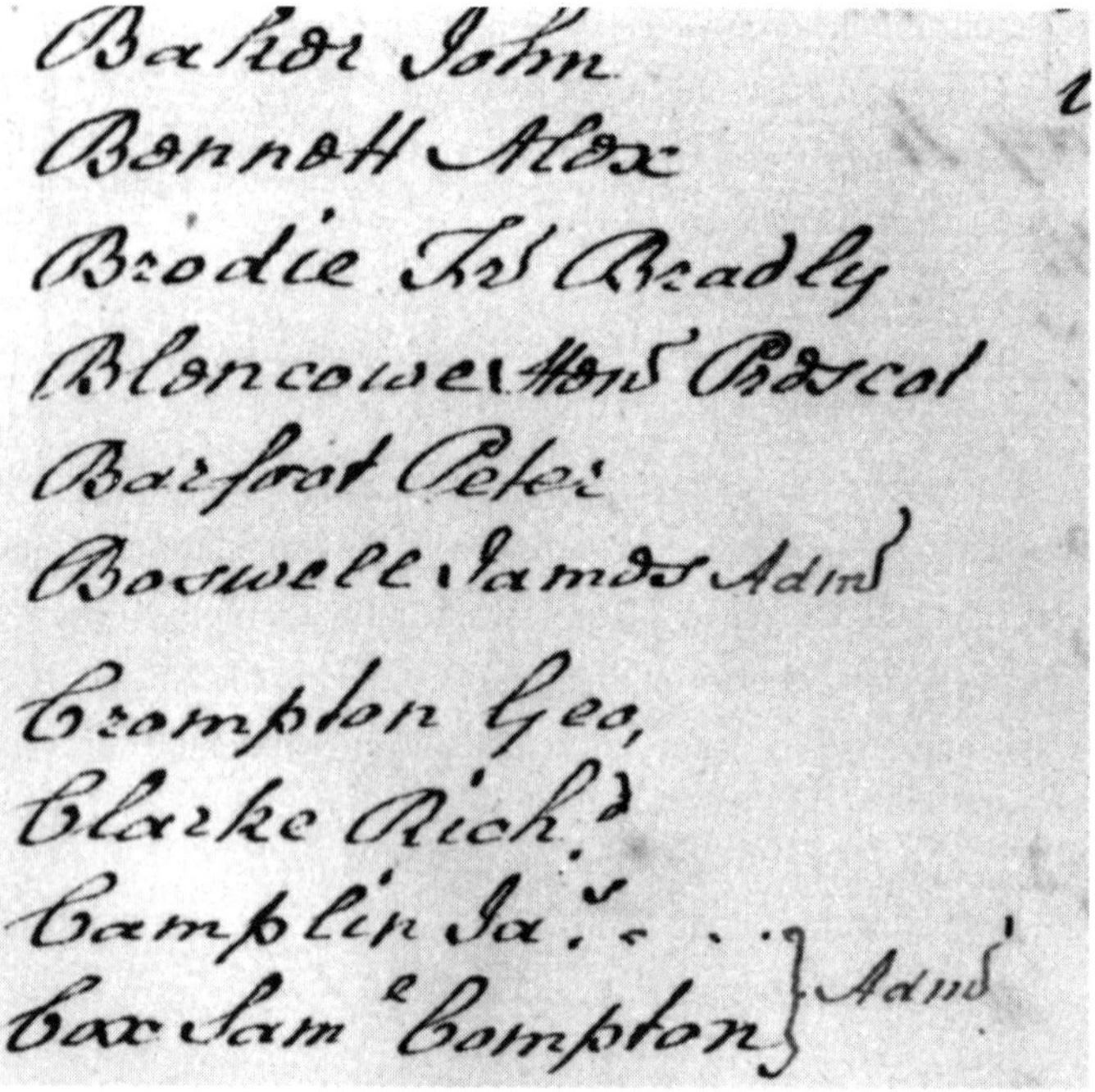

Photograph 2

:

Boswell James Admd (Photograph 2)

:

:

It is to be noticed that his family name comes first, followed by his given name. “Admd” is written in red ink, with six other newly admitted persons. The total of the people who ate the first week commons in Easter Term was 87. In the second week his name is written thus : “Boswell Jas.” The total number of the students was 122. In the next “Third full Week,” however, his name can not be found in the list of the students who ate the commons. Boswell seems to have failed to appear in the Inner Temple for the third

week, but it is no wonder because he had already cleared the hurdle of eating commons at least four times per term.

The last time his name appears in the Buttery Book was no other than the day when he was called to the Bar :

> 10th Febry 1786. Called to the Bar Mr. James Boswell Sworn 11th Febry

On that day he ate his final commons with 97 persons, and, to his greatest satisfaction, he was called to the Bar with his two fellow students, "The Hon John Eliot and Mr. William Dowdeswell." (Photographs 3 & 4)

Boswell's long-cherished dream to be called to the English Bar came true at last after twelve years' impressive, if intermittent, efforts in the Inner Temple.[40] Whether he succeeded as an English barrister or not—it is quite another story.

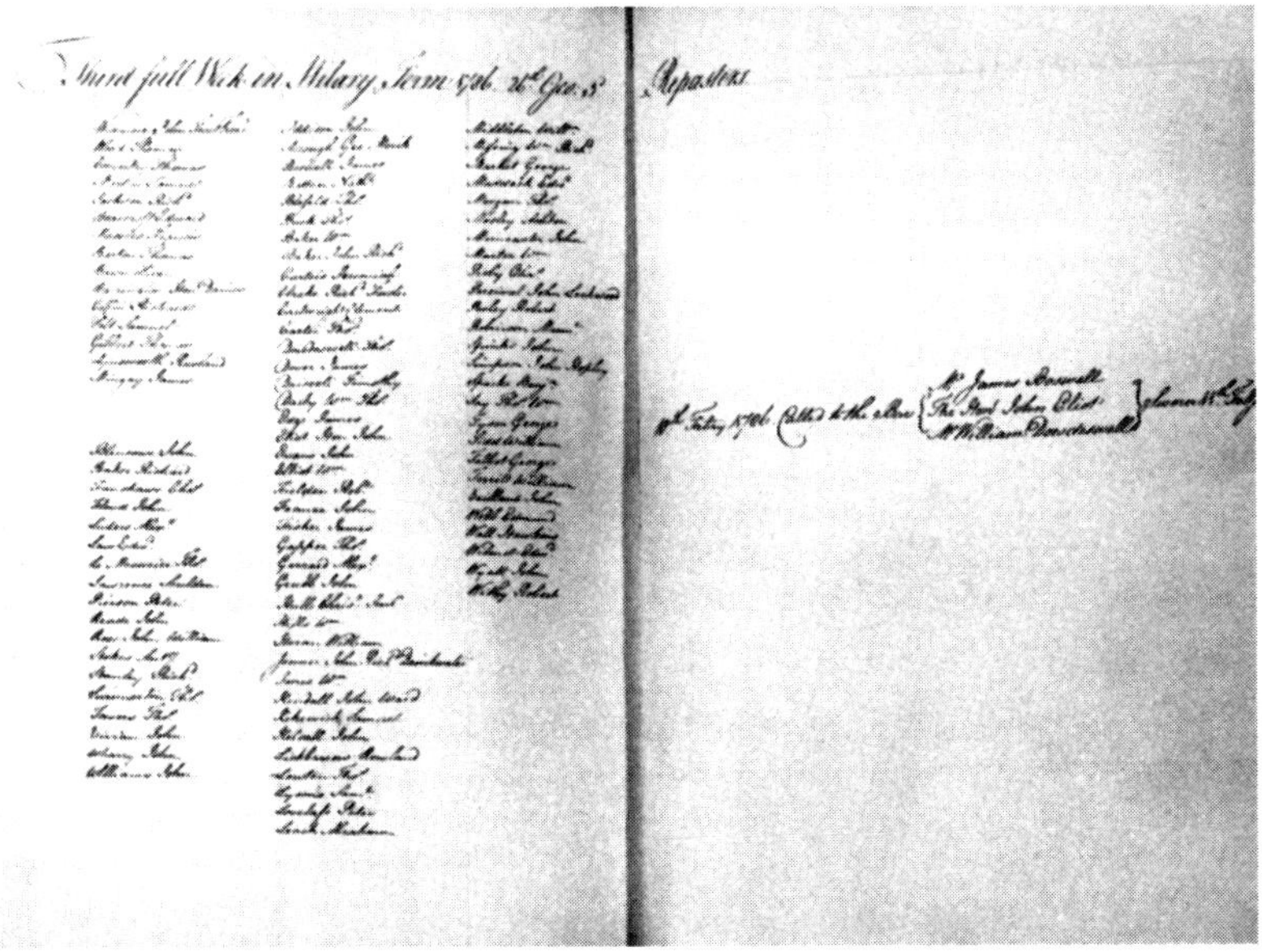

Photograph 3

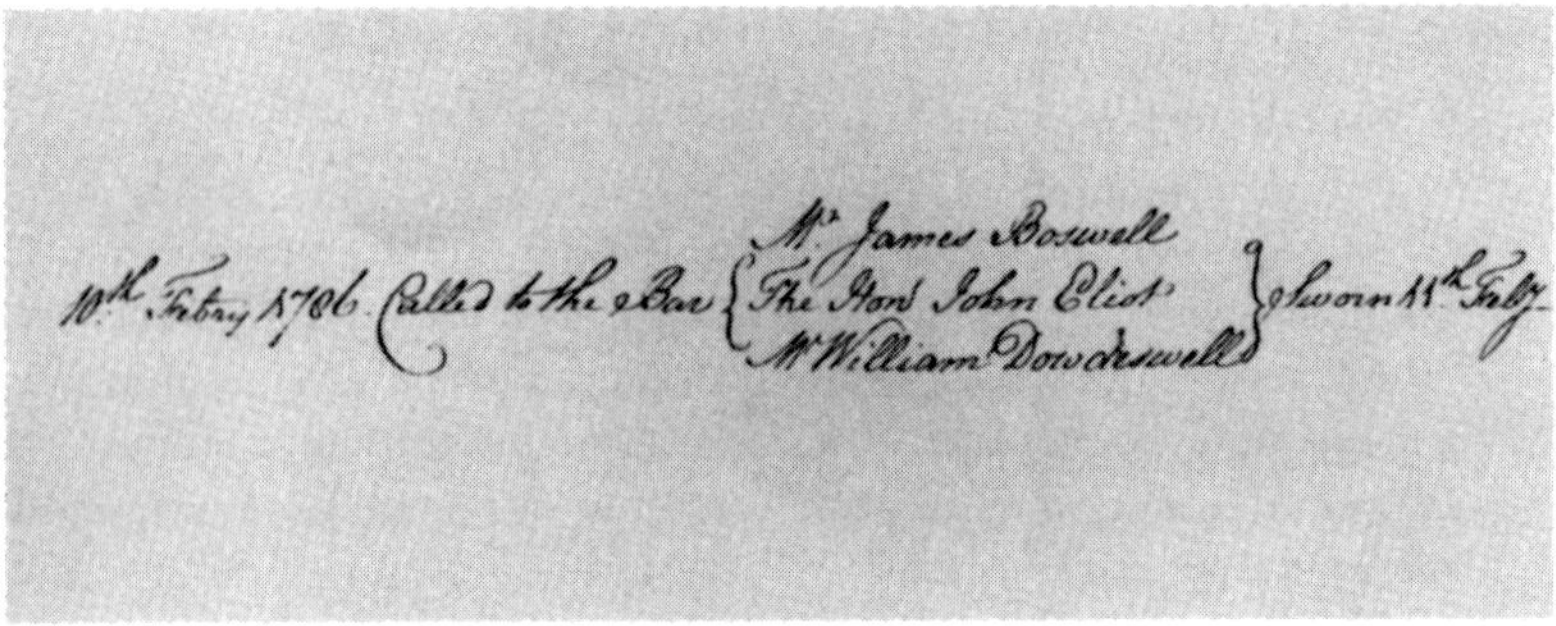

Photograph 4

Notes

1) There has been a long-standing misconception that Boswell graduated from Edinburgh High School before entering Edinburgh University. The mistake has been tenaciously lingering even in *The Cambridge Biographical Encyclopedia* (1994) and *Literature of Travel and Exploration An Encyclopedia* (2003). The false "fact" must be derived from the authoritative *Dictionary of National Biography* (1886), in which Boswell's life was written by Sir Leslie Stephen.

   Stephen, however, must have caught the error from Charles Rogers's *Boswelliana* (1874), in which Rogers writes, "he was enrolled as a pupil in the High School" (p.6). Percy Fitzgerald (*Life of James Boswell,* 1891) and W. K. Leask (*James Boswell,* 1896) also followed Stephen into the wrong track, not to mention *The Concise Dictionary of National Biography* (1903).

2) Sheridan's lectures were published as a book—*A Course of Lectures on Elocution : together with Two Dissertations on Language ; and some other Tracts relative to those Subjects* (Printed by W. Strahan, 1762). It is interesting to find "James Boswall, Esq ; " and "Thomas Whateley, Esq ; " among the names of subscribers. "James Boswall, Esq ; " is probably a mistake of "James Boswell, Esq ; ", for, at the top of the list of subscribers, the editor apologizes :

   > As many of the Names in this List were hastily taken down at the door of the several places where the Lectures were delivered, and but very few were written down by the subscribers themselves at any of the other places, it is to be feared that many mistakes have been committed in point of spelling, as also in assigning the proper title, stile, or distinction to each name.

   As for "Thomas Whately, Esq ; " see note (6).

3) Marion S. Pottle, Claude Colleer Abbott and Frederick F. Pottle, *Catalogue of the Papers of James Boswell at Yale University,* Vol. 1, (Yale Univ. Press,

1993), p. 351, [L 1157].

4) *Ibid.*, [L 1158].

5) *Ibid.*, [L 1156].

6) *Ibid.*, Vol. 3, p. 899, [C 2484]. Thomas Whately (*d.* 1772) "was known to all the leading men in public life as a keen politician and a well-informed man" (*DNB*), while "[Sheridan's] house in Henrietta Street, Covent Garden," was "the resort of eminent men" (*DNB*). Whateley's subscription to Sheridan's *A Course of Lectures on Elocution* (1762) can be interpreted as a shred of evidence to show their friendship.

7) *Ibid.*, Sheridan tactfully addressed the letter to "James Boswell Esq., Student of the Inner Temple."

8) *Ibid*,. Vol. 2, p. 719, [C 1582].

9) Samuel Salt appears in Charles Lamb's "The Old Benchers of the Inner Temple" in his real name. Lamb "was born [in 1775], and passed the first seven years of [his] life, in the Temple."

10) Peter Martin, *Edmond Malone*, (Cambridge Univ. Press, 1995), pp. 5-6.

11) *Boswell's London Journal 1762-1763*, ed. Frederick A. Pottle, McGraw-Hill, p. 306.

12) Johnson wrote to Hester Thrale on May 12, 1775 : "[Boswell] has entered himself at the Temple, and I joined in his bond." (*The Letters of Samuel Johnson*, Vol. 2, ed. Bruce Redford, (Princeton Univ. Press, 1992), p. 205)

13) Peter Martin, *op. cit.*, p. 11.

14) *Ibid.*, p. 6.

15) *Letters of James Boswell*, Vol. 1, ed. Chauncey B. Tinker, (Oxford at the Clarendon Press, 1924), p. 223.

16) *Ibid.*, p. 225.

17) *Ibid.*, p. 249.

18) *The Private Papers of James Boswell from Malahide Castle in the Collection of Lt. Colonel Ralph Heyward Isham*, Vol. 11, ed. Geoffrey Scott and F. A. Pottle, (Mount Vernon, 1931), p. 270.

19) *Ibid.*

20) *Boswell In Extremes 1776-1778*, ed. Charles McC Weis and F. A. Pottle, (Heinemann, 1971), p. 349.

21) *Letters of James Boswell*, Vol. 2, p. 283.

22) *Boswell Laird of Auchinleck 1778-1782*, ed. Joseph W. Reed and F. A. Pottle, (Edinburgh Univ. Press, rep. 1993), p. 347.

23) *Ibid.*, p. 355.

24) *Ibid.*, p. 357.

25) *Boswell : The Applause of the Jury 1782-1785,* ed. Irma S. Lustig and F. A. Pottle, (McGraw-Hill, 1981), p. 286.
26) *Ibid.,* p. 303.
27) *Ibid.,* p. 305.
28) *Ibid.,* p. 307.
29) *Ibid.,* p. 309.
30) *Boswell : The English Experiment 1785-1789,* ed. Irma S. Lustig and F. A. Pottle, (Heinemann, 1986), p. 7.
31) *Ibid.*
32) *Ibid.*
33) *Ibid.,* p. 32.
34) *Ibid.*
35) *Ibid.,* p. 33.
36) *Ibid.,* p. 34.
37) *Ibid.*
38) *Ibid.,* p. 35.
39) Marion S. Pottle, Claude Colleer Abbott and F. A. Pottle, *Catalogue of the Papers of James Boswell at Yale University,* Vol. 3, (Yale Univ. Press, 1993), p. 1112, [A 56].
40) The terms and weeks in which Boswell ate commons in the Inner Temple were :

Year	Term	Weeks	Note number
1775	Easter	1/2	15, 16
1776	Easter	1/2	17, 18, 19
1778	Easter	1/2	20
1779	Easter	1/2	21
1781	Easter	1/2	22, 23, 24
1783	Easter	1/2	(Boswell's record not found)
1784	Easter	1/2	(Boswell's record not found)
	Trinity	1/2	(Boswell's record not found)
1785	Easter	1/2	25
	Trinity	1/2	26, 27, 28, 29
	Michaelmas	2/3	30, 31, 32
1786	Hilary	2/3	33, 34, 35, 36, 37, 38

(1/2 = the first and second weeks ; 2/3 = the second and third weeks)

*　　　　　*　　　　　*　　　　　*

I express my deep gratitude to the Masters of the Bench of the Inner Temple for permitting me to publish the photographs of the Buttery Books kept in the Society.

Dr. David

"Please call me David," he said to me, though I am not sure when and where it was. Was it in his home on Cumnor Hill, or in his room overlooking Pembroke Street which he was occupying in 1976? I was a little surprised, for I had never expected that Dr. J. D. Fleeman would ask me to call him by the first name.

I had just come up to Oxford to study Samuel Johnson in Johnson's College under the most authoritative Johnsonian in Britain, and he had been appointed as my supervisor by the British Council. Some influence of the American way, I thought. (I knew he had been in the United States for two years to make a catalogue of the Hyde Collection.)

But, I have never called him "David." I am too shy, perhaps. Instead, I decided to call him "Dr. David," and have kept to it, though he seems to have decided to call me "Hitoshi" then and there, and he has kept to it, too.

The year 1976 was one of the busiest years for Dr. David, for he was then one of the two Proctors of Oxford University. Unfortunately for him, and for me, he fell down on account of kidney trouble after a few tutorials of Trinity Term. It was in a room of Radcliffe Infirmary, therefore, that I told him my adventures I had met with in the summer while following in the footsteps of Johnson and Boswell around Scotland. Of course, he knew everything about Johnson and Boswell's journey, things Scottish, the present state of Raasay House, etc. etc.

It will be an endless story to talk of my personal memories of Dr. David. I leave it to other Johnsonians to write about his greatness as a Johnsonian. Only I regret that "many happy returns," which Isabel, my wife and I wished him at the Perch on the Isis on 20 July 1992, turned out to be in vain.

Thank you very much for your always-ready and never-ending kindnesses,

Dr. David. When and where was it that you whispered to me, “Memento mori”? Was it in your home on Trinity Street, or in your large room overlooking Chapel Quad? I am not sure.